IFRAIT

Ich glaube, unter gewöhnlichen Umständen, hättest du nie gedacht, dass man dir ein Buch widmen würde, Svea.
Hier in dieser Widmung möchte ich dir für deine Mühe und Geduld (vor allem mit meiner verdammt miesen Rechtschreibung) danken.
Dank dir habe ich einen meiner Träume verwirklichen können und bin Autor geworden.
Danke

P.J.Phoenix

Ifrait

Die zwei Welten

Bibliografische Information der Deutschen Nationalbibliothek:
Die Deutsche Nationalbibliothek verzeichnet diese Publikation in der Deutschen Nationalbibliografie, detaillierte bibliografische Daten sind im Internet über dnb.dnb.de abrufbar.

TWENTYSIX – Der Self-Publishing-Verlag
Eine Kooperation zwischen der Verlagsgruppe Random House und BoD – Books und Demand

©2018

Herstellung und Verlag:
BoD – Books on Demand

ISBN: 9783740745417

Prolog

Die Welt, wie wir sie kennen gibt es schon lange nicht mehr. Wir schreiben das Jahr 1.300.106 nach Christi. Vor über einer Million Jahre wüteten die Menschen, eine Rasse die bis heute besteht. Dauernd führten sie Kriege, schufen neue Waffen und schlachteten sich gegenseitig ab. Aber dabei töteten sie nicht nur sich selbst, sondern auch Tiere, Pflanzen, Lebewesen, die nichts für diese Konflikte konnten. Atombomben, gezündet von den verschiedensten Ländern, verwüsteten große Teile des Erdballs und vernichteten das Leben an sich. Wenige Menschen, solche die trotz allem an Frieden glaubten flüchteten. Zu der Zeit konnte man schon nicht mehr das Grün der Erde sehen. Doch es kam anders. Der Schöpfer wollte nicht, dass alles zu Ende ging. Er schuf die Welt neu. Er, die große Quelle des Wissens und der Macht, schenkte dem ermüdeten Planeten neue Energie. Er erstrahlte wieder und schürfte seine kaputten Schalen ab. Losgelöst von aller Schwerkraft entschwanden sie ins All. Aber einige von ihnen, solche die noch nicht gänzlich tot waren, schwebten immer noch in der klaren neuen Atmosphäre. Die große Quelle, ein helles Licht voll von Wissen, Energie und Macht, die Quelle der Logik, zog sich wieder zurück und überließ den Neuaufbau seinen Boten. So stiegen die Engel und Erzengel herab und schrieben die Geschichte neu. Ein Buch. Auf jeder Seite sieht man die Welt. Vorne auf der ersten Seite, die alte zerstörte Erde, auf der zweiten Seite, dem ersten Kapitel, unsere Splitterwelt, Alanea, wie sie heißt, und auf den Seiten des zweiten Kapitels die Traumwelt. Dies ist eine Dimension, die von solchen betreten werden kann, die von einem der Götter Auserwählten abstammten. In ihr leben Kreaturen, die es heute schon nicht mehr gibt: Tiere, wie der Affe, dem Bären, dem Vogel, den Wildkatzen und den Füchsen. Hier wachen auch heute noch die Engel über unsere Heimat. In einem gewaltigen Himmelsschloss schützen sie die Karte die zu dem Buch führt, dass all unsere Existenz ward. Hier leben auch die rund zwanzig Gottheiten die ins Leben kamen, weil der Mensch einst an sie geglaubt hat. Unter ihnen Zeus, Thor, Mars, Seth, Surya und viele mehr. Aber sie wandten sich ab von den Menschen und entwickelten einen Hass auf sie, weil sie so vieles zerstört hatten. Die Götter verschwanden in noch tiefere Refugien, weiteren Seiten der Welt, wo sie in Einsamkeit jeder für sich waren. Splitterwelt hingegen blühte wieder auf. Grüne Wälder, goldene Felder, purpurne Wüsten und kristallene Meere breiteten sich in diesem Utopia aus. Man könnte meinen, Gottes Paradies sei nun hier auf Erden. Diese neue schöne Welt, dieser Garten Eden, wird bevölkert von den schönsten, erhabensten Bestien die je in der Phantasie der Menschen gelebt hatten. Echsenartige Drachen, edle Einhörner, gefährliche Mantikoren, kleine geflügelte Häschen, sie alle waren nun Lebewesen dieser Welt. Am eindrucksvollsten waren jedoch weder die Natur, noch die wundersamen Lebewesen, sondern die Weißen Städte der Menschen. Wie Schirme aus unzähligen Ringen bildeten sie Kuppeln in der Landschaft. Modern waren sie, die Menschen. In einer Kuppel, einer Stadt, fanden 5.000 von ihnen Platz. Sie fuhren in schwebenden Automobilen, surften auf E-Boards, Hoverboards, die Ähnlichkeit mit Skateboards und Surfbrettern hatten, oder liefen zu Fuß durch die Städte. Aber viele gab es nicht, sowohl Menschen als auch ihre Städte. Heute stehen 80 der weißen Bauten, verteilt über den kompletten Globus. Nahrung bekamen die Menschen wie früher durch Landwirtschaft, Jagd, und Zucht. Industrie war nun auf anderen Planeten zu finden, die jetzt näher an der Erde kreisten. Durch diese gewaltige Neuschaffung, vergleichbar einem neuen Urknall, kreist heute sogar die Sonne um die Erde. Einen Ort gab es der von überall aus zu erreichen war. Die große Akademie! Einem Ort der sich der Lehre der Dinge verschrieben hatte. Auch Magie, einem der neuen Wunder, wird hier gelehrt. Denn die riesige Feste kreist um Splitterwelt wie ein Mond. Drei Arten von Menschen leben hier auf Alanea: Solche die mit Magie im Blut geboren wurden, solche die Mutationen von Magie innehaben und somit die Elemente beherrschen können und solche, die keinerlei Magie besitzen. Sie werden teilweise vernachlässigt, verfolgt und diskriminiert, die Menschen hatten sich halt doch nicht so stark verändert. Kriege unter den Menschen gibt es zwar nicht mehr, aber es besteht ihnen etwas noch viel schlimmeres bevor. Denn tief unten, in den tiefsten Refugien der Welt regt sich etwas. Eine gigantische Schwärze. Sie hat einen Namen, sie die der König aller Dämonen ist. Sie die von allen Gottheiten den größten Hass birgt. Sie die schwärzer ist, als die dunkelste Nacht. Inmitten des dunklen Refugiums öffnet sich ein gigantisches Eisblaues Auge. Ein Schmaler Schlitz ersetzt die Pupille und lodernder Hass sickert, beinahe spürbar zu Boden. Kälte strahl sie aus, diese Kreatur, diese Gottheit. Der König der Bestien ist erwacht. Ein gehauchter Befehl weckt all die Ängste, die Schatten, die Dämonen mit einem einzigen Ziel aus ihrem Schlaf: *tötet die Menschen!!* Gar die Teufel, die gefürchtetsten Dämonen, erwachen aus ihrem tausendjährigen Schlaf, unter ihnen Morier, das *Sterben*. Mit wackeligen Schritten taumelt er zu ihr, der Bestie, die sie erschaffen hatte und nun ihren Eid forderte, Darking.

TEIL 1:
DIE AKADEMIE

1

Aloha,
Ich glaube, du bist zum ersten Mal hier in Splitterwelt. Wenn ich mich vorstellen dürfte: Ich bin Cyras, 16 Jahre alt, ungefähr 1,63m groß. Ich bin Student an der Akademie und werde heute in einen Kurs eingeteilt. Fach? Magie natürlich. Auch wenn ich zu den Menschen gehöre, die keine Magie beherrschen, kann ich trotzdem lernen, sie zu nutzen. Vor ungefähr 20 Jahren hat ein Forscher herausgefunden, dass geladene Edelsteine uns erlauben ihre Ladung zu nutzen. In verschiedene Schlüssel werden verschieden geladene Edelsteine eingesetzt, die mir und den anderen Nichtmagiern erlauben Magie zu nutzen. Es gibt 47 Schlüssel, keiner kann alle haben, aber dennoch ist es Pflicht sieben von ihnen nutzen zu können, da sie Grundbestandteil unseres Lebens geworden sind. Mit ihnen kann man einen Herd benutzen, Räume aufwärmen, Wasser gefrieren lassen und noch mehr.
Viel Spaß,
Cyras

Was sind Katzendrachen? Das sind kleine Drachen, die in ihrem Aussehen Katzen ähneln. Sie sehen aus wie eine Mischung aus T-Rex, Katzen und Kaninchen. Zudem haben alle 13 verschiedene Arten unterschiedliche Flügel (Vielleicht habe ich vergessen das zu erwähnen). Ich sammle sie. Alle Arten gibt es in maximal sechs verschiedenen Farben. Mir persönlich fehlt nur eine Art und zwar die einzige ohne Flügeln, die mit ihren starken Beinen und riesigen Ohren extrem weit springen können. Sammeln bedeutet nicht, dass ich die putzigen Kerlchen ausstopfe, nein, sie Leben bei mir zuhause. Wo ich wohne? In einem kleinen Dorf. Es liegt außerhalb einer Kuppelstadt, ähm, unterhalb... Die Stadt steht auf einem Splitter, so nennt man die schwebenden Landteile. Zurück zu meinem Zuhause: Dort wurde ich als Adoptivkind von einem Pater großgezogen. Er war wie ein Vater für mich, bis er vor knapp zwei Jahren verschwand. Seitdem bin ich bei den verschiedensten Familien unseres Dorfes untergekommen, sodass fast alle mich wie ihr eigenes Kind sehen. Schon seltsam, oder? Wie dem auch sei, heute bekomme ich ja meinen Stundenplan, wie alle Studenten, die nach der achten Klasse die Aufnahmeprüfung zur Akademie bestanden hatten. Da saß ich also jetzt. In einem großen Hörsaal mit knapp zweihundert anderen und wartete auf die Kursverteilung im Fach Magie. Neben mir hatte Kailan Lawrush Platz genommen. Er war mein einziger Freund, schlank, groß, sportlich und *Bändiger*, eben solchen Menschen, die nicht Energie ihres Körpers kontrollieren konnten, sondern die Macht hatten ihre Umwelt anzuzapfen. Er war nur gekommen um mir Beistand zu leisten. Schon seit wir hier waren hatte ich nämlich

Probleme mit einer Gruppe Erbmagiern, die mich allesamt nicht ausstehen konnten. So bezeichnet man hier die Nachkommen einer Familie, in der jeder Magie beherrschen konnte. Immerhin war ich der Taugenichts vom Lande und sie die kostbare Elite. Ich hatte mich nie in eine Gruppe einfinden können. Warum, wusste ich nicht. Unten trat gerade ein Lehrer auf das Podium. Er erklärte gerade was der Lehrplan des Faches vorsah und dass jeder Schüler eine Nummer bekommen habe, die gleich auf einem Bildschirm hinter ihm, unter dem Raum des Kurses den man besuchen würde, verzeichnet war, die Stundenpläne würde man danach individuell erhalten. Endlich hatte der Lehrer aufgehört zu labern und setzte sich hinter ein Pult, das neben ihm aufgestellt war. Ich schaute auf meine Karte, die auch als Schlüssel für mein Zimmer diente und auf der, neben meinem Namen und der Nummer meines Zimmers, auch die Nummer 87 prangte. Auf der Rückwand des Raumes begannen Zahlen aufzuleuchten. Meine Zahl fand ich unter der Raumbezeichnung OF12.

    Stöhnend machte ich mich auf den Weg nach draußen, bevor das Gedrängel losgehen konnte. An der Tür fragte eine der Sekretärinnen mich, wie mein Name war und gab mir dann meinen Stundenplan. Der Ostflügel also und dann auch noch Raum 12, dachte ich und merkte kaum, dass ich falsch abbog und in Richtung der Mensa ging. Dort angekommen stolperte ich und flog auf den Boden. Ein leichter Schmerz durchschoss meinen gesamten Körper. Kaum hatte ich mich auf die Seite gewälzt, da sah ich schon das Blut aus meinen aufgeschürften Knien laufen. Ich biss die Zähne zusammen und versuchte aufzustehen. Ich hatte längst das Lachen der Beiden gehört, daher musste ich nicht einmal darüber nachdenken ob man mich geschubst hatte, oder mir ein Bein gestellt hatte. Manchmal war ich auch so schusselig, dass ich auch von selbst stolperte oder eben nicht bemerkte, dass jemand in meiner Nähe war. Ohne mich umzudrehen ging ich weiter, einfach weg von ihnen. Leon Russ und Magnus Kium! Sie gehörten zu solchen Idioten wie Draco Malfoy, typische Antagonisten, die einem auf die Nerven gingen, aber nicht so schlimm wie Voldemort waren. „Na, wartet", dachte ich, „in Sport werden wir sehen wer zuletzt lacht." Das war das dritte Fach das heute, laut meinem Plan auf dem Liste stand. Ich sah bestimmt nicht so aus als würde ich dieses Fach freiwillig wählen, aber der Unterrichtsinhalt, waren Schwert- und Faustkämpfe. Immerhin war es wichtig auf Trainingsreisen, lebendig in der nächsten Stadt anzukommen. Straßen zwischen den Kuppelstädten gibt es nämlich nicht. Nur einen Zug, der unterirdisch zwischen der Hauptstadt und wenigen anderen Städten fuhr. Noch niemand hatte mich bisher in Sport geschlagen. Nicht einmal unser Lehrer auf der Erweiterungsschule (Klasse sieben und acht), denn wenn ich mich konzentrierte war ich mit allen Sinnen auf mein Ziel fixiert. Was passiert wenn ich in Gedanken war, hat man ja gerade gemerkt. Ich war zu spät. Eindeutig! OF12 würde ich nicht mehr aufsuchen, das war klar. Was wäre das für ein Eindruck, wenn ich mit zerrissener Hose und blutigen Knien dort antanzte? Stattdessen besuchte ich die Krankenstation und fragte nach Pflastern. Dann setzte ich mich im Schulgarten auf eine Bank und verarztete meine Knie. Nicht das erste Mal schwänzte ich den Unterricht. Ein halbes Jahr lang, also ein Semester, hatte ich in der achten Klasse schon herausgefunden, dass Magie sowieso nicht meine Stärke war. Wenn man ein Glas Wasser kühlen sollte und die Tasche eines Klassenkameraden in Brand steckte, konnte etwas nicht richtig sein. Am besten wäre es, wenn man sämtliche Schlüssel von mir fernhielte. Das Wetter war schön und der Kreisrunde Garten auf dem Dach der Akademie war ansonsten menschenleer. Es war ja auch Unterrichtszeit. Ich legte den Kopf in den Nacken, fuhr mir durch die roten Haare und schloss die Augen.

Kaum ich mich versah war ich eingeschlafen. Das bedeutete aber nicht, dass ich schlief. Da stand ich, in der Traumwelt. Mit meiner Schultasche, mit der teilweise kaputten Schuluniform, einer schwarzen Hose und einem weiten weißen T-Shirt, mit den ungebundenen Haaren und ohne einer Waffe. Das war schlecht. In der letzten Zeit ist die Traumwelt immer gefährlicher geworden. Schatten wandelten umher. Immer mehr Dämonen wagten sich bis in die Engelsrefugien vor. Das waren die Obersten Seiten der Dimension in derLeute wie ich wandelten und in denen das legendäre Himmelsschloss existierte. Ihr denkt sicher bereits, was Sache ist. Ich bin ein Weltengänger und das Engelsschloss ist nichts anderes, als das Gebäude, in dem die Engel lebten. Einmal hatte ich gelesen, dass nur die Menschen in die Traumwelt konnten, deren Vorfahren den Göttern gedient hatten. Mich hatte dieser Fluch also auch erwischt. Nicht umsonst war ich der einzige Mensch auf Erden, der für Sport lernte. Allerdings, und zwar immer nachdem ich hier in der Gegenwelt (so wird dieser Ort nämlich auch genannt) war, habe ich Augenprobleme. Dann sehe ich statt den Menschen einen farbigen Wirbel der in einem Schatten flackert, der aussieht wie der Mensch den ich dann gerade ansehe. Deswegen hasse ich diese Welt, dieses verfluchte Traumtor, das ich passiere, wenn ich schlafe. Andere wünschen sich diese Gabe andere würden mich dafür umbringen. Wer weiß, vielleicht war das ja der Ausschlag gebende Grund für die Hexenverbrennungen vor Jahrmillionen. Jetzt war ich nun mal hier. Was sollte ich tun? Am besten suchte ich nach Dracheneiern, in der Hoffnung auch die letzte Katzendrachenspezies zu finden. Da wandelte ich also umher, in der bunten Dimension. Zu all meinen Seiten standen Bäume, teils grün, teils violett. Es war wie verhext. Würde hier meine Kleidung noch mehr zerreißen, würde ich ein Problem bekommen, wenn ich aufwachte. Der Anfang des ersten Semesters an der angesehensten Schule der Welt ist jetzt schon furchtbar, am ersten Tag... In Gedanken versunken wandelte ich weiter. Kailan saß bestimmt schon in seinem Kurs und lernte eine Mikrowelle, oder sonst was, mit Magie anzutreiben. Bändiger...sie machten alles ohne Anstrengung, leichter als Magier, die ihre eigene Energie benutzen mussten. Es war schon erniedrigend keinerlei Energie auch nur spüren zu können. Wut stieg in mir hoch. Wut auf mich selbst, der zuhause mit einem Feuerschlüssel, aus Versehen, beinahe eine Scheune niedergebrannt hatte und jetzt in einem Wäldchen umher irrte, der aussah, als hätte man einen Farbeimer über ihm ausgeschüttet. Ach, Magier hatten es gut. Ah...beinahe wäre ich in eine Schlucht gestürzt. War ich so in meinem eigenen Kopf gefangen gewesen? Der steingraue beinahe silberne Boden endete abrupt vor mir. Zwar war es nur ein Spalt, dessen andere Seite kaum eineinhalb Meter entfernt war, aber es war trotzdem zu spät. Schwankend balancierte ich wenige Sekunden noch auf der Stelle, dann viel ich, als hätte dieses Schlüchtchen eine magische Anziehungskraft. Der Spalt war tief. Sehr tief! Immer noch ging es abwärts. Unten glitzerte irgendein Gewässer. Dann erblickte mein Auge etwas. Von einem Moment auf den anderen schien mein Fall verlangsamt. Da war es! Auf einem Felsvorsprung war ein Nest. Es sah aus, wie ein Adlernest aus blauem Gestrüpp, wie das Nest einer Katzendrachenart!! Wie das von Ungeflügelten! Kein Wunder, dass ich in diesem Augenblick leicht poetisch dachte. Augenblicklich drückte ich mit meinen Füßen gegen die Steinwand und stieß mich ab. In der Bewegung drehte ich mich und tat dasselbe an der anderen Seite. Obwohl die Zeit wieder normal floss, wurde ich doch langsamer. Und dann steigerte ich mein eigenes Tempo und hielt mich von einem Moment auf dem anderen fest. Fast fünfzig Meter trennten mich und das Nest nun. Ich machte mich daran zu klettern. Meine Hände schmerzten, ein Rinnsal Blut lief über meinen rechten Arm. Stein tut Händen nicht sonderlich gut. Mit dem Rest meiner Kraft überwand ich die letzten Meter, dann war ich am Ziel. Das Nest lag vor mir. Wenn es jetzt leer war würde ich mich dermaßen ärgern... Flüssiges Glück durchfuhr mich, füllte mich komplett aus. Zwei Eier lagen da. Beide oval, dunkelrot und Handteller groß. Vorsichtig streckte ich die Arme aus, strich sanft über die Eier und steckte sie in meine Tasche. Man muss wissen, dass die Eier nicht ausgebrütet werden. Nach dem Nestbau und der Eierablage verließen die Eltern den Ort, um die Wahrscheinlichkeit zu senken, von einem Raubtier entdeckt zu werden. Gerade nahm ich die Hand wieder aus der Tasche, denn im nächsten Augenblick saß ich wieder auf der Bank im Schulgarten. Ich blinzelte ein paar Mal und ging in Richtung der Tür zum Treppenhaus. Einem

Aschegrauen, beinahe schwarzen Wirbel sah ich mich gegenüber. Der Schatten war mir wohl bekannt: Kailan! „Ähm", ich räusperte mich. „Hallo, wie war dein Unterricht?", fragte ich zaghaft. „Nett, der Lehrer ist einer von der dämlichen Sorte. Wie war deiner? Und warum ist dein Shirt zerrissen? Und was ist erst mit deiner Hose passiert?" Sarkasmus! Kailan lästerte nie über einen Lehrer. Er war eigentlich ein pflichtbewusster, kluger, freundlicher Schüler. Ob er lächelte oder mich streng anblickte konnte ich nicht erkennen. Beides wäre typisch für ihn gewesen. Immer noch konnte ich nichts als Farben erkennen. Nur dass ich rot wurde (Denn das wurde ich immer wenn ich bei etwas ertappt werde), konnte ich mit Gewissheit sagen.

Wie sagt man so schön: Oh, du süße Pein.

Skizzenblock

Cyras (ßüraß) hat ja das ein odere andere Schlafproblem, dementsprechend auch dunkle Ringe unter den Augen.

2

Unsere Pausen sind normalerweise fünfzehn Minuten lang. Mir blieben allerdings nur fünf um mich umzuziehen. Dementsprechend hatte ich nicht den Hauch einer Chance die Dracheneier abzulegen, geschweige denn in mein Zimmer zu bringen. Denn mein Spind mit der Ersatzuniform war neben der Mensa, also in einer ganz anderen Richtung, als die Unterbringungen der Studenten. Einfacher formuliert: Mein Spind befindet sich in dem selben Gebäude, wie das Krankenzimmer und der Garten, während die Zimmer in dem Gebäude untergebracht waren, das auf der anderen Seite des Campus steht. Jetzt saß ich mit meiner Tasche, mit den Eiern, vorne im Kursraum WF04 zur ersten Stunde Politik dieses Halbjahres. Eines meiner arg verhassten Fächer. Meine Sicht hatte sich inzwischen wieder normalisiert, so dass ich sehen konnte, wie der Lehrer, ein großgewachsener Herr mittleren Alters, den Raum betrat und direkt zum Unterricht überging. „Wer kann mir sagen, was für eine Regierungsform heutzutage genutzt wird?" *Prima, ein Lehrer der mit Grundschulwiederholung anfängt!* Ich meldete mich. Magnus wurde drangenommen. Er lächelte mir höhnisch zu und begann übermütig beinahe großkotzig zu erzählen: „Seit 180 Jahren leben wir in einer Diktatur, durch den Vorsitzenden des Regierungsrates Nefarian Hirineyo. Der Rat besteht aus den Leitern der drei größten Einrichtungen unserer Welt. Der Akademie, der Forschungseinrichtung im Süden und der großen Hauptstadt über dem Nordpunkt von Alanea. Sie sind einzigartig, da sie auf Splittern gebaut sind, die sich um unsere Welt drehen. Die Akademie wenige grad nördlich des Nordwendekreises und die >*Einrichtung für moderne Magie in Verbindung mit der Natur*< ziemlich genau über dem Südwendekreis. Diese **Lokalen Zentren** haben je fünf Abgeordnete im Regierungsrat. Dazu kommen dann noch die wichtigsten Persönlichkeiten unserer Zeit, wie den Vorstehern berühmter magischer Familien oder den Bürgermeistern der einzelnen Kuppelstädte. Gewählt wurde mit eindeutiger Mehrheit das Oberhaupt der Hirineyo-Familie." Kailan stupste mich an und deutete auf Magnus Beine. Klar, auf seinen Beinen lag aufgeschlagen das Politikbuch...

„Richtig und wie sieht unsere Regierung genau aus? Wann gibt es Neuwahlen?"

„Der Rat bestimmt über die Strafverfahren für Verbrechen und über den Handel mit den Industriegebieten auf dem Mars und der Venus. Weil niemand einen Krieg will und Angst und Achtung gegenüber den Mächtigen weit verbreitet ist, gibt es so gut wie niemanden der die Gesetze bricht. Nur so ist es möglich, dass der Rat sich derer annimmt. Neuwahlen sind so gut, wie unmöglich bis zum Tod Diktator Hirineyos, der sowieso nur regiert weil seine Neffen im Kindesalter verschwunden sind", sagte ich in den Raum.

„Wer kann mir denn sagen was wir hier besprechen werden?", fuhr der Lehrer an Magnus gewandt fort, ohne mich zu beachten, geschweige denn mich zu tadeln aufgrund meiner Störung. Irgendjemand sollte antworten, *Herr Kium* wusste es nämlich nicht, beziehungsweise hatte er die richtige Seite im Buch nicht rechtzeitig gefunden, und so begann der Unterricht wirklich. Es war langweilig. Nichts Neues erzählte der Lehrer und ich war kurz vorm Einschlafen. Da raschelte es in meiner Tasche. Ich zuckte dermaßen zusammen, dass Herr Renneck, unser Lehrer, sich zu mir wandte und fragte: „Was gibt es Kleiner? Ich dachte die Aufnahmeprüfung sei für sechzehnjährige und nicht für kleine Kinder von nicht mal zwölf Jahren."

„Ich bin Sechzehn und müsste kurz raus, Herr Lehrer", antwortete ich schroff, fast schon gehässig, und stand auf. Die Mimik unseres Lehrers sah aus, wie ein Affe der sprachlos den Mund offenstehen hat. Er widersprach nicht, also ging ich mit meiner Tasche auf den Flur. Wieder raschelte es, diesmal konnte ich ein Wackeln der Eier deutlich spüren. Ich lehnte mich an die hellgelb gestrichene Wand und öffnete meine Schultasche. Vorsichtig hob ich die Eier heraus, um besser sehen zu können. Die Dracheneier bewegten sich und begannen zu glühen. Hauchfeine Risse bildeten sich auf der Schale. Blad wurden sie Länger und deutlicher. Im Gegensatz zu anderen Vogel- und Drachenarten reißt die Eierschale nicht unwillkürlich auf, sondern nach einem Muster. Die Katzendrachenart bestimmte dieses. Die Einkerbungen verästelten sich. Schon nach zwei Minuten konnte man die Krone eines mächtigen Baumriesen erahnen, dann war es vorbei. Die kristallene Schale viel ab. In meinen Händen lagen zwei kleine Kreaturen und unzählige rote

Scherben. Ein länglicher weißer Körper mit zwei kleinen Ärmchen und kräftigen Beinchen kamen unter einem Schwarzen Exemplar zum Vorschein. Noch glühten die Schalen, sodass die Szenerie wie in einem Film wirkte. Das Kleine, das unter seinem Geschwisterchen gelegen hatte war ein Albino! Man kann sich ja denken, was das bedeutete, wenn schon diese Art selten war. Beide Katzendrachen glotzten mich an. Ihre Augen waren Groß und strotzten nur so vor Leben. Wackelig versuchte das Schwarze aufzustehen, es gelang ihm nicht. Jetzt musste ich doch lächeln. Wie als Antwort gaben die Winzlinge Geräusche von sich und schienen auch zu lächeln, zumindest sofern das ohne Lippen möglich war. In diesem einen Augenblick fielen die Last und die Anspannung der letzten Wochen von mir ab und verschwanden. Doch leider war der Moment verstrichen, sobald Herr Renneck die Zimmertür öffnete. Schnell versteckte ich die Drachen in meiner Tasche. Das eine begann zu quicken.

„Was war das?"

„Ich?"

Der Lehrer zuckte mit den Schultern.

„Komm wieder rein, Cyras Yanatomi!", sagte er und schaute mich streng, beinahe wütend an. Dieser Lehrer mochte mich nicht, musste ich feststellen. Nur einer mehr, wobei das auf Gegenseitigkeit beruhte. Yanatomi ist nicht mein Familienname. Falls ich einen habe, einen Nachnamen meine ich, ist er mir unbekannt. Die Familie bei der ich in den letzten Jahren gelebt hatte, hieß so. Allerdings war ich schon ein ganzes Jahr nicht mehr daheim gewesen. Das letzte Schuljahr hatte ich in einem Internat verbracht, genauso wie Kailan und zwei andere Jugendliche aus meinem Dorf, Ließa und Taro. Langsam ging ich zurück in den Kursraum und zu meinen Platz. Seit ich den Raum betreten hatte, war es totenstill. Warum fiel mir das jetzt erst auf? Liegt die Stille an mir? Der Herr Lehrer ging zu seinem Pult und aktivierte den Bildschirm hinter der Tafel, welche im selben Augenblick im Boden verschwand. Es flackerte ein paar Mal, dann erschien eine, wie nennt man es gleich noch mal(?), eine Grafik unserer Welt. Alanea drehte sich mit den Splittern auf dem Bildschirm. Oben, über dem Nordpol kreiste ein Splitter, mit einer Kuppelstadt, unter dem Südpol drehten sich die unzähligen kleineren Splitter, über den Wendekreisen bewegten sich, schneller als die anderen fliegenden Eilande, die Splitter mit der Akademie und der Forschungseinrichtung und an den anderen Kuppelstädten flammten Namen auf. Die Farben der Wüste und der Wälder, Flüsse und Meere waren gleich ihrem Original.

„Was ist hier zu sehen?", fragte mein neuer Hasslehrer und guckte mich an. Alanea, unsere Welt, wollte ich schon antworten, da fügte er hinzu: „Herr Lawrush?" Kailan stand auf und sagte: „Das ist ein Model unserer Erde mit allen Städten und Splittern." „Richtig. Ihre Aufgabe ist nun, einen Text darüber zu schreiben wo Städte, wo Wüsten, Wälder, Gebirge und Meere, und wo keine Splitter sind. Vergessen Sie die Polarzonen nicht." Ein Aufsatz! Kann es eigentlich schlimmer kommen? Es gibt, glaube ich, niemanden der mehr Rechtschreibfehler macht, als mich. Ich sollte am besten auch das mit einbeziehen, was ich noch aus dem Erdkundeunterricht weiß. Letztes Jahr, als ich noch an der gewöhnlichen Schule in der nächsten Stadt war, hatte ich zwar nicht sonderlich aufgepasst und trotzdem gute Noten bekommen. Also nahm ich meinen Block aus der Tasche. Da quietschte es wieder. Einer der Drachen hatte sich erschreckt. Mein Kopf war rot und ich könnte wetten, dass alle Blicke auf mich gerichtet waren. Leon Russ und Magnus Kium lachten höhnisch. Ich wollte den Kopf nicht heben. Vorsichtig streichelte ich die Kleinen, damit ich ohne weiterem Quieken meine Block auf den Tisch legen konnte. Umgehend begann ich zu schreiben:

Alanea ist Großteils bewachsen. Zwei Kontinente, einer im Osten, einer der sich vom Norden bis in den Süden erstreckt. Der größte Teil des Zweiten beherbergt am Äquator die größte Purpurwüste, die es gibt, die Sahara. An ihren Rändern, die sich von einem Wendekreis zum anderen erstrecken, liegt eine der größten Städte auf Erden, Karthago. Eine eher kleinere Stadt ist zentral in der Wüste. Weiter in Richtung Süden, südlicher der Wüste, liegt ein Urwald, in dessen Mitte ein riesiges Gebirge thront. Zwei weitere Städte sind dort. Noch weiter im Süden, beinahe am Pol häufen sich die Splitter, dann am Südpol schweben sehr viele kleinere Splitter, die unseres Wissens nach unbewohnt sind. An den Rändern der Sahara finded man allerdings in Grasbewachsenen Landteilen einige Kuppelstädte. Der Kontinent der östlich von dem liegt, der Gehenna genannt wird, heißt Addia. Addia liegt inmitten des Quarzmeeres und ist Großteils bewaldet. Am nördlichsten Punkt, auf einem riesigen Splitter liegt die Hauptstadt des Landes. Um sie herum findet man auch die restlichen Städte. Im Ozean, dem Atlantischen Ozean, der wie schon erwähnt auch Quarzmeer genannt wird, da er so klar wie Kristall ist, im Westen, liegt die Unterwasserstadt Atlantis. Vereinzelt findet man auch Berge auf Addia, sowie eine Vulkankette an der Küste. Ein Fluss schlängelt sich fast parallel zur Küste quer durch den Kontinent. Er heißt Kando und ist neben ein paar Bächlein das einzige Gewässer auf dem Kontinent. Die beiden bewegenden Splitter, auf denen sich Akademie und Forschungszentrum befinden ändern ihre Position von Mal zu Mal. Sie kreisen entlang der Machtadern im Boden um Alanea herum, ohne gegen andere Splitter zu prallen. Je größer die Stadt, desto mehr Abgeordnete sitzen im Regierungsrat. Die einzigen Menschen, die nicht in Städten leben, sind reich und haben Burgen im Umland einer Kuppel.

„Die Zeit ist um!", rief Herr Renneck. „Cyras Yanatomi, ließ vor!" Ich tat es. Da nahm mir der Lehrer das Blatt aus der Hand und schaute darüber. Mit einem Gesichtsausdruck, den ich nicht zu deuten vermochte, sagte er: „Mein Lieber, *Gegend* schreibt man mit D am Ende und *findet* mit T, von den Satzzusammenhängen abgesehen. Wo haben Sie schreiben gelernt, oder sollte ich besser fragen bei Wem? Soll ich weitermachen?" Wortlos schüttelte ich den Kopf. Der Lehrer grinste befriedigt und ließ mich aufstehen. Er schaute mich mit Genugtuung an und deutete mir mich nach vorne zu begeben. Dort fuhr er wieder die Tafel aus dem Boden und befahl mir sämtliche Wörter, die ich falsch geschrieben hatte aufzuschreiben, ohne Fehler zu machen. Gedemütigt tat ich es. Meine Schrift war krakelig und unschön. Was war das hier? Mobbing? So fühlte es sich an. Wenn ich die Wahl gehabt hätte, wäre ich gerne Magier, etwas größer als jetzt und klüger, mit einer schöneren Handschrift. Hatte ich eine Wahl? Nein. Das Problem an dieser Stelle ist nur leider, dass niemand etwas gegen die Diskriminierung unternahm. Man wurde heutzutage als Nichtmagier allerhöchstens bedauert. Nicht nur, dass uns die Macht fehlte unsere Körperenergie zu kontrollieren, wurden wir anscheinen auch bestraft, uns dem *modernen Leben* nicht anpassen zu können. Es war als ob man mich in einen roten Farbeimer geschubst hätte. Mein Gesicht war fast so rot, wie meine Haare. Nicht vor Pein. Sondern vor Hass und Abscheu. Ich war fertig, also drehte ich mich um, um zurück zu meinem Stuhl zugehen. Ich würde das nächste Semester über lieber den Politikunterricht schwänzen, dachte ich mir noch, bevor ich auf dem Boden aufkam. Ich war gestolpert. Gestolpert! Jetzt war es mir peinlich. Wenn ich die Wahl gehabt hätte, wäre ich gerne im Boden versunken, anstatt erneut den Boden kennenzulernen und mich aufrappeln zu müssen. Aber so ist das halt im Leben, zumindest in meinem. In ein paar Stunden hatte ich meine Ruhe, konnte in meinem Zimmer lesen und die anderen vergessen.

3

Mittagspause, 15 Minuten: Ich sitze, wie immer allein, in der Mensa und versuche die Anderen, die mich auslachen, auszublenden. Kailan isst nie hier.

Sportunterricht, Herr Kareck betritt die Sporthalle: „Wärmt euch, wie immer, fünf Minuten lang auf und dann sucht euch einen Gegner!" Hämisch grinsten mich einige Leute an, allerdings hatten sie mich nur außerhalb des Sportunterrichts gesehen, wenn ich stolperte und den Boden küsste, weil ich mit meinen Gedanken woanders war. Jetzt konzentrierte ich mich auf meine Bewegungen.

Ich stand da, meine Kopfhörer auf, lauschte der Melodie und schlug zu. Die Luft vor mir müsste, wäre sie lebendig und fest, tot umfallen. Vielleicht aber auch nur benommen zurück stolpern. Der Faustkampf war einfach, noch einfacher war allerdings der Schwertkampf. Ich glaube, ich hatte schon einmal erwähnt, dass noch niemand mich bisher geschlagen hatte, aber egal. Herr Kareck war zwar stärker als ich, ich dafür aber um einiges schneller. Bei der Aufnahmeprüfung hatte es nämlich auch eine Überprüfung der körperlichen Verfassung gegeben, wo ich mein Können unter Beweis gestellt hatte. Momentan wärmte ich mich noch auf und ließ dabei all meine Wut aus. Das tat gut. Meine Waffe, also die mit der ich am besten umgehen konnte, war eigentlich das 1,40 m lange Naginata, einem Schwert dessen Klinge dieselbe Länge hat, wie der Griff. Laut Geschichten war sie früher, also ganz früher, eine Speer- und Stoßwaffe gewesen. Es muss schon komisch aussehen, wenn ich, der ich nicht einmal 1,80 m groß war, mit so etwas kämpfte. Hoffentlich wuchs ich noch. Immer noch war ich zugange im Takt der Melodie in meinen Ohren die Luft zu malträtieren. Das Lied das ich hörte war alt. Nichts Besonderes, hatte aber einen mitreißenden Rhythmus, den die Leere vor mir zu spüren bekam. Dann war es endlich so weit. Das Aufwärmen war beendet und wir sollten im Zweikampf mit Holzwaffen gegeneinander antreten. Ich nahm, ihr habt es bestimmt schon erraten, das Holznaginata. Wie immer suchte ich nach einem Gegner. Mein Opfer sollte Magnus sein. Er hatte noch keinen Partner, da er auch zu den eher Besseren gehörte und Leon nicht sollten sie nicht gemeinsam üben, also warf ich ihm meinen Trainingshandschuh hin. Ohne nachzudenken hob er ihn auf und nahm damit meine Herausforderung an. Er wusste anscheinend nicht einmal was ein Federhandschuh zu bedeuten hatte. Früher haben die Ritter im Mittelalter so Duelle angekündigt. Wenn es um das Kämpfen ging kannte ich keine Eingrenzungen, Beschränkungen, Versehen oder so. Mir war selbst nur wichtig gut genug zu sein um meine Peiniger zu überragen. In der Armee, die es aus einem mir unerkenntlichen Grund gab, immerhin gab es keine Kriege mehr, zählt eine

Rangordnung: Schwache Fußsoldaten werden Drones genannt (das ist eine Ableitung des Worts Drohne), gute Schwertkämpfer Daimamon, gute Schützen, mit Bögen (Pistolen wurden abgeschafft, als Kriegsmittel hatten sie zu viel Schaden angerichtet), Archer und die besten nichtmagischen Truppen, die wussten wie mit einem Schwert umgegangen wird, nannte man Klingentänzer. Das war mein Traum, irgendwann diesen Rang zu bekleiden. Erst als Kium aufsah, eigentlich schaute er immer noch ein bisschen nach unten, erkannte er erst, wer ihn herausforderte und das es überhaupt eine Herausforderung war. Er zuckte mit den Achseln und hob die Arme, in denen er das Holzschwert hielt. Umgehend startete ich die erste Parade. Das Stück Holz zwischen meinen Fingern glitt durch die Luft, als gäbe sie keinerlei Widerstand. Erst Oben, dann seitlich und dann wieder von oben, sauste die Klinge auf Magnus herab, der innerhalb von wenigen Augenblicken entwaffnet und somit wehrlos war. Seine Miene wirkte, als hätte er einen Geist gesehen. Dann sah ich das Signal unseres Trainers, dem Lehrer. Ich sprang in Richtung der Gruppe, die sich um diesen gebildet hatte und nahm die Hörer vom Kopf. „Hört zu, wir werden ein Spiel spielen. Ich werde das Labyrinth hochfahren und die Flaggen verteilen. Bildet zwei Mannschaften. Es ist Zeit für Catch-up-the-flags! Cyras, komm einmal zu mir." Ich machte mich auf den Weg zu Herrn Kareck. Er wusste ja, wie gut ich bin. „Hör zu. Du bist zu schnell für die anderen. Deswegen bildest du eine Ein-Mann-Mannschaft! Du hast bei weitem hier die besten Voraussetzungen für eine gute Note. Allerdings sollen die anderen auch mal eine Chance haben. Deshalb sage ich dir auch nicht, wo deine Flagge ist. Deine Vernarrtheit in dein Naginata ist schön und gut, trotzdem sollst du auch mal ein normales Übungsschwert nehmen." Eine neue Ausrüstung? Ein langweiliges Holzschwert? Das hörte sich öde an. Ich folgte dem Coach zum Waffenlager, einem Nebenraum mit all den Sachen die man im *Kampf ums Überleben* brauchte, und öffnete einen Schrank. Daraus holte er das angekündigte Holzschwert und reichte es mir: „Eine Berührung an den Vitalpunkten des Feindes und der wird ohnmächtig, wie du weißt. Ihr habt ja dafür eure Sportkleidung, die diese Punkte schützt. Andernfalls würdet ihr hier nicht einmal Holzwaffen bekommen." Ich nickte, drehte mich um und ging zurück zu den anderen. „Ich aktiviere jetzt das Labyrinth. Macht euch bereit", rief Herr Kareck laut. Ich ging an einen Platz, von dem Ich wusste, dass dort keine gepolsterte Wand aus dem Boden kommen würde, als auch schon anfing selbiger sich zu bewegen. Kurz darauf stand ich im Gang eines Labyrinths, welches perfekt für das Spiel war. Die Gänge waren gut eineinhalb Meter breit und waren verzweigt. Manchmal fand man jedoch etwas größere Plätze, wo man leicht kämpfen konnte. Der ganze Sportunterricht diente zwar nur uns zu trainieren, damit wir auf Reisen alleine überleben konnten, trotzdem war die Sportnote relativ gravierend bei der Gesamtbewertung, hatte man uns Studenten erklärt.

„Die drei Flaggen sind verteilt, man hat gewonnen wenn seine Mannschaft die zwei Flaggen der Gegner umgestoßen hat und zu seiner eigenen gebracht hat. Wir spielen eine halbe Stunde lang, falls dann immer noch zwei Teams wetteifern hat das Team mit zwei Flaggen gewonnen. Fangt an!" Die Ansage war deutlich. Ich würde es nicht leicht haben, aber mein Bestes geben. Wie immer in Sport.

Meine Fahne war violett, soviel wusste ich. Jetzt musste ich sie nur noch finden. Ich hörte etwas und drehte mich um. Da standen zwei Spieler mit Schwertern und kamen gefährlich nahe. Grüne Bänder an ihrer Ausrüstung kennzeichneten sie als Mitglieder ihrer Mannschaft. Leider sollte ich ihnen ja eine Chance geben, also nutzte ich den Trick aus der Schlucht. Von einer Wand zur anderen springend stand ich schon bald auf der zwei Meter hohen Labyrinthwand und lief den Gegnern des grünen Teams entgegen. Die Beiden schauten hoch, begriffen, dass ich nicht vorhatte mich ihnen in den Weg zu stellen und liefen weiter. Super! Ich frohlockte und bemerkte zu spät Leon Russ mit einer Lanze kommen. Beinahe hätte er mich erwischt, doch im allerletzten Augenblick war ich hochgesprungen und auf dem Speer gelandet. Mein Gewicht hielt das Holz nicht aus und barst. Für Leon war das Spiel vorbei, bis er eine neue Waffe aufgetrieben hatte. Die waren hier nämlich auch verteilt. Ich entschloss, dass Leon nicht weiter mitzuspielen brauchte. Mitleidlos trat ich ihm in den Bauch, sodass er gegen die Wand prallte und reglos liegen blieb. Wir sollten tote Männer spielen, sobald wir rausflogen. Fast hätte ich laut angefangen zu lachen, denn den Job des Verlierers machte Leon ziemlich gut. Den Anderen gegenüber war ich wirklich gefühlskalt und herablassend, sofern diese mich schon einmal ausgelacht hatten. Kein Wunder also, dass jeder mich besiegen wollte, der nicht aufmerksam zugesehen hatte, wie ich mich aufwärme. Mein Trick war praktisch, denn schon stand ich wieder auf der Mauer und sah die Flagge des Teams, das Orange als Farbe hatte. Ich schaute mich um. Meine Flagge war in einer Sackgasse am anderen Ende des Irrgartens, also konnten die

Gegner nur aus der einen Richtung kommen. Hatte ich genug Zeit, zur Flagge zu kommen, sie umzutreten und mit ihr zurückzukommen, ohne erwischt zu werden und ohne dass meine Flagge leiden musste? Ich musste es riskieren. Sonst würde ich als Feigling enden und nicht nur als Tollpatsch. Glücklicherweise war auch so niemand in der Nähe. Zumindest niemand den ich entdecken konnte. Die meisten die ich sehen konnte irrten umher und fanden weder vor, noch zurück. Es kam auf die Zeit an. Das hatte ich zwar längst erkannt, trotzdem unschlüssig nur dagestanden. Schneller als der Wind rannte ich über die Gänge, hin zur Flagge, als ich den einzigen Wachposten sah. Bisher hatte er sich im Schatten der Labyrinthwände versteckt. Ich drosselte meine Geschwindigkeit und schlich weiter. Allerdings waren meine Schritte zu laut gewesen, Er hatte mich entdeckt und gab Alarm. Ein Blick zurück sagte mir, dass niemand meine Fahne gefunden hatte. Gut. Also pirschte ich weiter und erkannte wer die unglückselige Wache war: Kailan! Er schaute mich an und wartete, wie eine Spinne in ihrem Netz. Schleichen musste ich auch nicht mehr. Gelassen ging ich weiter. Da schoss etwas an mir vorbei. Kailan hielt einen Bogen in Händen und spannte schon die Sehne um ein weiteres Geschoss mit gepolstertem Rundkopf abzufeuern. Hieß also, er hatte kein Schwert. Ein Sprung und ich stand hinter ihm, ein Tritt und mein einziger Freund lehnte an der Mauer. Ein weiterer Tritt sorgte dafür, dass die orangene Flagge zu Boden fiel. Zwei weitere Mitglieder von Orange bogen um die Ecke. Jetzt ging es um Sekunden. Denn die orangene Mannschaft würde jetzt erfahren wo meine Fahne stand. Ich krallte mir also die Stange und rannte los. Die Zeit wäre zu knapp um wieder über die Mauer zu rennen.

Meine Füße bewegten sich schnell, meine Lunge brannte und stand dann schon hinter drei Mitstudenten, die vor meinem Kleinod standen, sowie den beiden, die hinter mir waren. Alle vom selben Team. Das violett würde verblassen, falls meine Flagge fiele. Als einziger aus Violett, war es immerhin ein gewaltiges Problem auszuscheiden. Das wollte ich nicht zulassen und trat den einen gegen den anderen. Nummer drei wich aus und rannte an mir vorbei zurück. ZU MEINER FLAGGE!! Ich wollte ihm schon Angsthase hinterherrufen, damit er sich umdrehte, da kamen aber schon meine beiden Verfolger. Dann fiel meine Flagge. „Wollen wir vielleicht tauschen?", schlug ich vor, „Das komplette verbliebene Team Grün könnte auch noch hierhin kommen, das wäre schlecht, wenn sie direkt beide Flaggen abstauben." Das war schlecht. Verlieren wollte ich nicht, Orange schien allerdings auch nicht verlieren zu wollen, geschweige denn mir mein Fähnchen zurück zu geben. Während ich noch redete tippte mir jemand von hinten auf die Schulter. Mit einem Holzdolch. „Sorry, Alter, aber dieses mal habe ich gewonnen", verkündete Kailan. Schon gruselig, wie gut er sich anschleichen konnte. Seufzend ließ ich die Flagge fallen und sank zu Boden. Wenigstens waren die Mauern gemütlich. Ich hatte zwar fast ein Drittel des Kurses niedergemacht. Trotzdem hatte ich verloren. Wenigstens war ich stolz auf mich für diese Leistung. Die Mauern verschwanden wieder im Boden und Herr Kareck heilte diejenigen, die sich schwerer verletzt hatten, wie auch immer das mit unserer Kleidung möglich war. Danach standen wir wieder alle um unseren Coach herum und hörten was dieser zu sagen hatte. „Das war gut. Kailan, nimm lieber ein Schwert, Magnus, Leon, greift nicht immer *den*

Kleinen an. Der Rest hat seine Aufgabe gut gemacht. Räumt, bitte, den Schweinestall hier auf. Ach Cyras, wenn du das nächste mal einen Speer kaputt trittst musst du einen neuen schnitzen. Leon wird dir gerne dabei helfen, da er immerhin allein heute zwei davon auf dem Gewissen hat." Ein paar Leute schmunzelten, Leon war rot und ich grinste breit. Wir sollten jetzt also die ganzen Holzwaffen wegräumen...Das taten wir dann auch. Natürlich, was blieb uns auch anderes übrig. Das Wegräumen der Materialien gehört seit eh und je mit zum Sportunterricht dazu, sodass sich niemand beklagte. Alle fassten mit an und schon kurz darauf war alles sauber. Erneut rief unser Lehrer uns zu sich: „Kommt mal. Ich muss euch etwas Wichtiges mitteilen: Ihr werdet einen neuen Mitstudenten bekommen. Er ist in etwa so alt wie ihr und begabt, wie niemand sonst. Er wartet im Nebenraum der Umkleiden um sich vorzustellen. Bis nächste Woche. Und Cyras, nimm doch bitte die neue Ausrüstung die da in der Ecke steht mit auf dein Zimmer. Schau mal drüber, als Hausaufgabe." Ich nickte, typisch, dass ausgerechnet ich eine zusätzliche Aufgabe bekam. Ich zog mich schnell um und holte meine Hausaufgabe. Im besagten Raum stand ein Teenager. Seine Haare waren an der einen Seite so lang, dass sein Auge davon bedeckt wurde. Er war durchschnittlich, von mittlerer Größe und lächelte die ganze Zeit über. „Ich bin Arthur Sitou und bin 16 Jahre alt, freut mich", sagte er. Seine Stimme klang ein bisschen rau, als hätte er eine Erkältung. Der Neue zwinkerte mir geheimnisvoll zu und ging.

4

Im Spiegel sah ich einen jungen Mann mit blutroten Haaren, vereinzelten schwarzen Strähnen und einem Ohrring. Die Frisur war leicht exotisch: An der einen Seite waren die Haare so lang, dass sie die Schulter berührten, auf der anderen waren sie mit Spangen am Kopf befestigt. Hinten waren sie eher etwas kürzer, aber dafür zerzaust und durcheinander. Im Moment ähnelte ich also diesem seltsamen Neuen. Unter den ebenso roten Augen, sah man dunkle Ringe. Ich musste gähnen und mein Spiegelbild tat es mir gleich. Dann stand ich auf und sagte laut: „Dann mach ich mich mal auf den Weg."

Der Schultag war hart gewesen. Die Schüler des neuen Jahrgangs hatten einen anstrengenden ersten Tag ihres ersten Semesters hinter sich und ruhten sich auf ihren Zimmern aus. Allerdings gab es auch solche, die zwar aus guten Familien stammten, jedoch keine Ahnung von Anstand und Regeln hatten. Sie schlichen sich heimlich raus und verbrachten die Nacht in Schänken und Pubs, in Städten über denen die Akademie gerade schwebte. Das war schon seit Jahrzehnten so. Einer von ihnen war Leon Russ. Seine Eltern waren stolz, wohlhabend und geschäftstätig, hatten sich aber kaum Zeit für ihren Sohn genommen. Kein Wunder also, dass der verzogene Bengel sein Geld für Spirituosen und andere Dinge ausgab, die noch schlimmer, beziehungsweise hochprozentiger waren. Er war siebzehn Jahre alt und benahm sich wie jemand, der um einiges älter war. Am besagten Abend schlich er sich vom Schulgelände und nahm einen Hawekzile, einem fliegenden Transportmittel, das man am besten mit einem Motorrad vergleichen konnte. Die Schule besaß einige davon, allerdings waren sie sonst extrem teuer uns selten. In der Nähe lag die Stadt Karthago. Sie gehörte zu den Kuppelstädten mit den meisten Einwohnern. Knapp 6.000 Menschen lebten dort. Es sind zwar nicht sonderlich viele, jedoch mehr als anderswo. Wirklich große Orte gab es nicht mehr, wenn dann nur die Hauptstadt mit 10.000 Bewohnern. Hier gab es einen kleinen Pub mit billigen Getränken. Zielstrebig setzte sich Leon an einen der Tische und wartete auf die Bedienung. Er war gelangweilt und sein Rücken tat ihm weh. Dieser kleine Mistkerl hatte ihn mit voller Wucht getroffen. Das würde er ihm heimzahlen. Seine Gedanken kreisten um Cyras, wie eine Gruppe Haifische um einen toten Wal. Magnus hatte es wohl so krass erwischt, dass er nicht hatte mitkommen wollen. Übel nahm Leon es ihm nicht. Immerhin hatten sie mit ansehen dürfen, wie der Trottel gestolpert und ohne Beihilfe auf der Schnauze gelandet war. Das war knapp eine Stunde nach dem Sportunterricht gewesen. Als er endlich bestellen konnte, orderte er einen Cognac. Er sah älter aus, als er war, sonst hätte die Bedienung vielleicht gemerkt von wo der junge Mann gekommen war und nach seinem Alter gefragt. So verstrich die Zeit. Leon trank und trank weiter. Es bereitete ihm Vergnügen sich vorzustellen, wie er diesen arroganten Mistkerl ärgern konnte. Ein Außenstehender hätte gedacht, was Leon für ein Säufer sein muss, dass er nach so langer Zeit immer noch weiter trinken konnte. So verstrichen die Stunden. Dann irgendwann nach Mitternacht zahlte er und verließ die Kneipe. Schwankend taumelte er zu den Aufzügen und fuhr auf die oberste Schicht der Stadt hinauf. Sie war kleiner und hatte Gassen die teilweise von Mondlicht beschienen wurden. Wäre er nicht betrunken hätte er vielleicht wegrennen können, aber er hatte nun mal zu viel des Guten. Ein Schatten entstieg dem Aufzug, knappe zwei Minuten nach Leon Russ. Er war großgewachsen, aber in etwa genauso alt. Die Gestalt hätte aber auch getarnt sein können. Jedem Fußgänger wäre er seltsam vorgekommen. Doch niemand war in dieser Nacht noch draußen. Geschweige denn auf der obersten Schicht, die keine Decke außer dem Himmel mehr hatte. Der Schatten folgte dem Studenten durch die Straßen. Lallend trällerte Leon ein Liedchen während er den Parkplatz seines Hawekziles anpeilte. Noch trennten ihn ein paar hundert Meter von dem Gefährt, als ein Tropfen dunkelroten Blutes auf den Boden fiel. Kein Schrei durchbrach die Stille, kein Passant fing an hysterisch zu kreischen und kein Körper fiel dumpf zu Boden. Der Schatten hatte eine Klinge in der Hand, die im Brustkorb von Leon Russ verschwand und au dessen Brust wieder hervortrat. Ein weiterer Blutstropfen gesellte sich zu seinem Vorgänger. Weitere folgten. Mit Schwung zog der Mörder das lange Messer wieder aus dem erschlafften Körper. Die Leiche fiel auf die Knie und bewegte sich dann nicht weiter. Leon Russ kniete da. Weitgeöffnete Augen, die nicht mehr vermochten zu sehen, blickten auf in den Sternenhimmel. Sein Mund war leicht geöffnet, konnte aber keinen Ton mehr von sich geben. Sein letzter Atemzug war längst getan, seine letzten Worte bereits gesprochen. Der Moment schien wie von Magie, oder einer noch mächtigeren Macht, gehalten zu werden. Die Arme hingen Schlaff an beiden Seiten hinab und kein Blut floss mehr aus der Wunde. Die ganze Szenerie wirkte abstrakt und wie aus einem schlechten Horrorfilm. Das Kind, welches knapp acht Stunden später die Leiche entdecken würde, würde Nächte lang nicht mehr schlafen können. Vom Mörder war keine Spur mehr zusehen.

Ich stockte. So etwas hatte ich noch nie gesehen. Vor mir in der Traumwelt sah ich nur noch Dämonen. Massenweise. Tausende, Zehntausende, Hunderttausende standen in einer verfaulten Wüste aus nackten Felsen und Baumstümpfen. Hier, wo heute früh noch der Wald gewesen war, tummelten sich Ghule, Vampire, Dreamcatcher und andere Kreaturen der Nacht. Das letzte Mal, dass ich einen von ihnen gesehen hatte war schon Jahre her. Jetzt hatten sie es doch tatsächlich gewagt bis in die Engelsrefugien vorzudringen. Glücklicher Weise hatte ich meinen Dolch mitgenommen. Eine Waffe, die ich seit Jahren hatte. Eigentlich schon so lange wie ich mich entsinnen konnte. Er war länglich und schmal. Gravuren zierten die Klinge und dunkles Leder umhüllte den Griff. Natürlich war ich nicht in meiner Schuluniform hier unterwegs, sondern hatte wohlweislich meine Freizeitkleidung angezogen. Ein schwarzes Unterhemd, eine Schwarze Hose mit Roter Musterung, Hohe Stiefel und eine kurze Weste ebenfalls in Schwarz und mit rotem Pelzkragen. Nachts war es hier so kalt, wie in einer Wüste. Den alten Opferdolch, um den es sich bei meinem Stück handelte, hielt ich in meiner Hand. Meine Hände verkrampften sich, ich war komplett wie erstarrt. Noch war ich nicht entdeckt worden. Erst einmal hatte ich aus der Schlucht klettern müssen, dann war ich schnurstracks zurück zu dem Punkt gelaufen, an dem ich den Wald betreten hatte. Nur dass es den Wald gar nicht mehr gegeben hatte. Nichts überlebt in der Anwesenheit der Dämonen. Jeder Baum stirbt ab, das Gras verdorrt, die Tiere fliehen, Totes beginnt zu faulen und der Boden wird langsam schwarz. Ich weiß nicht was du über Kreaturen der Nacht weißt, aber ich will dir ein paar Dinge mit auf den Weg geben:

- Ghule: Ghule sind wandelnde Leichen, die gerne töten. Sie sind willenlos und wie Parasiten. Dafür reicht aber auch schon eine kleine Flamme um sie abzuhalten. Was sie tun wird von den Vampiren bestimmt, denen sie dienen.
- Vampire: Vampire sind Monster, die durch ein schwarzes Ritual an Kraft kommen, wenn sie Blut trinken. Sie sind Diener der mächtigeren Monster und halten Ghule, wie Haustiere. Sie sind etwas schneller als Menschen, aber nur geringfügig. Sie sind so sterblich wie Menschen und haben lange, scharfe, zudem schwarze Fingernägel.
- Dreamcatcher: Dreamcatcher sind menschenähnliche Dämonen, die Menschen in Träume versetzen in denen ihnen ihre Fürchte begegnen. Diese werden dann von dem Dämon lebendig gefressen. Sie sind schwerer zu besiegen, weil sie nur eine Achillesferse haben. Sie liegt bei ihnen zwischen den Augen. Ein guter Schütze zu

sein, ist hier von großem Vorteil. Meistens haben sie Peitschen.
- Teufel: Sie stehen für den Tod und sind Diener der großen Gottheiten. Teufel sind so gut wie unbesiegbar und nur schwer zu verwunden. Sie bewegen sich schneller als gewöhnliche Menschen. Ihre Erscheinung ist jedoch immer gleich. Hufe, riesige Hörner, lange seidige Haare und graue Haut. Ihre Augen schimmern immer Eisblau. Eigentlich leben sie in ihrer eigenen Welt und haben mit den anderen Dämonen nichts zu tun. Wie die Engel, sind auch die Teufel sehr intelligent, also falls dir einer begegnet: Lauf!!

Was mich schockierte waren nicht die Vampire und auch nicht die Dreamcatcher, sondern die Teufel. Nie hatte auch nur einer die oberen Refugien, oder auch nur die Traumwelt, betreten. Ich hatte auch noch nie gegen einen von ihnen kämpfen müssen, doch ich hatte von ihnen gehört. Andere Wanderer dieser Welt, denen ich begegnet war, hatten erzählt, dass sie ihre besten Freunde durch Teufel verloren hatten. Eigentlich glaubte ich ihnen das nicht, aber na ja... Wie weit man in die Refugien eintreten konnte, war von Weltengänger zu Weltengänger unterschiedlich. Ich riss mich von dem Anblick los. Nur weg von hier! Ich rannte. Soweit mich meine Füße trugen, wollte ich fort von ihnen. Immer wenn man in der Nähe von etwas ist, das mehr Kraft und Macht hat als man selbst hat man ein bedrückendes Gefühl. Nicht anders ist das bei den Teufeln und noch höheren Dämonen, sofern denn solche existierten, aber ich hatte Angst. Todesangst. Die Landschaft vor mir wurde wieder lebhafter. Orangenes Gras wuchs hier. Blaue

Vergissmeinnicht standen in voller Blüte, doch da war etwas. Ein leichter Geruch nach Fäule. Ich stand erschöpft mitten auf einer Wiese. Gute drei Meilen von der Meute entfernt. Etwas, was ein normaler Mensch nicht durchgehalten hätte. Weltengänger wussten aber instinktiv, dass ihre körperliche Verfassung wichtig war. Sport war auch deswegen für mich wichtig, weil ich nicht unbedingt hier sterben wollte. Tief atmete ich die kühle Luft dieser Nacht ein und drehte mich vorsichtig um. Ich ahnte, dass da etwas war, eine kalte Aura hatte sich ausgebreitet. Vor mir standen zwei Ghule. Beide in Gestalt mächtiger Wölfe. Sie knurrten leise und unheilvoll. Grüner Dampf quoll aus ihren Rachen. Hätte ich weiter rennen können, hätte ich umgehend die Flucht ergriffen, aber *alea iacta est*. Die Würfel sind gefallen. An das was dann geschah konnte ich mich nicht erinnern. Aber das, was ich wusste, war: Wir sind verloren, das ist der Anfang allen Horrors.

Cyras stand in der idyllischen Landschaft. Die beiden wandelnden Leichen umkreisten ihn, kamen jedoch nicht näher. Auf einmal hielt der junge Mann seinen Dolch vor sich und attackierte den ersten Ghul. Feuer schoss aus der Klinge und steckte das Ungetüm in Flammen. Als das andere Monstrum das Heil in der Flucht suchen wollte, machte der Jugendliche eine Bewegung mit seinem Messer. Augenblicklich stoben Flammen aus dem Boden und schnitten dem Ghul den Weg ab. Cyras öffnete die Augen. Das rot war weiteren Flammen gewichen, das Haar tanzte im Wind, gleich dem Feuer, welches es umzüngelte. Man konnte nicht mehr erkennen was Feuer, was Haare waren. Der Dämon jaulte und stellte sich seinem, in Trance versunkenen Gegner. Es dauerte keine zehn Sekunden, da entflammte auch der zweite Wolf. Ein letzter Hauch grünen Nebels wallte zu Boden, dann wurde alles schwarz.

Skizzenblock

*Ghule sollen unheimliche Kreaturen sein,
denen grüner Nebel aus dem Mund läuft.*

5

Der Morgen brach an, als ich gerade erwachte. Ich fühlte mich vollkommen entspannt. Das musste wohl daran liegen, dass ich endlich wirklich geschlafen hatte. Wovon ich geträumt hatte wusste ich nicht mehr. Aufgelockert verließ ich mein Zimmer und sah mich Kailan gegenüber. Der starrte mich kurz an, dann zuckte er zurück und schrie: „Monster!!" Zuerst überlegte ich mich umzudrehen, doch entschied mich dafür, ihm in die Seite zu boxen. Er jaulte kurz auf und begann zu lachen. Ich stieg in sein Lachen mit ein und ging mit ihm zu den Baderäumen. „Du wirst die anderen schocken." „Warum?", ich runzelte die Stirn. Mir war nicht klar was Kailan meinte. „Guck in den Spiegel." Ich drehte mich ein wenig und blinzelte. Wen ich in dem Glas erblickte, war nicht ich. Keine schwarzen Ringe unter den Augen. Meine Laune blieb gut. Seltsam war schon, dass meine Laune überhaupt besser war als *mies*. Leicht grinsend fing ich an meine Zähne zu putzen. Auf dem Stundenplan für heute standen die Fächer Magie, Kunst, Mathematik und Literatur. Aufgrund der vielen Stunden die anstanden, würde es also keinerlei Hausaufgaben geben. Zu der Schuluniform zog ich auch meine Armbänder, Abschiedsgeschenke einiger jüngeren Kinder aus unserer Heimat, an. Es war ein normaler Tag. Im Klassenraum OF12 wartete bereits eine kleine, untersetzte Lehrerin, die mich freundlich begrüßte. Sie schien nichts gegen meine Größe zu haben, immerhin waren wir fast auf Augenhöhe, und teilte mir mit, was gestern besprochen wurde. Nur Grundlagen, die ich schon kannte. Puh! Optimistisch lächelnd sagte ich: „Sie sollten mir besser keinen Schlüssel in die Hand geben. Beim letzten Mal ist eine Scheune niedergebrannt." Die Lehrerin kicherte nur und winkte ab. Der Unterricht begann. Es war doch nicht so schlimm, musste ich feststellen. Es war nur Übungssache. Trotzdem musste ein Feuerlöscher geholt werden...

Eine Schülerin, die mir gegenüber saß erregte meine Aufmerksamkeit. Sie war mittelmäßig, vielleicht 16, hatte langes hellbraunes Haar und starrte mich unentwegt an. So mittelmäßig war sie doch eher nicht. Die Szenerie wirkte obskur und irgendwie unheimlich. Das Mädchen wandte den Blick ihrer smaragdgrünen Augen nicht von mir ab. Zuerst versuchte ich sie zu ignorieren. Dann musste ich einsehen, wie unmöglich dieses Vorhaben war und sprach sie an. „Wie heißt du?"

„Ju."

„Ju? Kurzer Name."

„Ja." Sie antwortete, indem sie jedes Wort in die Länge zog. Es war verstörend. Ihre einsilbigen Antworten wirkten, als kämen sie von einem, in Meditation versunkenem, Mönch. Gerade als ich ansetzte, sie etwas zu fragen biss mich etwas in die Seite. Ich schrie auf und der ganze Kurs hörte auf zu arbeiten. Die Lehrerin trippelte auf mich zu und fragte, ob ich verletzt sei. „Nein, mir geht es gut, aber ich müsste kurz ans Fenster." Ich musste mich tatsächlich auf die Zehenspitzen stellen um an den Griff zu kommen. Dann blies frischer Wind in den Raum und ich öffnete meine Tasche. Zwei Augenpaare blinzelten mir entgegen und wandten sich dann um. Sanft hob ich die Katzendrachen an und warf sie. Erst sahen sie verdutzt aus, dann breiteten sie ihre Ohren aus und schwebten gen Boden. Ich wusste, wo sie hinwollten. Sie hopsten in Richtung des Gebäudes in dem mein Zimmer war. Anscheinend hatten sich die Beiden in meiner Tasche versteckt. Als ich mich wieder umwandte, blinzelten mich immer noch alle an. „Die müssen sich verirrt haben", meinte ich und hoffte, dass mir das irgendwer abkaufte. In der Pause kam auch Kailan wieder zu mir. Ju schlenderte an uns vorbei, immer noch mit weit geöffneten Augen. Er fragte mich leise: „Warum wirfst du mit Tieren?" Meine Reaktion hätte beinahe dazu geführt, dass ich Bekanntschaft mit dem anderen Ende der Treppe gemacht hätte, so heftig war ich zusammengezuckt. Heute war, ohne zu lügen, der beste Tag meines Lebens. „Denkst du ich sollte Kunst schwänzen?"

„Nö, dafür macht es dir viel zu viel Spaß zu zeichnen."

„Stimmt auch wieder. Was sollen wir eigentlich machen?"

„Die Aufgabe haben wir schon seit zwei Wochen! Wir müssen immer noch eine Zeichnung zum Thema Wüste anfertigen."

„Wüste? Ach ja, die Dünen und Wirbelwinde. Ich habe auch Karthago gezeichnet."

„Lenk bloß nicht vom Thema ab."

„Der eine Katzendrache hat mir in die Seite gebissen, mitten im Unterricht.

Was soll ich da schon groß machen?"

„Vergiss es einfach..."

Es kam anders als gedacht. Gerechnet hatte ich mit Sticheleien von Leon und Magnus. Keiner von beiden war im Unterricht. KEINER! Natürlich freute ich mich ein Wenig darüber. Sie konnten mir somit nicht den Tag vermiesen. Meine Mitschüler waren wirklich geschockt von meiner Veränderung, allerdings waren sie positiv überrascht. Zwar verhielt ich mich noch immer distanziert, hatte aber auch nichts gegen kleine Gespräche. Die Farbe war in mein Gesicht zurückgekehrt, dunkle Ringe verschwunden und das hatte sich auch auf meinen Charakter ausgewirkt. Kunst verlief reibungslos und war eine angenehme Abwechslung zu dem sonst nervigen Schreiben. Aber ein Schatten des Übels blieb. Inmitten der Pause stürmte ich in die Waschräume und übergab mich. Mein Schädel pochte und die Erinnerungen kamen zurück. Die Dunkelheit, der tote Wald. Und die Dämonen. Bei dem Gedanken an dieses Heer der Schrecke kam mir erneut die Galle hoch. Sollte ich jemandem davon erzählen? Nein, dann würden sie alle wissen, dass ich ein Weltenwandler bin, außerdem würde mir niemand glauben. Das würde mein Höllenkarussell nur erneut in Bewegung setzen. Alles nur nicht das. Fast hätte ich den Pausengong nicht gehört. Es war irgendwie seltsam, vertraut mit den anderen umzugehen. Ich redete mit Kailan und Arthur, dem Neuen, mehr als mit Kai(lan) in der ganzen letzten Woche. So kam auch folgender Dialog zustande:

Kai: „Hat einer von euch die Hausaufgaben für Politik? Ich müsste die noch abschreiben."

Ich: „Heute haben wir das doch gar nicht."

Arthur: „Abschreiben? Wer tut so was?"

Ich: „Hä? Was denkst du denn woher wir die Lösungen haben?"

Arthur: „Das war ein Witz!! Natürlich hab ich das auch schon X-mal gemacht!"

Wir lachten und redeten noch weiter, bis die Glocke ertönte. Der Unterricht endete schneller als gedacht und ehe ich mich versah lag ich in meinem Bett und zitterte. Nicht; weil ich Angst hatte. Mir war kalt. Sehr kalt. Obwohl alle Fenster geschlossen und die Heizung an war, konnte ich nicht aufhören zu bibbern. Wahrscheinlich hatte ich mich erkältet und hatte es jetzt erst bemerkt. Wie dem auch sei, als ich einschlief war die Kälte weg. Erst am nächsten Morgen wunderte ich mich darüber, dass ich geschlafen hatte. Seit Jahren hatte ich Schlafstörungen, wegen der Traumwelt und nun nicht mehr? Ich war nämlich gar nicht in der Traumwelt gewesen. Ich kleidete mich an und schlenderte in Richtung der Sporthalle. Mein Lieblingsfach stand auf dem Stundenplan. Unterwegs traf ich auf Arthur und Kai. Sie schienen auch munter zu sein. Gerade gingen wir über den Hof, als die Welt sich begann zu drehen und ich fiel. Meine Lider waren schwer und, obwohl es früher Morgen war, fühlte ich mich vollkommen erschöpft. Wieder begann ich zu zittern. Kailan half mir hoch und Arthur fragte mich, ob es mir gut ginge. Träge nickte ich und ging weiter. Es war kein Zuckerschlecken was wir zu tun hatten. Wider stand der Zweikampf auf dem Plan und mein Gegner war Magnus. Er war wohl wieder da, was man von Leon nicht gerade sagen konnte. Langsam hob ich die Attrappe der Waffe. Gerade in dem Moment, indem ich zuschlagen wollte, erwischte mich sein Holzschwert und riss mich von den Füßen. Hart prallte ich auf den Boden und blieb liegen. Um mich herum wurde alles Schwarz.

Als Herr Kareck sah, dass sein bester Schüler zu Boden fiel, sprintete er los. Cyras war nur einmal mit dem Übungsschwert von Magnus Kium in Kontakt gekommen. Zudem am Magen, dem Körperteil, dass von der Ausrüstung am besten geschützt wurde. Davon hätte der Junge nicht Ohnmächtig werden *können*. Es schien, als ginge es ihm nicht gut. Kareck hob den Schüler auf und befahl den anderen weiter zu trainieren. Langsam ging er zum Krankenflügel der Akademieanlage und lieferte dort seinen Schützling ab. Danach machte er sich auf den Weg zurück zur Halle. Die Krankenschwester, die Cyras untersuchte war ratlos. Vom gestrigen Tag auf heute hatte der so viele Symptome einer Grippe entwickelt, dass man meinen könnte, sie seien gespielt. Aber Fieber und Schüttelfrost waren eindeutig echt. Andernorts machten sich auch zwei Mitglieder der Miliz Sorgen. Ein kleiner Junge hatte unter Tränen berichtet, einen bleichen Jungen gefunden zu haben. Er war auf dem obersten Stockwerk der Stadt Karthago und schien mitten in der Bewegung erstarrt. Ein dunkles glühen ging von ihm aus. Zweifellos war er tot. Die Soldaten guckten sich an und wussten nicht, was sie tun sollten. Nach kurzer Zeit riefen sie ihren Vorgesetzten. Er erschien allerdings nicht. Das einzige was den beiden blieb, war die Spurensicherung zu holen und die Leiche zu identifizieren. Die Ergebnisse waren schneller da als gedacht: Leon Russ, Schüler der Akademie und Sohn einer reichen Magierfamilie. Die Wachhabenden schauten sich an: „Wo ist der denn hergekommen?" „Ich dachte, er sei Schüler der Akademie."

Die Skepsis der beiden war fast schon spürbar. Die Frage war ihnen ins Gesicht geschrieben: Wo kam er her? Und warum sah er aus wie eingefroren? Sie wussten zwar, dass ihr Vorgesetzter undercover an der Akademie ermittelte, aber es konnte wohl kaum mit diesem Fall zu tun haben. Es blieb ein Mord und die entsprechende Abteilung hatte Inspektoren geschickt. Schon seit der Ernennung Nefarian Hirineyos oblag die Ordnungshütung dem Militär. Schon kamen die Ermittler der Armee an. Einer der drei Neuankömmlinge war groß und hatte durchschnittliche Merkmale. Zudem hatte er ein Allerweltsgesicht. Ziemlich vorteilhaft für seine Arbeit als Mordermittler. Seine Haare waren kurz und blond. Er trat näher an den toten Studenten heran und musterte ihn eingehend. Für die Wachen sah es aus, als hätte der Inspektor irgendetwas gesehen, denn er trat näher und noch näher an den Jungen heran. Plötzlich breitete sich dunkler Nebel aus und umhüllte den Körper in einem Umkreis von zwei Metern. Dann war er, so schnell wie er aufgezogen war, wieder weg und mit ihm der Mitarbeiter der Mordkommission.

Zur selben Zeit las Arthur Sitou aus der Schullektüre seines Literaturkurses vor:
„Sein oder nicht sein, das ist die Frage. Ob's uns adelt im Gemüt, die Pfeile und Schleudern wüsten Schicksals stumm zu dulden, oder erneut das Schwert zu ziehen gegen ein Meer der Plagen?..."
Sein Handy fing an zu klingeln.

Skizzenblock

Kailan Lawrush (Keilän Läwrusch) soll pflichtbewusst und munter wirken...

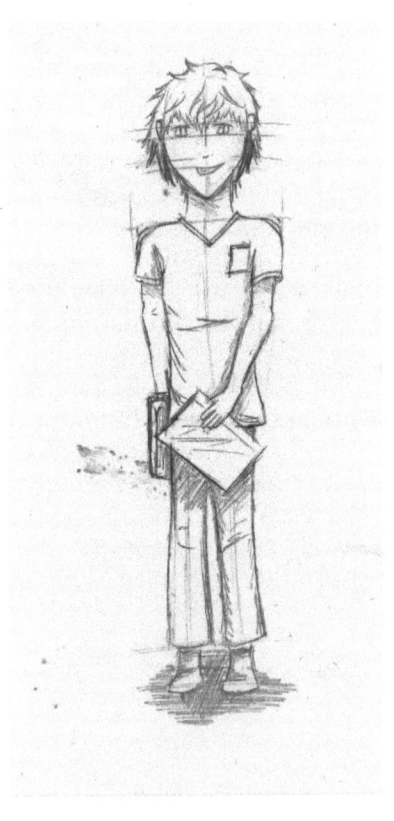

6

Der Morgen des 12. August begann, wie jeder andere Schultag auch. Zwar war Arthur kaum eine Woche an der berühmtesten Schule der Welt, doch hatte er sich bereits eingelebt und an den Alltag gewöhnt. Vor drei Jahren hatte er sein eigentliches Studium schon abgeschlossen, trotzdem war er zurück hier oben, auf dem Splitter. Gerade dachte er über sein bescheidenes Los nach, als Kailan klopfte und anschließend hereinkam. Sie hatten sich schnell angefreundet und aßen jeden Morgen zusammen. Normalerweise war Cyras auch dabei, aber er war aus seiner Ohnmacht immer noch nicht erwacht. Es war überhaupt eine seltsame Geschichte mit diesem jungen Mann. Seinem Lebenslauf, Arthur hatte ihn knapp überflogen, war kaum etwas über seine Herkunft zu entnehmen. Vor sechzehn Jahren tauchte er aus dem Nichts auf, wurde von einem angesehenen Pater aufgenommen und wuchs als dessen Adoptivsohn auf. Mit kaum neun Jahren war er Messdiener der dortigen Gemeinde geworden und hatte sich angestrengt viel zu lernen und zu trainieren, um hier an die Akademie zu kommen. Kurz nach seinem elften Geburtstag verschwand dann der Pater. Nach einigen Mobbingproblemen hatte Cyras, der ohne seinen Beschützer, als Kind des gesamten Dorfes aufwuchs, angefangen den Unterricht recht häufig zu schwänzen und jetzt war einer seiner Widersacher verschwunden und tot aufgefunden worden. Da er kein Alibi zur vermuteten Tatzeit aufweisen konnte kam Cyras als Täter durchaus in Frage, wobei sich allerdings ein weiteres Problem zeigte: Der Schüler Leon Russ, war anhand von Magie ermordet worden und Cyras besaß keinerlei magische Fähigkeiten. Arthur ging mit Kailan gemeinsam zur Mensa, wo sie sich setzten und frühstückten. In Gedanken überlegte er, ob es Zufall war, dass er gerade jetzt hergeschickt worden war, oder nicht. Sein gegenüber hatte die Angewohnheit in der Tageszeitung zu blättern, wo Kai unweigerlich auf den Artikel zu Leons Tod stolpern würde, den die Presse verfasst hatte. Zum Glück stand der Name des leitenden Ermittlers nicht in diesem Artikel, sonst hätte Arthur ein neues, äußerst ungünstiges Problem gehabt. Er selbst, Arthur Leroy Sitou, war der Vorgesetzte der Wachen und Agenten des

Universalenweltkongresses (kurz UWK) und mit den internen Ermittlungen vertraut worden, die mit einem Diebstahl einiger Dokumente und Formeln angefangen hatten. Die momentanen Nachforschungen waren der höchsten Sicherheitsstufe unterstellt und galten als streng geheim. Als Täter, des Mordes, kamen sämtliche Personen in Leons Umgebung in Frage, das Motiv des Mordes war unklar. Wäre es Rache, was relativ wahrscheinlich ist, würde Cyras zum Hauptverdächtigen werden. In der Tatnacht, denn es musste in der Nacht zum 10. August passiert sein, aufgrund der Tatsache, dass Leon Russ am vorigen

Tag noch den Unterricht besucht hatte und ein kleiner Junge am nächsten Tag auf die Leiche gestoßen war, konnte Cyras nicht aufgefunden werden, weder in seinem Zimmer, noch auf dem Schulgelände. Zudem wirkte der junge Student viel ausgeruhter als sonst, nachdem er seine Kammer, am darauffolgenden Tag, verlassen hatte. Als Täter des Diebstahls, weshalb Arthur überhaupt hier war kam allerdings nur jemand infrage, der sportlich, wie geistig ziemlich trainiert war. Wieder schien Cyras genau in dieses Profil zu passen. Die Ermittlungen würden sich als schwierig gestalten, zumal Arthur jeglichen Lehrern, die ihn kannten aus dem Weg gehen wollte. Es wäre unpraktisch, wenn er ihnen die Situation, in der er sich befand, erklären musste. „Ich war heute Morgen bei Cyras. Weißt du was mit ihm los sein könnte?" Diese Frage von Kai riss Arthur aus seinen Gedanken. „Nein, ist denn etwas?"

„Sein Zustand hat sich verschlimmert. Er hat Schüttelfrost, Fieber und sieht kreidebleich aus."

„Verschlechtert? Ist das nicht schon seit Tagen so?

Aber ich habe leider keine Ahnung. Kann es sein, dass er einfach überanstrengt ist?"

„Unwahrscheinlich. Er hat es früher mit jedem aufgenommen, aber Vorgestern war er irgendwie langsamer und wirkte schwächlich. Nur ein Schlag von Magnus hätte ihn nicht in die Knie zwingen dürfen."

„Ich kenne euch doch erst seit knapp einer Woche. Ich kann da wirklich nichts zu sagen, tut mir leid Kai. Ich weiß ja, dass ihr gute Freunde seid."

„Was hast du gleich für Fächer?", wechselte Kailan das Thema, „Bei mir steht Politik und Elementarbändigung an."

„Ich habe gleich wieder Literatur. Wir lesen Hamlet. Und danach habe ich Unterricht zur Beherrschung der Magie. Ich bin Magier, musste du wissen und zwar ein äußerst guter. Leg doch die dumme Zeitung weg." Mit diesen Worten war Arthur aufgestanden und hatte sein Tablett voll essen zur Küche schweben lassen.

„Ich brauche keine Demonstration deines Könnens. Ich glaube dir auch so. Weißt du schon was passiert ist?"

„Der Mord?"

„Ja, schrecklich. Und dann ist es auch noch Leon Russ."

So verliefen die Tage und Arthur wurde ungeduldig. Keine Informationen, keine Berichte hatte er bekommen und Cyras war immer noch nicht aufgewacht. Es schien als hätten sämtliche Lebensgeister Abschied von ihm genommen. Etwas weiter kam er allerdings doch. Arthur hatte sich entschlossen, sich der Kehrseite der Medaille zuzuwenden. Inzwischen verstand er sich richtig gut mit Magnus Kium, der nach dem Tod seines Freundes etwas zugänglicher und freundlicher geworden war. *Wo sollte man bessere Informationen kriegen, als beim besten Kumpel des Opfers?*, war der ausschlaggebende Gedanke für dieses Vorhaben gewesen. Dieses irrsinnige Vorhaben... Es war Hoffnungslos. Es schien, als würde niemand diesen Leon wirklich gekannt haben. Magnus erzählte, er habe Leon auf der Grundschule kennengelernt und mit ihm aber erst in der achten Klasse Freundschaft geschlossen. Ihre Freundschaft bestünde allerdings noch nicht lang genug, um einander besser kennenzulernen Diese Ermittlung war reine Sisyphusarbeit.

Andernorts saß Kailan Lawrush an einem Bett im Krankenflügel der Akademie und blickte hinab auf die aschfahle Gestalt von Cyras.

Ich war müde. Um mich herum war Dunkelheit. Die einzigen Gefühle in dieser Leere war ein betäubender Schmerz, der alles übertraf und erstickte, und eine mörderische Kälte. Mein Körper war schwer. So schwer. Bewegen war unmöglich. Es war als wäre ich erstarrt. Noch nie war ich wirklich krank gewesen, und jetzt das. Ich erinnerte mich an die Zeit, in der der Pater sich um mich kümmerte, während ich mit leichtem Fieber im Bett lag. Aber diese Geborgenheit war dann mit dem Pater verschwunden. Plötzlich waren sie weg gewesen. Ich hätte den Pater jetzt gerne an meiner Seite gehabt, hätte gerne wieder von ihm Kekse bekommen und dann gebetet. Langsam, ganz langsam hob ich die Lider. Zuerst blendete das Licht, dass auf meine Augen schien, dann gewöhnte ich mich daran und sah an die Decke. Schon seltsam, sich an die gewöhnliche Raumbeleuchtung gewöhnen zu müssen. Mein Blick schärfte sich. Die Decke war weiß getäfelt und normal, schlicht. Es musste das Krankenzimmer sein, denn es war still und roch nach Desinfektionsmittel. Als ich meinen Kopf drehen wollte, fuhr ein stechender Schmerz durch meinen Körper und ich hielt inne. Ich schloss die Augen wieder und hörte auf Geräusche. Da waren neben meinen stockenden Atemzügen noch andere, regelmäßige. „Cyras?", fragte eine nur allzu bekannte Stimme. Ich blinzelte zur Antwort. Zu mehr war ich derzeit nicht in der Lage. Neben meinem Bett war jemand. Ein Freund, dessen dunkle Haare gerade so in meinem Blickfeld waren. Kailan. Langsam glitt ich wieder in die Welt, wo

Gedanken keine Rolle spielten. Ich schlief ein. Das nächste Mal, dass ich aufwachte, war als eine der Krankenschwestern sich über mich beugte und an meiner Stirn fühlte. Sie hatte mein Erwachen bemerkt und erklärte sachlich: „Du hast hohes Fieber und rasenden Puls. Dein Atem geht zu schnell und du schwitzt unentwegt. Anscheinend hast du dir einen Virus eingefangen." Diesmal konnte ich nicken. Trotz den Schmerzen ging es, meinen Kopf langsam zu bewegen, doch noch brachte ich kein Wort heraus. Die Schwester ging und ich starrte wieder an die Decke. Ich konnte mich nur noch an Magnus selbstsicheres Gesicht erinnern, als er mir sein Übungsschwert in den Magen stieß.

Nach seinem Erwachen verordnete einer der Ärzte Cyras Bettruhe, bis der Schüttelfrost aufhörte. Das war eine gute Nachricht für Arthur. Er besuchte ihn oft und versicherte sich, dass er nicht flüchten könnte, falls er dies vorhaben sollte. Es waren Spuren aufgetaucht, wie seine Mitarbeiter in Karthago ihm berichtet hatten. Stofffasern eines Mantels hatte man nahe dem Tatort gefunden. Sie gehörten wohl zu einem Herrenmantel der Firma Jackson, die derzeit *in* war. Der Besitzer kann dadurch leider nicht ermittelt werden. Eine Auflösung war unwahrscheinlich, aber möglich, obgleich dies der kniffeligste Fall war, an dem Arthur Sitou je gearbeitet hatte. Ehrlich gesagt, war dies der erste Mord an dem er arbeitete. In der Hauptstadt, wo Arthur zuvor stationiert war, wagte es niemand ein so schwer bestraftes Verbrechen zu begehen, zumal Diktator Hirineyo dort residierte. Durch Kailan, Cyras, Magnus und diese seltsame Ju hatte er erfahren, dass Leon Russ keine Feinde hatte, obwohl Cyras ihn gerne losgeworden wäre. Er hatte darauf verzichtet dem Kranken von dem Mord zu erzählen. Ein Motiv konnte er sich auch nicht zusammenreimen. Da war nichts. In kurzer Zeit sollte Cyras befragt werden können. Was Arthur persönlich überrascht hatte, war, dass Kailan einfach so von dem Verbrechen redete und wie Cyras Reaktion auf den Tod seines Widersachers ausfiel. Er hatte die Nachricht aufgenommen und dann gehaucht, Leon hätte es nicht verdient umgebracht zu werden. Das war unerwartet. Eigentlich hätten die Beiden sich doch hassen müssen. Na ja, wie dem auch sei, es gab ansonsten keine Anhaltspunkte oder etwas Vergleichbares. Vielleicht lag Cyras Reaktion auch an seiner Gläubigkeit. War es vielleicht doch nur ein Raubmord gewesen? Nein, sonst hätte man eine *normale* Leiche gefunden, und keine, die wie erstarrt in der Luft hing. Wann immer man sich ihr nähert zieht ein seltsamer schwarzer Nebel auf, der bisher drei Menschen verschlungen hatte, bevor der Platz auf unbestimmte Zeit gesperrt worden war. Die Forensick konnte nicht arbeiten und die angestellten Magier hatten die Art der unheimlichen Magie nicht ermitteln können. Der Agent stand vor einem neuartigen, abstoßenden Mord. Ideen um fortzufahren hatte Arthur nicht. Seine Noten an der Akademie waren perfekt, wie kann es auch anders sein, wenn man das Unterrichtsmaterial bereits kennt, so dass er im Unterricht an seinem Fall arbeiten konnte. Im Kopf führte er sich alle möglichen Szenarien vor Augen. Vier Möglichkeiten gab es, sofern man sämtliche Anhaltspunkte vorerst außer Acht ließ. Zum einen hätte es ein Mord eines persönlichen Feindes sein können, voller Hinterhalt und mit magischen Relikten. Eine weitere Möglichkeit war ein Dämon, der aus der berüchtigten Traumwelt herausgekommen war. Das war allerdings Humbug, weil noch niemals eine dieser Kreaturen es bis hierher, in die Welt der Menschen, geschafft hatte. Als dritte Möglichkeit, wäre da eine Bande von Verbrechern, die mit Magiern zusammenarbeiten und diesen Raubmord, wenn es denn einer war, begannen hatte. Die vierte und letzte Möglichkeit wäre ein Ritualmord. Aber das ist auch Quatsch. Welches Ritual hätte jemand durchführen wollen, bei dem als Ergebnis nur eine festgefrorene Leiche zurück blieb? Wobei, eigentlich gibt es ja noch eine fünfte Möglichkeit. Jemand, ein Gegner der Russfamilie könnte ein Exempel statuieren wollen. Würde man Nummer zwei und vier streichen, käme man nur noch auf die verbliebenen Durchläufe. Nummer fünf sollte lieber mehr in Betracht gezogen werden. Möglichkeit eins wäre dann eher zu streichen Da waren's nur noch drei.

7

Seit Cyras im Unterricht wieder dabei war, bemerkte jeder ziemlich schnell, dass er immer noch krank war. Er war schlecht, inzwischen vor allem im Sportunterricht. Statt ihm hatte Arthur, der Neue, sich an die Spitze in sämtlichen Fächern gestellt. Obwohl es schon zwei Monate her war, dass die Leiche eines ihrer Mitschüler gefunden worden war, war dies das vorherrschende Gesprächsthema der Stufe. Cyras ärgerte sich über seine Noten, Arthur über sein Nicht-Weiter-Kommen in diesem Fall. Der Agent der Regierung tüftelte tagein tagaus daran. In der Stadt in der der Mord verübt worden war, gab es tatsächlich eine Bande von Verbrechern, die vier Magier zu ihren Reihen zählte. Es wäre besser sie dingfest zu machen und in Seelenruhe zu vernehmen. Möglichkeit drei würde also überprüft werden können. Aus dem Grund hatte Arthur seine Wachen angewiesen Vorbereitungen zu treffen. Die nächsten Ferien standen in vier Wochen an. Immer noch wunderte er sich wieder die Ferienzeit berücksichtigen zu müssen Bis zu den Herbstferien musste Arthur sich trotzdem noch gedulden. Seine Mutter hatte immer gesagt: „Geduld ist eine Tugend, die du nicht verstehst." Sie hatte recht gehabt, musste Arthur eingestehen. Ohne es zu merken, war er wie Cyras geworden: Gefühlskalt, abweisend, grüblerisch. Nun, so war Cyras nicht mehr. Die Beiden hatten wohl ihre Plätze getauscht. Der seltsame Junge hatte jetzt viele Kontakte zu den Anderen. Doch es ging ihm noch immer nicht besser. Er hatte Fieber, sah kränklich aus, doch der Arzt fand nichts bei den, fast täglichen, Untersuchungen. Viele Studenten sprachen schon von den Ferien. Die einen würden nach Hause fahren, die anderen hierbleiben. Die Inhalte der Unterrichtsstunden und Vorlesungen bestanden Großteils aus generellen Informationen und keinen Vertiefungen mehr. Das Schulleben war trist.

Es war wieder Morgen. Mein Zimmer hatte ich aufgegeben, die Katzendrachen hatte ich den Weg nach Hause beschrieben und sie hatten sich auf den Weg gemacht. Diese kleinen Tierchen waren klug genug in das kleine Dorf Asciburgium zu finden. Jetzt schlief ich im Krankenflügel und ließ mich nahe zu jeden Tag untersuchen. Es war nervig immer und immer wieder dasselbe gefragt zu werden. Wie fühlst du dich? Sind die Schmerzen besser geworden? Kannst du dich besser bewegen? In den Politikstunden hielt ich mich zurück und dachte an die Katzendrachen, die irgendwo in der Weltgeschichte herumflogen oder hüpften. Was das Fliegen anging, war dies der nächste Punkt auf dem Lehrplan im Sportunterricht. Wir sollten praktische Übungen im Bereich des Bogenschießens machen, indem wir auf einigen Hawekzile jagen gehen. In den nächsten drei Tagen sollten wir so mindestens unsere Stufe versorgen. Dementsprechend erklärte Herr Kareck, wie viel Fleisch nötig war um eine bestimmte Menge von Menschen zu versorgen: „Es gibt drei Klassen von Beutetieren. Die erste Klasse kann bis zu drei Personen verpflegen, die zweite bis zu einem Dutzend und die letzte kann tatsächlich knapp einhundert Menschen mit Fleisch verpflegen. Das Beste kommt jetzt: Wir werden zeitgleich ZWEI Turniere bestreiten. Erstens geht es darum das größte Beutetier zu erlegen. Nun ja, kochen müsst ihr auch lernen. Dementsprechend geht es bei unserem zweiten Wettspiel darum, die köstlichste Mahlzeit herzustellen. Die anderen Studenten würden dann abstimmen. Als Preis lockt eine Reise zur Hauptstadt, um dort von einem Palastangestellten zu lernen wie man im Palastfechten kämpft. Tiere die zur ersten Klasse gehören sind Fasanen, Rehe, Sprungfische, Koboldhasen und die meisten Raubkatzen. Sie geben beim Spiel nur so viele Punkte, wie sie Menschen versorgen. Bei mehreren auf einmal wird die Höchstpunktzahl mit der Anzahl an erlegten Wesen multipliziert. Klasse 2 Tiere sind zum Beispiel Rundkopfnashörner, Pythonfresseradler und vergleichbar große Kreaturen. Kommen wir zur besten und am meisten Punktebringenden Klasse. Zu ihr gehört nur eine Gattung, nämlich ausgewachsene Drachen. Einhörner und Greifen gehören noch zur zweiten Klasse. Allerdings ist das hier Realität, also könntet ihr euch übel verletzen, wenn ihr nicht aufpasst. Eure Sportkleidung ist daher auch Pflicht. Verstanden?" Die Anderen aus meinem Kurs nickten beistimmend und drehten sich dann zu den Umkleiden um. Ich wurde, wie in der letzten Zeit immer, zurückgehalten. Herr Kareck fragte, ob es mir gut ginge. „Du kannst das Naginata nicht mitnehmen. Es wäre zu groß. Du hast aber neben dem Bogen noch deinen Dolch und die Stiefel, falls du sie bereits ausgepackt hast. Wir haben auf der Lehrerkonferenz entschieden, dass du sie bekommst, da sie auch mehr oder weniger verhindern, dass man stolpert. Damit hat man wahrscheinlich weniger Probleme beim Laufen, wenn man krank ist oder tollpatschig, also werd bei deinem Zustand nicht übermütig und flieh, falls du in eine brenzliche Situation kommst." „Ja, Herr Kareck. Ich fliege auch bei Kailan auf dem Hawekzile mit." „Gut, das wäre der nächste Punkt gewesen. Der Unterricht fällt in den drei betroffenen Tagen aus, also könnt ihr euch Problemlos darauf konzentrieren zu jagen. Gutes Gelingen, ich erwarte eine ordentliche Beute." Dieser Lehrer führte sich auf, wie die Dorfbewohner meiner Heimat. Wäre doch der Pater noch da. Er würde mir sagen, was ich tun kann. Er würde noch spät abends mit mir reden und sagen, ich solle so wenig Opfer bringen wie möglich, um eine gute Summe an Punkten zu kriegen. Der Pater war friedfertig gewesen. Immer nett. Meine Erinnerungen an ihn waren verschwommen, so lange war er schon weg. Sein Lächeln war warm und gütig gewesen und wir hatten nie gestritten. Nur ein einziges Mal war er sauer geworden. Damals hatte ich schon das Feuer unter dem Herd anzünden sollen. Stattdessen war eine Scheune, nahe der Kirche, abgebrannt. Ich war sechs gewesen, als das passiert war. Ich musste grinsen, während ich in den Erinnerungen schwellte. Nachdem ich im Krankenflügel erwacht war, hatte ich weder sprechen, noch mich bewegen können. Einige Symptome einer schwereren Krankheit waren seitdem abgeschwächt und verschwanden mit der Zeit. Zwar hatte ich noch Fieber und starke Kopfschmerzen, trotzdem konnte ich wieder normal am Unterricht teilnehmen und hatte mich am ersten

Jagdtag schon fertig ausgerüstet in der Ablegekammer für die Hawekzile eingefunden. In dem Kanton mit meiner Sportaufgabe war ein Paar Stiefel mit besonders verstärkten Stellen. Sie waren etwas schwerer als gewöhnliche Stiefel, allerdings dafür um einiges stabiler. Die meisten redeten schon davon, wie viele Drachen sie abmurksen würden. Die Hälfte von ihnen würde wahrscheinlich selbst fast abmurksen. Bei diesem Gedankenblitz musste ich unwillkürlich lachen, als ich hinter Kai platznahm. Er fliegt, ich schieße und später anders herum. So hatten wir es geplant. Natürlich dürfen wir auch absteigen und zu Fuß die Waldlandschaften, nahe dem Wüstenrand durchkämmen. Herr Kareck und vier Ärzte stiegen auf eine Plattform, die sich geschmeidig in die Luft erhob und gaben uns Schülern ein Signal loszufliegen. In dem Schwarm der fliegenden Fahrzeuge sahen wir sogar Ju, die kein Hawekzile flog, sondern auf einem fliegenden Teppich, einem nicht seltenen magischen Relikt, flog, den Bogen fest in der linken Hand. Solche Relikte wurden meistens von reichen Händlern für viel Geld verkauft oder in Familien weitervererbt. Ju schaute mit ihren Glubschaugen zu uns und lächelte, winkte und wäre fast abgestürzt. Schnell schauten wir weg. Dieses Mädchen war gruselig. Da waren Kai und ich uns einig. Jeder Schüler hatte einen Bogen und zwanzig Pfeile bekommen, sowie einer weiteren Waffe, um das verwundete Tier schnell zu töten. Es sollte ja nicht unnötig leiden. Schnell waren wir vereinzelt und Kai flog näher an den Boden heran. „Wir sollten absteigen und uns den Waldboden genauer ansehen. Vielleicht sehen wir Spuren", sagte er und ich nickte. Im Wald angekommen sprangen wir ab und untersuchten die weiche Schicht des hier wachsenden Mooses. Als ich auf der Erde aufkam wankte ich ein Wenig fasste mich dann aber und schaute mich um. Kai verschwand im Unterholz und ich fand etwas, das aussah wie Fressspuren und folgte ihnen in die entgegen gesetzte Richtung. Ein Pflanzenfresser mittlerer Größe, vermutete ich. Und da war es: Ein Tier. Es hatte goldbraunes Gefieder, einen prächtigen Körperbau mit vier Beinen. Seinen Kopf zierte ein gewaltiger Schnabel, aus seinem Rumpf sprossen kräftige Schwingen und zwei Schweife entsprangen dem Ende seiner Wirbelsäule. Ein Greif. Wäre man aus der anderen Richtung gekommen, hätte man ihn leicht übersehen können, so gut war er an seinen Lebensraum angepasst. Natürlich hatte er mich längst bemerkt und stand reglos da. Würde ich mich zu schnell bewegen, wäre er weg, bevor ich ausatmen könnte. Langsam legte ich einen Pfeil auf die Sehne. Fast wie in Zeitlupe zog ich sie zurück, bis zu meiner Wange. Der Greif war etwa zwei Meter lang und kräftig gebaut. Ich atmete ruhig ein und aus, dann ließ ich den Pfeil los. Er traf. Ich hatte seinen Kopf getroffen und das Tier brach lautlos zusammen. Das war ihre Schwachstelle. Wenn ich auch nur einen Schritt weiter hinten gestanden hätte, wäre die Wahrscheinlichkeit wirklich zu treffen rasant gesunken, immerhin war mir immer noch leicht schwindelig. Die seitlich liegenden Augen waren nicht geschützt, so dass der Pfeil durch das Auge ins Gehirn des Tieres gleiten konnte. Sein Tod war schmerzlos. Ich drückte auf einen Knopf am Bogen und das Bogengeschoss blinkte. Es wies mich als Schützen aus und signalisierte dem Lehrer, wo die Beute war. Gerade wollte ich zum Hawekzile zurücklaufen, da zerriss ein Schrei die Stille des Waldes. Er war so Ohrenbetäubend, dass ich mir die Ohren zuhielt. Das half nichts. Der Schrei schien in meinem Kopf zu sein. Ein verzweifelter Hilferuf eines kleinen Wesens aus nördlicher Richtung, erkannte ich instinktiv. Ohne nachzudenken hastete ich los. Meine Kopfschmerzen trommelten gegen meinen Schädel, aber darauf konnte ich nicht achten. Es ging um jede Sekunde. Ich stolperte, als die Welt anfing sich um mich zu drehen. Da saßen sie. Drei kleine Babydrachen. Nicht größer als eine Katze und so hilflos wie eine Schildkröte die auf dem Rücken lag. Ich kniete vor ihnen und sah in ihre großen Augen. Dann bemerkte ich die Spuren einer gigantischen Kreatur. Die Mutter der Kleinen. Keine Sekunde später hörte ich ein dumpfes Gebrüll. Es war noch etwas weiter weg. Ich strich den Babys über die Köpfchen und rannte weiter. Der Herzzerreißende Ruf in meinem Kopf war weg. Verstummt. Er könnte ja von den Babys gekommen sein, die ich mit meiner kurzen Handbewegung, oder auch nur durch meine Gegenwart, beruhigen konnte. Ich erreichte eine Lichtung. Auf ihr stand eine gewaltige, nahezu monströse Gestalt. Prächtige blaue Schuppen zierten den gewaltigen Leib der Drachenmutter. Vor ihr standen zwei Jäger. Mitschüler! Magnus Kium und einer seiner Kumpanen. Keinen Gedanken verschwendend warf ich mich vor das Tier und breitete die Arme aus. Ungläubig starrten sie mich an. Ich fühlte neben dem Schmerz in meinem Kopf auch Dankbarkeit. Es war, als fühlte ich die Gefühle der Drachen und ihrer Mutter.

„Halt! Tötet sie nicht! Sie beschützt nur ihre Jungen. Verschont sie, bitte! Wir können den kleinen nicht einfach ihre Mutter nehmen!", flehte ich Magnus an. Er schien verdattert, mich zu sehen. Seine Nächste Reaktion war unerwartet. Er ließ die Schultern hängen und ging. Ohne einem Wort verschwand er im Wald. Er wirkte Niedergeschlagen und gänzlich schwach. Sein Begleiter bemerkte erst zwei Augenblicke später, dass er allein dem Drachen gegenüberstand und rannte Magnus hinterher. Ich konnte mich nicht länger auf den Beinen halten und fiel. Ich schaute zurück, doch der Drache war wieder im Wald verschwunden. Keine Spur war zurückgeblieben. Ich stemmte mich auf meine Hände und versuchte wieder aufzustehen. Vergebens. Ich brauchte eine Pause. War es gut, was ich getan hatte, oder war es Schwachsinn gewesen? Das war die letzte Frage, die ich mir stellen konnte, bevor die Erschöpfung mich übermannte und ich auf einem Bett von Moos einschlief oder ohnmächtig wurde. Ich wusste es nicht.

Arthur hatte mit angesehen, wie Cyras diese Bestie schützte, doch er hatte keine Zeit, sich um den Verdächtigen zu kümmern. Er hatte etwas anderes vor und steuerte sein Hawekzile in Richtung Karthago. Die Stadt lag inzwischen einige Stunden Weg westlich der Akademie. Er ging auch auf die Jagd. Nur dass sein Ziel um einiges cleverer war, als die Beutetiere der Studenten. Arthurs oberste Priorität war das Verhaften einer Bande.

Skizzenblock

Das ist ein Hawekzile (Mischung aus Hawk und eye, aber nur vom Klang her).

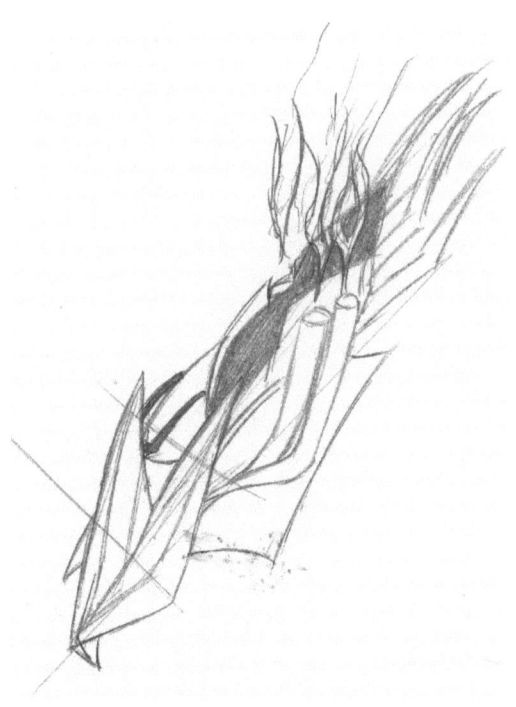

8

In Karthago sorgte schon seit vierzehn Jahren eine Gruppe von Verbrechern für Unruhe. Ihre Anführer waren zwei Mörderinnen, die bis dato nie verhaftet werden konnten. Zwillinge, die sich selbst als Blutschwestern bezeichneten. Ihre Namen waren Krux und Akronix. Ob das ihre richtigen Namen waren wusste niemand. Beide waren knapp dreißig Jahre alt und waren stets in schwarz und grün gekleidet. Ihr Versteck war bisher nicht gefunden worden, aber deswegen machte sich Arthur keine Sorgen. Entweder es war innerhalb Karthagos oder knapp außerhalb. Es war eben so. Und keine Jagd macht Spaß, wenn man genau weiß, wo seine Beute lebt. Arthur landete auf dem Dachgeschoss der Stadt und besichtigte erst einmal den Tatort. Zwei Wachen standen vor dem Zugang und verwehrten ihm selbigen. Gerade wollte Arthur sich ausweisen, als er es bemerkte. Er hatte seine Brieftasche mit dem Ausweis verloren. Er stieß sich die flache Hand vor den Kopf und wollte stattdessen schon die Akten herausholen, da erkannte einer der Wachhabenden ihn. „Sir, Sie sind wieder da! Wir hatten gedacht, Sie arbeiten undercover. Entschuldigen Sie bitte, dass wir Sie nicht auf Anhieb durchgelassen haben."

„Habe ich auch, und der Fall konnte so weit gelöst werden, dass nur noch zwei Verdächtige übrigbleiben", log er, „Sagen Sie einer Einheit Bescheid! Wir nehmen heute die Blutschwestern hoch!"

„Ja, Sir." Einer der Männer machte sich auf den Weg. Der Andere erklärte: „Jeder, der der Leiche zu nahekommt, verschwindet spurlos. Sie sollten zurückbleiben, Agent Sitou."

„Ich habe die Informationen bereits erhalten. Machen Sie sich keine Sorgen, ich habe nicht vor eine *Sight-Seeing-Tour* zu buchen."

„Wissen Sie denn schon, wie es passiert ist?"

„Ich habe zumindest eine Vermutung. Leon Russ ist ein verwöhnter Schnösel und hat sich nachts hierher geschlichen. Laut einem Freund machte er das öfter. Ziel waren meistens Pubs und Clubs in naheliegenden Städten. Von einem Barkeeper und seiner Tochter wissen wir, dass er bis kurz nach zwölf in seiner Bar war. Wahrscheinlich ist Russ dann nach oben gefahren, von den Aufzügen hierher getorkelt – der Wirt meinte, der Junge sei voll gewesen – und wollte zu seinem Hawekzile, den wir bereits in Gewahrsam genommen haben, als der Mörder, Mister X, gekommen war und dem Opfer eine schmale Klinge in den Rücken gestoßen hatte. Was dann passiert ist wissen wir nicht. Vielleicht hat der Mord einen eigenständigen Zauber ausgelöst, oder Mister X wollte seine Tat, wie in einem Bild, einfangen und verewigen. Der Tote verwest nicht, dementsprechend muss es sehr starke Magie sein. Laut dem Bericht der Spurensicherung existiert in naher Umgebung des Körpers kein Sauerstoff."

„Könnte es sein, dass es Rache oder Raubmord war?"

„Natürlich. Besonders eine Person käme dann infrage. Ein Mobbingopfer unseres Toten."

„Und Sie glauben, dass die Blutschwestern mit drinhängen?"

„Sie sind Magierinnen. Es wäre durchaus möglich."

„Bedenken Sie, dass der Faser den wir gefunden haben, zu einem Herrenmantel gehört."

„Könnten Sie mir dann erklären, wie man aus einer einzelnen Stofffaser sagen kann, von welchem Kleidungsstück dieses Fundstück ist?"

„Sir, das Labor sagt es. Ich selbst habe davon keine Ahnung. Entschuldigen Sie, Sir."

Als Arthur gerade anfangen wollte den Soldaten wüst zu beschimpfen, ihm war danach, kehrte der andere Wachmann zurück und berichtete folgendes: „Eine komplette Einheit hat sich ausgerüstet und wartet auf Ihre Befehle, Sir. Ihr Mitarbeiter hat mir drei Paar Handschellen und Ihre Ausrüstung mitgegeben. Falls Sie sich umziehen wollen, wir haben eine Suite für Sie bereitstellen lassen."

„Danke, zeigen Sie mir den Weg. Wie kommt es, dass meine Ausrüstung hier ist? Immerhin konnte ich sie nicht aus der Hauptstadt mitnehmen."

„Jemand hat sie hergeschickt."

„Das Hauptquartier muss gut informiert sein."

Die Wache ging los und Arthur folgte ihr. Es ging hinab in die dritte Schicht der Stadt, wo die meisten Restaurants und Hotels waren. Das Hotel, in dem die genannte Suite war, gehörte zu den erfolgreicheren der Stadt. Das Zimmer mit der Ausrüstung war nett eingerichtet: Eine Couch stand mittig vor einem Fernseher, auf einem Tisch war eine Schale voll Obst und im Nebenraum im

Schlafzimmer sah man noch ein großes Bett. Die Ausrüstung des Agenten lag ausgebreitet auf der Couch und bestand aus einer schwarzen Hose, dunkel blauen Stiefeln, einer blauen Jacke und einem Gürtel an dem Handschellen und ein Schwert hingen. Arthur zog sich um und trat kurze Zeit später mit dem Handy in der Hand wieder aus dem Hotel. Er telefonierte mit der Einsatzleitung des ihm unterstellten Trupps.

„Haben Sie sich fertiggemacht? Wir sollten abmachen, dass ich ihnen den Ort kurzzeitig per SMS schicke und Sie dann nachkommen. Es könnte zu einem Blutvergießen kommen. Nehmen sie Schocklanzen und, wenn nötig, auch vergiftete Schwerter. Ich komme aus. Auf Wiederhören. Nein, Sie können mir nicht helfen das Versteck zu finden, es würde die Passanten nur verunsichern, wenn ein Trupp Soldaten durch die Stadt patrouilliert."

Ist das eine nervige Aufgabe, sich um die ganzen Idioten kümmern zu müssen, dachte er, *Falls jemand stirbt bekomme ich immerhin die Aufgabe den Papierkram zu erledigen. Der Einsatz sollte schnell ablaufen.* Arthur schlenderte durch die Straßen. An einer Kreuzung sah er einen unauffällig gekleideten Mann und folgte ihm. Er war ein gesuchter Verbrecher, wie Arthur unschwer erkannte. Ein Mitglied der Bande um die Blutschwestern. Allerdings hatte kein Mitglied dieser Clique je gewusst, wo ihre Anführerinnen sich aufhielten. Der Mann bog um eine Häuserzeile und stapfte in Richtung einer Mauer. Dort angekommen öffnete er eine Tür und trat ein. Arthur fackelte nicht lange, sprang hinterher und schlug den Mann K.O. Nachdem er Handschellen trug schaute Arthur sich um und sah einen Wandteppich, der gänzlich fehl am Platz wirkte. Arthur riss ihn hinunter und starrte auf die weiße Wand des Raumes. Nichts. Selbst Arthur Sitou musste eingestehen, dass die Blutschwestern doch schlauer waren als er sie gehalten hatte, beziehungsweise einige Menschen einen wirklich schlechten Geschmack hatten, was die Auswahl ihrer Wandteppiche anging. Er setzte sich in einen Sessel und wartete bis sein Gefangener aufwachte. Der krümmte sich und starrte seinen Gegenüber an.

„Wo sind die Blutschwestern?", fragte Arthur ohne aufzusehen. Ihm war langweilig.

„Die? Wer?", fragte der Festgenommene.

„Du bist Teil ihrer Bande und so eben festgenommen worden. Du hast das Recht zu schweigen, bla bla bla. Als gefahndeter Verbrecher müsstest du den Text kennen. Schon schlecht, wenn man nach einem Überfall den Wohnort verlegt und dort geschnappt wird."

Arthur war immer noch langweilig. Er hatte keine Lust auf den Humbug den der Idiot erzählen würde, also nahm er ihn hoch und zog ihn mit sich aus der Tür. Es war vielleicht ein Fehler gewesen vorschnell zu handeln, aber das war in Ordnung. Schnell sendete er seinem Trupp eine Nachricht, dass sie seinen Gefangenen abholen sollten und ging weiter. Wie sollte er eine Bande finden, die sich fast so lange schon versteckten, wie er lebte? Das war zweitrangig, denn sein Handy klingelte. Er ging dran und sagte: „Opa, ich bin im Dienst. Du kannst doch nicht einfach anrufen, während ich in Ermittlungen stecke."

„Ich will dich auch nicht lange stören, aber du bist planlos, mein Junge. Ich sitze hier in einem Café nahe dem Versammlungsort deiner Ziele."

„Was? Du bist in Karthago? Du kennst den Aufenthaltsort der Blutschwestern?"

„Ja, ich bin auch im Dienst, falls du dich daran erinnerst, dass ich ebenfalls Agent bin. Und das, einige Jahrzehnte länger als du."

Arthurs Großvater war nicht einfach ein Agent. Er war PANSIONIERT!! Wütend brüllte Arthur in den Hörer: „OPA!! DU BIST NICHT MEHR IM DIENST! DU BIST IN RENTE! WEISST DU EIGENTLICH, WIE VIELE SORGEN ICH MIR UM DICH MACHE? MIT DEINEM KREUZ KANNST DU DOCH KEINE HALBE WELTREISE MACHEN! SOLL ICH DIR EINE TAGESPFLEGE BESORGEN DIE DARAUF AUFPASST, DASS DU NICHT VERSEHENLICH ZUM SÜDPOL WANDERST? VERSCHWINDE DA! BITTE!"

Der alte Knacker ist doch verrückt geworden, dachte Arthur. Er würde sonst noch umgebracht werden!

„Es freut mich zu hören, wie besorgt du um mich bist", lachte Herr Andreij Sitou. „Du bist also noch komplett fit, nach deiner dritten Schulzeit. Gut dann geh ich wohl besser. Aber Akronix ist gerade aufgetaucht. Sie ist auf dem Weg zu den Aufzügen im Süden der fünften Schicht. Ich habe gesehen, wie sie ihre Maske aufsetzt, also wird es bestimmt gleich einen neuen Überfall oder ähnliches geben. Falls sie ihr Schmuckstück wieder abnehmen sollte, erkennst du sie bestimmt nicht direkt. Seit dem letzten Mal hat sie ihre Haare gefärbt. Viel Glück!" Damit legte er auf und Arthur stand noch zwei Sekunden an Ort und Stelle, bevor er losrannte. Arthur wurde warm ums Herz, als er an seinen Opa dachte. Er war bei ihm aufgewachsen, nachdem jemand seine Eltern ermordet hatte. Es war ein Überfall auf die Polizeiwache in seiner Heimatstadt, der großen Hauptstadt gewesen. Alle Eindringlinge waren festgenommen oder getötet worden. Sein Opa hatte sich um den Jungen gekümmert, ihm geholfen, so gut wie es eben ging und war immer freundlich gewesen. Dann war Arthurs Oma gestorben und er hatte sich entschieden auch eine Qualifikation zum Agenten zu erwerben. Mit knapp vierzehn Jahren hatte er die Ausbildung zu Ende gebracht und war dann als erfolgreicher Agent auf schwierige Fälle angesetzt worden. Sein Alter war allerdings auch die Krux an der Sache. Fast niemand nahm ihn wirklich ernst, weshalb er teils ignoriert, teils belächelt wurde. Die Folge davon war seine häufige Langeweile. Wenn sein Großvater ihm half, bedeutete das, dass es wirklich um mehr als nur einen Mord ging. Andreij hatte ein Gespür für so etwas. Außerdem schien er immer noch totalen Einblick in die Pläne der Agenten zu haben. Arthur erreichte die Aufzüge der dritten Schicht im Süden als sich die Türen öffneten und vier Menschen ausstiegen. Zwei Frauen und zwei Männer. Alle vermummt. Sie gingen auf Arthur zu. Einer Laune nach sprach er sie offen an: „Krux, Akronix, ihr seht gut aus. Ist schon ein Jährchen her, dass wir uns das letzte mal gesehen haben. Meinem Arm geht es wieder gut, danke der Nachfrage, aber brecht ihn bitte nicht wieder. Kennt ihr die Regeln vom Versteckspiel nicht? Ich suche euch und ihr versteckt euch. Natürlich könnt ihr auch aufgeben..."

Ein Schlag traf die Luft an der Stelle, wo Arthur bis gerade eben noch gestanden hatte. Noch immer lächelte Arthur, als eine Explosion vor ihm einen Teil des Bodens wegsprengte.

„Dieses Mal werden wir dir das Genick brechen, Süßer!"

Mühelos sprang er hinüber und sauste mit gehobenem Schwert auf eine der Schwestern zu. Sie wich zur Seite aus und hieb mit einer geballten

Energiekugel in seine Richtung. Er tänzelte aus der Bahn und erwischte einen der Begleiter der Mörderinnen mit dem Schwertknauf. Er sackte zu Boden. Den zweiten musste er leider töten. Er war aufgesprungen und hätte Arthur fast mit einer Axt getroffen, wenn dieser nicht rechtzeitig das Schwert gehoben hätte. Ma sollte vielleicht irgendwann Sicherheitskameras besorgen, damit nicht jeder mit einer Axt herumlaufen konnte. Mit einer Rolle vorwärts wich er weiteren Energiebällen aus, zerschlug einige in der Luft und griff an. Die jüngere Schwester, Akronix, hatte auch ein Schwert mit dem sie umzugehen vermochte. Leider half es ihr nicht. Dieses Mal zumindest. Vor knapp einem Jahr hatten sein Großvater und Arthur schon einmal nach den Blutschwestern gesucht. Es war damals sein erster Außeneinsatz gewesen. Doch damals war er noch nicht so gut im Schwertkampf gewesen, sodass er fast den Arm verloren hätte. Nach wenigen Paradeschlägen flog das Schwert der Hexe quer durch den Raum vor den Liften. Das Loch im Boden bereitete Probleme. Immer wenn der Kampf die Kontrahenten an dessen Rand drängte konnten sie bis auf den Boden der nächsten Schicht sehen, die zwanzig Meter unter ihnen war. Unten rannten Menschen verängstigt umher. Arthurs violette Haare flogen durch die Luft, als ein Sägeblatt aus reiner Energie um Haaresbreite an ihm vorbeiflog. Eine Strähne segelte zu Boden. „Verdammt, wegen euch muss ich jetzt auch noch zum Friseur!"

„Anscheinend", fing die eine Schwester an, „hattest du bisher einen echt miesen Tag."

„Schwierige Fälle?", fragte die andere.

„Keineswegs, wo ich doch so hübsche Spielkameradinnen habe", fauchte der junge Mann zurück. Trotz des Kampfes kicherten die Beiden.

Sorgen schienen sie sich nicht zu machen, obwohl ihre Begleiter längst ausgeschieden waren. Der Kampf erreichte seinen Höhepunkt und Krux unterlag dem nächsten Schwerthieb von Arthur. Er hatte sauber ihr Bein getroffen und Blut spritzte auf die Fliesen unter der Blutschwester. Akronix rannte zu ihrer, ein paar Stunden älteren, Gefährtin und Arthur hatte Zeit um dem einen Gehilfen der Schwestern Handschellen anzulegen. Er war wohl noch ohnmächtig. Inzwischen hatten sich einige Schaulustige in sicherer Entfernung gesammelt. Kamerablitze störten die Kämpfenden, bis der Einsatztrupp des Agenten eintraf und sämtliche Zivilisten fortschickte. Akronix, stand auf. Ihre langen schwarzen Haare fielen ihr über die Schultern und Wut verzerrte ihr schönes Gesicht. Das Blut ihrer verwundeten Schwester tropfte von ihren Händen. Sie hatte Krux geheilt und ging auf den nächsten Soldaten zu, eine Klinge aus Energie in der Hand. Sie griff an und Arthur blieb nicht übrig, als ebenfalls Magie einzusetzen, um seinen Mann zu retten. Man sah gerade so ein Licht aufblitzen, als es sich ruckartig ausbreitete. Die Explosion war nahezu totenstill. Als das Licht dann verschwand brauchten alle ein paar Sekunden um wieder sehen zu können. Akronix war tot, entweder weil sie zu viel ihrer Lebensenergie in Magie umgewandelt hatte, oder die Explosion sie erwischt hatte, die Wache gerettet und Krux ergab sich widerstandslos. Ihr Blick verriet, dass sie nicht glauben konnte was geschehen war. Das war das Ende der Blutschwestern.

9

Magnus Kium kniete neben mir. Ich bemerkte es, bevor ich die Augen öffnete. Seine Atemzüge waren unregelmäßig und hörten sich nicht wie die von Kailan an. Als ich dann aufblickte sah ich ihn und richtete mich halb auf, bereit zu kämpfen oder wegzurennen. Hoffentlich wollte Magnus hier keine Schlägerei anfangen. Doch etwas in seinem Blick hielt mich zurück. Er sah aus, wie ein geschlagener Hund. Die Augen waren gerötet, seine Mimik getrübt und seine Schultern hingen herunter. Tränen hatten sich einen Weg über seine Wangen gesucht. Magnus Kium wirkte verletzlich. Verletzlicher als ich. Obwohl ich hier der Kranke war. Ich sah ihn nur an, unfähig mich irgendwie davon loszureißen.

„Wie geht es dir?", seine Stimme war stockend, „Du bist einfach zusammengebrochen. Seit Leon tot ist, weiß ich nicht, wie mir geschieht. Er war mein Freund. Mein einziger."

„Das wusste ich nicht. Umgebracht zu werden, hat sogar er nicht verdient."

„Ja. Leon hat sich aufgeführt, als wäre er der letzte Mensch auf Erden, aber du hast darunter gelitten. Es tut mir leid, ich war so ein Idiot!"

„Du bist ein Idiot."

Ich hatte mir vieles ausgemalt, was passieren könnte. Damit hatte ich nicht gerechnet. Unentwegt starrte ich den sechzehnjährigen an. „Du hast ihn nicht getötet." Es war eine einfache Feststellung. So simpel, dass ich nicht verstand. „Du bist nicht schuld. Es war jemand anderes. Der Abend an dem es geschah, ich habe dich gesehen. Wie ist die andere Welt so?"

„Die andere Welt? Du weißt, dass ich ein Traumgänger bin?"

„Ja. Du bist einfach verschwunden. Ich habe es mit eigenen Augen gesehen. Niemand weiß mehr, wer ein Auserwählter oder dessen Nachfahr ist."

„Die Traumwelt...sie interessiert dich? Sie ist riesig. Die Wälder sind vollkommen purpurn, die Felder golden und die Flüsse silbern. Die Berge sind leuchtend orange und glitzern in der Sonne. Das Schloss der Engel ist immer klein am Himmel zu sehen und die Engel selbst sind prächtig und anmutig. Einmal habe ich zwei von ihnen gesehen. Ihre Gewänder sind aus weißer Seide, ihre Haare werden von goldenem Schmuck zusammengehalten. Aus ihrem Rücken wachsen prächtige, schneeweiß gefiederte, Schwingen und ihre Stimmen klingen wie Lieder denen man lauschen muss, um weiterzuleben. Ich habe dort Tiere gesehen, die in Alanea nicht mehr existieren. Die andere Welt ist wie ein Märchen und erbarmungslos wie die Monster aus Horrorfilmen. Ach, was sage ich? Sie ist ein Märchenland des Schreckens. Ich verstehe nicht, wie man davon begeistert sein kann"

„Bereust du es manchmal ein Weltengänger zu sein, Cyras? Ich kann mir nicht vorstellen, wie schön es sein muss."

„Natürlich bereue ich es. Statt zu schlafen streiche ich in der Fremde umher und bin dann völlig entkräftet. Immer wenn ich zurückkomme, sehe ich nur bunte Strudel. Du sähest dann aus wie ein Schemen in dem Farben umherwirbeln, wie ein Sturm. Außerdem kauf ich dir nicht ab, dass du gerade geheult hast."

„Stimmt. Mir ist nur irgendein Krabbelvieh ins Auge geflogen, aber was viel wichtiger ist: Du bist ein Seher! Ein echter, lebender Aurenseher!"

„Was ist das, irgendetwas besonderes? Geht es dir gut, dein Gesichtsausdruck wirkt, als hättest du einen Geist gesehen?"

„Mir geht es bestens. Ein Aurenseher ist ein unvollständiger Magier. Er kann keinerlei Magie wirken, hat aber die Macht über seine eigene Aura und kann Telepathie, so wie telekinetische Kräfte benutzen. Sie sind extrem selten und haben die Gabe, Menschen zu durchschauen. Früher waren sie starke Diener am Hofe von Königen und hohe Richter. Ihre unvervollständigte Art, Macht zu benutzen, hat ihnen den Spitznamen Magi eingebracht."

„Ich könnte meine Aura benutzen und die von anderen sehen?"

„Ja. Ähm, es tut mir leid, dass ich dir so nahegetreten bin. Ich gehe besser wieder..."

„Nein! Bleib!", ich war mir sicher: Magnus Kium war ein anderer geworden, ein Mensch, dem ich vertrauen konnte, oder aber ein besonders gewitzter kaltblütiger. Er war so anders zu mir, dass ich dachte Kai würde hier sitzen. Dem war leider nicht so.

„Du hast immer noch Fieber. Deine Stirn glüht ja", sagte Magnus. Ich tastete an meinen Kopf und zuckte zusammen. Ich war krank. Ich wusste nicht warum mein Fieber immer noch anhielt, aber ich sollte so schnell wie möglich zur Akademie zurück.

„Hilfst du mir, aufzustehen? Wir sollten langsam zurückfliegen. Hast du ein Hawekzile?"

„Ja, keine Sorgen. Komm mit. Ich glaube aber Kailan Lawrush sucht nach dir."

Er zog mich hoch und hinter sich her ins Unterholz. Wir waren erst wenige Schritte gegangen, da sah ich neben mir etwas liegen. Etwas das nicht in den Wald gehörte. Ein Portmonee. Wem gehörte es? Ich fragte Magnus, ob es seins war, doch er schüttelte den Kopf. Ich öffnete es und zog einen Ausweis heraus. Meine Augen weiteten sich, der Gegenstand fiel ins Moos und ich stolperte zurück. Zitternd deutete ich auf die Karte, auf der stand: Agent Arthur Leroy Sitou, Sonderermittler des UWK. Magnus las es und stieß scharf die Luft aus.

„Der Typ ist Agent?"

„Das ist doch total der Eigenbrötler!"

„Ermittelt er an dem Mord an Leon? Verdächtigt er etwa einen von uns Schülern?"

„Dieser miese Verräter! Verdächtigt der dich etwa? Bestimmt, immerhin waren du und Leon alles andere als Freunde."

„Ich weiß es nicht. Wusstest du es? Ich meine, ob er auf den Mord an Leon angesetzt sein könnte?"

„Ich glaube nicht, immerhin ist er schon vor dem Mord an die Akademie gekommen. Du solltest dich eventuell nochmal untersuchen lassen, ich habe gerade schon gesagt, dass er auf den Fall angesetzt sein könnte. Du solltest es nicht darauf ankommen lassen und besser so tun als wüsstest du nichts von alledem."

Das Essen an diesem Abend war köstlich. Kai, Magnus und ich hatten unsere Beute gemeinsam zubereitet. Mein Greif, war nicht das größte der erlegten Tierwesen. Aber es war leicht ihn zu häuten und das Fleisch abzunehmen. Wie alles an Geflügel, schmeckte es zart und weich. Kai hatte einen gesamten Schwarm wilder Wachtel gefangen und Magnus hatte rein gar nichts. Trotzdem arbeiteten wir zusammen und lachten, als wären wir schon immer gute Freunde gewesen. Kailan war nicht einmal skeptisch gewesen, als wir zusammen am Hangar angekommen waren. Nur hatte er einige Zeit nach mir gesucht. Wenn es nach uns ginge, würden wir Kailan nie wieder kochen lassen. Er hatte mehrmals wieder zum Salz greifen wollen, was übel geendet hätte. Der Turnierstand kam schnell und wir führten in der Kategorie *Zubereiten*. Arthur war später zurückgekommen. Anscheinend hatte er einen schlechten Friseur besucht. So wirkte zumindest sein krummer Haarschnitt. Seine Laune war schlecht. Ich hatte allerdings schnell weggesehen, um keinen unnötigen Verdacht zu erregen. Soweit Magnus Plan funktionierte, nicht mit Agent Sitou zu reden, würde ich keine Probleme bekommen. So dachten wir zumindest. Wir mussten uns eines Besseren belehren lassen, als Arthur das Gespräch mit uns dreien suchte. „Ihr wisst doch von dem Mord. Ich glaube die Militärpolizei macht auch keine Fortschritte. Sonst hätten sie doch längst jemanden festgenomen, oder?", begann er, „Ich habe in der Mordnacht gelesen. Was habt ihr so gemacht?" Versucht er hier uns zu verhören?

„Ich habe die Blumen im Schulgarten gegossen", sagte Kailan.

„Ich habe geschlafen", log ich und Magnus sagte dasselbe von sich. Zwar war er mein Alibi, doch es sollten keine unnötigen Lauscher mitbekommen, dass ich die Traumwelt besucht hatte. Arthur konnte bestimmt auch auf diese Aussage verzichten. Ich konnte mich selber am besten erinnern, was für ein Schrecken dort lauerte. Aber wie kann man bitte publik machen, was in der Traumwelt vor sich ging? Der Abend war nur noch verschwommen, was mein Gedächtnis anging. Geschlafen hatte ich später doch noch, sonst wäre ich danach nicht so ausgeruht gewesen. Ich lächelte zaghaft und sagte, dass ich müde von der Jagd wäre und mich in mein Bett verkriechen wolle. Arthur schien nichts einzuwenden zu haben und stand wortlos auf. Ich verließ den Speisesaal und ging los. Er folgte mir, mit der Ausrede, er wolle einfach nur sichergehen, dass ich nicht erneut in Ohnmacht fiele. Als wäre das in den letzten Monaten geschehen. Ich war angespannt. Nach wie vor. „Seit wann seid du und Kium so dicke?"

„Wir konnten heute in aller Ruhe reden und haben uns ausgesprochen. Nach Leons tot ging es ihm schlecht und er brauchte jemanden."

„Und dieser jemand bist du? Sein ehemaliges Mobbingopfer?"

„Wir waren nie wirklich Feinde. Zwar hatte er einiges im Sportunterricht einstecken müssen, doch das war UNTERRICHT." Ich zog das letzte Wort in die Länge. Hoffentlich erreichten wir den Krankenflügel schnell genug, dass ich das Gespräch endlich abbrechen konnte. Mir war nicht wohl in meiner Haut. Mir war kalt, trotz dem Fieber und Schweiß perlte von meiner Stirn, so nervös war ich. Unbewusst hatte ich angefangen mit meinem Daumen an der Unterlippe herum zu kneten. Schnell hörte ich damit auf und fragte: „Hast du dich denn gut hier einleben können?"

„Ja, sehr gut! Danke der Nachfrage. Kommen wir wieder zu der Mordgeschichte: Hast du eine Vermutung wer es gewesen sein könnte?"

In einem Verhörraum saß eine junge Frau, gekettet an einen Stuhl vor einem leeren Tisch. Sie war hübsch, sehr sogar. Ihre langen dunklen Haare fielen ihr über die Schultern. Die Gesichtszüge waren angespannt, ihre Haltung drückte dennoch stolz aus. Sie trug enge schwarze Kleidung und einen grünen Mantel darüber. Ihr gegenüber hatte ein junger Mann Platz genommen. Sein violettes Haar war leicht angebrannt und vom Gefecht zerzaust. Außerdem fehlte eine Strähne.

„Es gab eine Gewalttat, vor wenigen Wochen. Ein Mord! Der Mörder arbeitete mit unbekannter Magie und das Opfer war der Sohn einer reichen Familie. So jemand passt doch genau in euer Beuteschema, Akronix... Nach ihrem Tod bleibst nur noch du übrig, Krux. Habt ihr ihn getötet und verflucht?"

Arthurs Stimme klang hart und rau. Seine Erschöpfung war beinahe spürbar. Er hatte auch etwas zu viel von seiner Energie benutzt.

„Nicht, dass ich wüsste", entgegnete die Frau, „Du hast meine Zwillingsschwester getötet! Ich hasse dich, Agent Arthur Sitou."

„Das klingt vielleicht glaubwürdiger, wenn du etwas emotionaler bist, Krux. Die Blutschwestern werden wohl kaum noch Rache nehmen können, meine Teure, aber du könntest der Todesstrafe entgehen, wenn du aussagst."

„Was wisst ihr denn schon? Die Agenten sind doch nur noch Marionetten von Nefarian Hirineyo!"

„Und du eine Mörderin. Keineswegs kontrolliert der Diktator uns. Wir arbeiten nur nach seinem Gesetz. Obwohl dieser Fall mit ihm in Verbindung steht. Immerhin gehört die Familie Russ zu seinen engsten Vertrauten. Sein Interesse an der Auflösung dieses Mordes zeigte sich darin, mich von meinen vorherigen Ermittlungen abzubestellen. Ich möchte Heim und ein Bad nehmen, also redet! Habt ihr mit der Tat zu tun??"

„Hahaha, und du denkst, dass ich jetzt einfach plaudere? Wie naiv...", der Rest ihrer Worte ging in einem hysterischen Lachanfall unter, „Selbst wenn es unser Mord wäre, würde jetzt ich noch meine verfluchte Schwester gestehen. Scher dich zum Teufel, Kleiner!"

„Zumindest hatte ich gehofft mit der netten Tour mein Ziel zu erreichen. Anscheinend muss ich etwas strenger werden."

Arthur stand langsam auf. Das blau seiner Kleidung sah schmutzig aus und seine schwarze Hose war über dem linken Knie zerrissen. Angemessen Schrittes kam er der Verbrecherin näher und sah ihr tief in die Augen. Im nächsten Augenblick lag sie mitsamt dem Stuhl am Boden und schaute zu ihm auf: „Soll mich das etwa beeindrucken? Wenn nichts für mich 'rausspringt, verweigere ich die Aussage."

„Ihr ward es also wirklich nicht. Sonst würdet ihr ein wenig besser mit der Situation umgehen."

Sämtliche Farbe wich aus Krux' Gesicht. Jetzt, knapp zwei Stunden nach dem Verhör sah Arthur in die trotzigen Augen des letzten Verdächtigen. Er hatte keine Lust mehr auf diesen mühseligen Fall. Hatte von Anfang an keine gehabt, aber die Befehle kamen nun mal von ganz oben. Er müsste den kleinen Cyras nur ins Gefängnis stecken und anderen die Verhöre auferlegen, dann könnte er in Ruhe nach dem Dieb der Dokumente suchen. Langsam verlor er die Geduld...

Unser Gespräch war ins Stocken gekommen. Das beunruhigte mich noch mehr. Schnell ergriff ich die nächste Gelegenheit und sprach ihn auf seine Haare an: „Was ist mit deinen Haaren passiert? Das sieht ja aus, als hätte man sie dir abgeschnitten und mit dem Flammenwerfer bearbeitet!"

„Es war ein nerviger Zusammenstoß mit ein paar Vögeln, als ich auf dem Rückflug war." Seine Stimme klang verändert, irgendwie angespannt. Auch seine Mimik war anders geworden. Sie wirkte zu Tode genervt. Ich wich zurück. Anscheinend hatte ich einen wunden Punkt getroffen. Ich begann rückwärts zu gehen. Erst langsam, dann immer schneller, bis ich mich umdrehte rannte. Was ich bisher nicht wusste: Arthur war ein Magier! Farbige Energie hatte angefangen um ihn herum zu glühen. Mein Schwindel nahm zu, doch er durfte mich nicht aufhalten. Ich stolperte ins Treppenhaus, hastete die große Haupttreppe hinauf. Die Stiefel halfen, sonst wäre ich längst hingefallen. Er war dicht hinter mir. Wir erreichten die Sporthallen. Das Labyrinth fuhr gerade zurück in den Boden. Ein anderer Kurs hatte wohl gerade noch Unterricht. Ich wollte beschleunigen, da stolperte ich über eine der im Boden verschwindenden Mauern. Schmerz durchfuhr mein rechtes Bein. Sogar auf allen vieren kroch ich noch weiter, Hauptsache weg von ihm. Seine Gestalt ragte über mir auf. Mein Rücken lehnte an der Wand und immer noch tat das verflixte Bein weh. Es musste wohl gebrochen sein.

„Ich hatte dich gefragt, ob du eine Idee hast, wer der Mörder ist. Ich habe eine: Du bist es!"

Seine Stimme klang dunkel und bedrohlich. Das „Du" zog er in die Länge. Er sprach zudem langsam und betonte jede Silbe. „Falls du es noch nicht weist: Ich bin Agent des UWK und bin für diesen Mord abbestellt worden. Sag mir, wie du es getan hast. Wie konntest du Nichtmagier, diese neue Art der Magie wirken?"

Plötzlich sackte Arthur auf die Knie. Seine Augen verdrehten sich und er brach gänzlich zusammen. Hinter ihm stand Kailan.

„Ich weiß alles. Komm, du musst verschwinden!" Kai reichte mir seine Hand, ich nahm sie und er zog mich auf die wackeligen Beine. „Was hast du mit ihm gemacht?"

„Ich habe hinten einen Betäubungspfeil mit Blasrohr gefunden."

„Warum lachst du? Leg die Sachen zurück ins Lager sonst bekommst du noch Ärger."

„Ich? Mach ich. Hmm? Ach nichts, er liegt nur da, als würde er gleich wie ein Frosch in seinen Teich hüpfen wollen. Dein neuer Freund bringt dich jetzt zu einem Hawekzile. Verschwinde, schnell!"

Ich schaute zur Tür. Da stand Magnus und gestikulierte hektisch. Ich humpelte auf ihn zu. Mein Bein brannte wie Höllenfeuer. Irgendwie schaffte ich es die Halle zu durchqueren. Magnus packte meinen Arm und lief los. So zog er mich hinter sich her. Er schaute nicht über die Schulter, begann aber dennoch zu reden: „Hör zu, hör genau zu! Du musst zu mir nach Hause fliegen. Dort wird dir meine Mutter helfen. Mein Onkel weiß bereits von dir und ich und meine Schwester kommen bald nach, also in den Herbstferien. Versteck dich da. Einen Magi können wir nicht einfach seinem Schicksal überlassen, zumal er unschuldig ist. Die ganze Rebellion wird dir helfen."

„Du hast eine Schwester? Rebellion?"

„Ja, sie ist ein wenig merkwürdig, aber du kennst sie auch schon."

„Ju! Ju ist deine Schwester!"

„Genau, aber mach, dass du wegkommst! Schnell, bevor Arthur wieder aufwacht. Wir lassen ihn in den Krankenflügel bringen, um den Verdacht von uns abzulenken. Mach dich auf den Weg!"

Wir waren im Hangar angekommen. Der Hawekzile vor dem ich stand war eines der neueren Modelle. Ich stieg auf, aktivierte ihn und startete durch. Ich warf noch einen letzten Blick zurück auf die Akademie, als die Dunkelheit der Nacht mich umschloss.

TEIL 2:
DER MAGI UND DIE REBELLION

10

Eine große Menschenmenge hatte sich auf dem Marktplatz von New London zusammengefunden. Ringsum hinter den Ständen der Bauern, die hier ihre Wahre feilboten stand niemand. Sie alle hatten sich vor einem Bänkelsänger versammelt, der soeben begann sein Lied vorzutragen. Eine Ballade, wohlbemerkt eine, die schlecht gedichtet war. Trotzdem hörte jeder zu, denn es kam nicht oft vor, dass ein Reisender aus anderen Dörfern und Städten kam. Der Barde berichtete von einem Brand in einem Dorf, mehrere Dutzend Meilen entfernt:

Flammend Meer erhellt die Nacht
Ein feuernd Vogel ward erwacht
Bald ein Wald gänzlich in Flammen steht,
Wo keine einzige Brise weht.

Wüst Schicksal den Menschen droht,
Die wohnen dort, wo dies Schauspiel tobt',
Wenn nicht wär gewesen
Der Mann der sich stellt dem magisch Wesen.

Mit einem Schwert gar merkwürdig,
Die Klinge gleicht dem Griff,
Steht er vor dem Biest
Und blickt ihm in sein Aug.

Doch wer ist's der es war,
Der davon lief nicht?
Ein Flügelschlag enttarnt's Gesicht
Eins Knab von nicht mal 17 Jahr.

Er schien zu reden mit dem Monstrum,
Wich keinen Schritt zurück,
Hielt sein Schwert grad nach vorn
Und dann der Vogel ward wie neu geborn.

Anmutig flog er gen Himmel,
Schöner wie kein irdisch Schimmel
Und das ganze Flammenmeer versiegt,
Als hätt das Gut in ihm gesiegt.

Als dann stand der Phönix vor der Sonne,
Schien Licht so gleißend hell.
Als es sich wieder legte,
Sah man den Vogel nimmer mehr.

All das hab ich gesehen,
Auch wenn's schwerfällt zu verstehn.
Heut such ich nach dem Jüngling
Der mit seinem Schwert verschwand.

Der fahrende Spielmann ließ die letzte Silbe ausklingen und erntete Beifall. Nicht, dass die Ballade gut gewesen wäre, nein, aber vor nicht einmal zehn Tagen war die Stadt Karnean komplett abgebrannt. Überlebende hatten tatsächlich erzählt, dass das Feuer unerwartet ausgebrochen und seltsam rötlich gefärbt war. Von einem Vogel wusste niemand zu erzählen. Kaum zwei Dutzend Meilen vor New London, auf einer Wiese, lag ein Jüngling, der in die Beschreibung des Sängers gepasst hätte. Allerdings führte der hier keinerlei Waffen mit sich, außer einem verzierten Dolch. Seine Stirn glühte rot und sein linkes Bein war angeschwollen. Wahrscheinlich war es gebrochen. Von einem Schloss in der Nähe näherte sich eine Gruppe Menschen. Zwei Diener und ein stolz wirkender älterer Mann. Als er den Jungen erblickte rannte er los und nahm ihn auf. Vorsichtig trug er ihn zu den Dienern. Sachte legten sie ihn auf eine mitgebrachte Liege und gingen langsamen Schrittes zurück. Das Schloss glich einem der antiken Bauwerke des frühen Mittelalters. Es war groß, hatte mehrere Türme und eine hohe Burgmauer, sowie einem tiefen Wassergraben davor. Der Stein war hell und die Türme von roten Ziegeln bedeckt. Die Zugbrücke war ebenfalls einer alten Version nachempfunden, allerdings viel moderner. Der Magieradel pflegte es, in solchen Bauten, außerhalb der Städte, zu wohnen. Schon seit mehreren Generationen war das Schloss Krähenberg im Besitz der Familie Kium.

Ich wälzte mich hin und her. Die Schmerzen in meinen Gliedern waren unerträglich. Ich war halb wahnsinnig und konnte nicht mehr klar denken. Der Grund auf dem ich lag war hart, der Himmel in den ich aufschaute war blau. Erbarmungslos strahlte die Sonne auf die Ebene herab, am Horizont konnte man die Purpurwüste erkennen. Irgendwann, nach Stunden übermannte mich die Dunkelheit und ich übergab mich ihr bedingungslos. Mit der Zeit ebbte alles ab. Das Feuer in meinen Beinen wurde zu angenehmer Kälte, die Schmerzen in den Armen wichen einem Wohlgefühl und ich schlug die Augen auf. Es war dunkel. Mein gesamter Körper, bis auf den Kopf lag im Wasser eines kleinen Steinbeckens in einer Art Grotte. Ich fasste mir mit der Hand an den Kopf und rieb mir die Stirn. Ich wusste nicht wo ich war, oder wie ich hergekommen war. Ich überlegte, fand jedoch keine Antworten. Zwanghaft versuchte ich mich zu erinnern, aber da war nichts. Nichts als Leere. Einzig die Erinnerungen an vergangene Höllenqualen blieben mir. Ich setzte mich auf und sah an meinem Körper herunter. Die Ranke einer Wasserpflanze hatte sich um eines meiner Beine geschlungen. Ein leichtes glühen ging von der Wasseroberfläche aus und auf einem Stein neben mir lagen saubere Kleider. Waren die für mich? Wer hat sie da hingelegt? Noch mehr Fragen drängten sich mir in den Kopf. Eine Stimme begann zu flüstern. Sie erzählte mir einiges. Sie sprach von Göttern und einer Welt, die mir gänzlich unbekannt schien. Ich hörte ihr zu, hatte die Augen wieder geschlossen und mich wieder ins Wasser sinken lassen. Die Stimme redete von Drachen und anderen Wesen dieser Welt.

„Wer bist du?", hatte ich sie gefragt, doch eine Antwort bekam ich nicht. Stattdessen sagte sie: „Du weißt es doch schon. Wenn du bereit bist, komm heraus." Das waren dann auch die letzten Worte der Stimme.

Der junge Mann wachte auf. Sein Haar war kohlenschwarz gefärbt, bis auf eine einzelne Strähne, die in einem saphirblau schimmerte. Seine Augen waren ebenso blau und klar. Neben dem Bett in dem er lag saß ein Junge in demselben Alter. Magnus fragte den wiedererwachten: „Wie kommst du denn hierher?" Der Andere schaute Magnus erst nur an, dann antwortete er: „Ich hatte von eurem Anwesen gehört. Und von euren Verbindungen zum Südpunkt weiß ich auch. Ich brauche eure Hilfe. Anscheinend kennst du mich, Kium."

„Ja, Akito. Aber wie kommst du in mein Zimmer?"

„Bin eingebrochen. Ich muss wirklich dringen zum Südpol."

„Was hast du vor Akito Hirineyo? Willst du dich etwa dem Widerstand anschließen?"

„Ganz genau, Magnus Kium", Verachtung schwang in seinen Worten mit, was Magnus nicht weiter störte. Menschen wie Akito waren eben so drauf.

„Hasst du deinen Onkel so sehr?", fragte er statt einer gehässigen Antwort.

„Natürlich! Ich hätte herrschen sollen! Nicht nur, dass er meinen Bruder getötet hat, nein, er hat mich entführen lassen. Nur hatte er damit nicht gerechnet, dass ich mich wehren könnte."

„Ach, wenn du wüsstest! Ich habe nicht vor dich aufzuhalten, aber wir werden dir auch nicht weiterhelfen. Verschwinde! Und mach mein Bett sauber. Alles ist voller Kohlenstaub."

Magnus hatte längst genug von diesem selbstsüchtigen Idioten. Akito war der Neffe von Nefarian Hirineyo, dem Diktator Splitterwelts. Wortlos stand dieser auf, griff nach seinem Mantel und schritt zur Tür.

„Lass dich hier nie wieder blicken. Das ist der Befehl des neuen Vorstehers des Hauses Kium." Seit knapp zwei Wochen besuchte Magnus nicht mehr die Akademie. Seine Mutter war an einer Krankheit gestorben, so dass ihm nun die Aufgaben seiner Familie zufielen. Sein Onkel hatte vor Beginn der Herbstferien Cyras, schwerverletzt gefunden und hergebracht. Hätte Akito ihn gesehen, wäre es zum Kampf gekommen. Ju passte gerade auf ihn auf. Sie flüsterte vermutlich wieder eine ihrer Geschichten in sein Unterbewusstsein. Es waren immerhin schon fünf Wochen vergangen bevor er aufgewacht war. Allerdings ging es ihm nicht so gut, wie erhofft. Magnus hatte angeordnet Cyras in die Heilquelle unter der Burg zu legen. Natürlich trauerte das ganze Haus noch, aber es gab für Magnus wichtigeres zu tun. Es stand ein Krieg bevor: Eine Armee von Dämonen wurde von hochgestellten Sehern des Widerstandes in der Traumwelt entdeckt, die Widerstandsarmee war gewachsen und rüstete sich, das private Heer des Diktators machte sich augenscheinlich dazu bereit, die übrige Regierung zu entmachten. Nefarian war ein Arschloch. Das wusste Magnus. Immerhin war er ihm schon einmal begegnet. Damals war sein Vater noch am Leben gewesen. Ju stürmte in das Zimmer und schrie: „Bruder! Bruder, komm schnell! Er ist wieder da! Cyras ist zurück aus seiner Ohnmacht! Er kann sich an nichts erinnern, als an dich und irgendwelche Schmerzen, aber er ist es!" Magnus zuckte zusammen. Ju sprudelte nur wie ein Wasserfall, wenn sie aufgeregt war. Ihre sonstige leicht traumatisch wirkende Art war, na ja…Entweder war seine Schwester einsilbig und zog alles in die Länge, oder sie war, wie jetzt. Aber die Nachricht war gut. Bald würde es ein langes Gespräch geben, bei dem er und sein Onkel, sowie Cyras dabei sein müssten. Der Widerstand traf sich im Hause Kium auf Burg

Krähenberg. Vermutlich war das Hauptthema, der Magi und die kommenden Spiele. Wie dem auch sei, Magnus hastete los, hinter seiner Schwester her. Als er die kleine Kammer betrat in der Cyras untergebracht worden war stoppte er. Vor ihm stand Cyras. Seine Haare waren prachtvoll geflochten und gepflegt worden, seine rote Strähnen strahlte, stärker als die blaue von Akito, und bewegte sich leicht im Wind, der vom offenen Fenster kam. Seine Kleidung bestand aus einem roten Wams und einer schwarzen Pluderhose. Der Dolch, den er immer bei sich trug, steckte in seiner Scheide am Gürtel.

„Magnus, wo bin ich hier?"

„Du bist auf Burg Krähenberg, dem Sitz meiner Familie. Kailan war in den Ferien hier."

Seine Miene schien sich aufzuhellen. „Ich erinnere mich erst langsam wieder, aber was ist mit Arthur?"

„Mach dir da keine Sorgen. Kai und ich haben ihn zu einem Arzt gebracht. Er geht davon aus, dass du der Mörder von Leon Russ bist und du einen Komplizen hast, der ihn lahmlegen wollte. Nachdem wir gesagt hatten, dass wir einen Schatten auf der Flucht gesehen hätten, glaubte er uns, als wir dann gesagt hatten, wir hätten ihn gerettet. Wir sind aus dem Schneider und du wirst keine Probleme bekommen, solange du hier bist. Jetzt reist er irgendwo in der Weltgeschichte umher auf der Suche nach dir."

„Danke."

11

„Kommen wir zum ersten Punkt auf der Tagesordnung: Wer wird an den Festspielen teilnehmen?"

Magnus meldete sich: „Ich tue es. Mir gelingt es leicht zu gewinnen."

Die Gruppe Menschen saß um einen riesigen Tisch herum. Ich hatte neben Magnus Platz genommen und versuchte zu begreifen, was hier vor sich ging. Nachdem auch der letzte Rest Kopfschmerzen verschwunden war, hatte ich mich an alles erinnern können, aber das wollte nicht in meinen Kopf rein. Magnus Kium wollte zu dem berühmtesten Kampfturnier gehen, dieses gewinnen, um bei der folgenden Gelegenheit Diktator Hirineyo zu töten.

„Vergiss es!", platzte es aus mir heraus, „Ich werde das erledigen. In der Akademie war ich der beste Kämpfer und kann somit auch meinem Dorf helfen. Immerhin gibt es ein großes Preisgeld für den Sieger." Ich wollte den Herrscher unseres Landes natürlich nicht umbringen, aber von den Dämonen könnte ich berichten.

„Du musst erst einmal ausgebildet werden, Magi. Ich bezweifle nämlich, dass du noch immer mit dem Schwert umzugehen weißt", sagte Magnus Onkel, einem älteren Herrn mit antiker Ausdrucksweise. Ja, ich bin ein Magi. Problemlos schaffe ich es inzwischen meine Sicht zu verändern, von der Aurensicht zur Normalsicht und zurück, aber eine Übungswaffe hatte ich nicht mehr zur Hand genommen, seit ich von der Akademie geflohen war. Trotzdem war ich mir sicher es schaffen zu können. Die Festspiele, Gladiatorenkämpfe, oder auch Altamen, waren Unterhaltungskämpfe. Jedes zweite Jahr treten vierzig Menschen gegeneinander an. Es kann zu Toten kommen, denn es wird mit echten Waffen gekämpft. Jeder kann teilnehmen, Hauptsache er nahm seinen eigenen Tod in Kauf und war mindestens sechzehn. Der letzte im Rennen bekommt eine Auszeichnung und eine gewaltige Siegprämie. Nefarian Hirineyo persönlich überreichte die genannte Auszeichnung und das wollte der Widerstand sich zugunsten machen. Was sie nicht wussten: Keiner von ihnen würde lange genug leben. Mit der Aurensicht, diesem seltsamen Problem, dass ich nach einem Besuch der anderen Welt habe, kann ich nämlich auch die übrige Lebenszeit der Menschen, in Form einer langsam erstickenden Flamme, erkennen. Leider würde auch Magnus bald sterben, wenn ich nichts tat. Und das einzige was ich tun könnte, ist für ihn zu gehen, was sein Leben unweigerlich verlängern würde. Das Schicksal ist eben nicht vorherbestimmt. Arthur würde bald kommen, wie ich gehört hatte, und dann werde ich mit ihm reden, denn der Krieg gegen die Dämonen würde sicherlich bald kommen.

Nächtelang hatte ich mich in der Bibliothek des Hauses verschanzt und war dahinter gekommen, warum Leon Russ sterben musste. Zu diesem Zwecke würde ich mir aber Magnus zum Feind machen müssen und das war das Schlimmste. Er wird mich hassen, wie damals mit Leon. Das war mir klar. Ju konnte ich vielleicht noch retten, aber das Gefängnis winkte Magnus schon zu. Ich erhob mich. Dieser kleine Schritt wird ihnen das Leben retten. Ich machte den Schritt, kletterte auf den Tisch und atmete tief ein.

Vor wenigen Tagen: „Streng dich an! Nur wenn du es willst kann sie es. Deine Seele ist eng mit deiner Vorstellung und deinen Wünschen verbunden. Mit ein wenig mehr Konzentration kannst du eine Form deiner Seele einbrennen. Immer wenn du sie dann benutzen willst ist sie da."
„Wie kann eine Seele „Da" sein, Sensei?" Magnus' Onkel bestand seltsamerweise auf diese japanische Anrede.
„Nun, es ist die Form. Anstatt immer höchste Konzentration aufbringen zu müssen, kann man die eingeprägte Form zurückrufen."
Der Onkel von Magnus brachte mir allerlei bei. Er erzählte mir wie ich meine eigene Seele kontrollieren könnte, sowie die in ihr gespeicherte Energie. Ich konnte sie jetzt in Gestalten und Dingen heraufbeschwören. Meine Kraft war extrem gewachsen und meine neue Lieblingswaffe waren riesige Krallen aus der Kraft meiner Seele. Im Normalfall waren sie glühend rot, wenn ich eine bestimmte Vorstellung, oder ein störendes Gefühl hatte verfärbten sie sich auch recht schnell. Ich lernte von morgens bis abends. Unter anderem

erkannte ich dadurch meine Bindung zu Drachen. Laut einigen alten Büchern spürten Drachen Seelen und schlossen Vertrauen zu ganzbestimmten. Sie hörten auf mich, kamen, wenn ich nach ihnen rief und einer in Hörweite war, und zudem konnte ich mit ein wenig Anstrengung ihre Gefühle verstehen. Leitete ich Energie in den Boden konnte ich so nach einem Drachen rufen, der weiter entfernt lebt. Einen dieser Tricks hatte ich tief in der Nacht in der Ebene vor dem eigentlichen Krähenberg geübt, nach dem das Schloss benannt war. So auch in dieser Nacht. Die kalte Luft umströmte mich und zerzauste mir das Haar. Meine nackten Füße standen auf dem weichen Sand. Ich war angespannt. Das was meine Seele ausmachte waren meine Gefühle. Es war ganz normal. Gefühle waren in der Aura Farben. Das gesamte Farbspektrum macht das eigene Wesen aus. Ich konzentrierte mich. Ich wollte zwei hier haben. Zwei der goldenen Drachen von denen ich seit Tagen träumte. Prächtige Kreaturen mit langen Ohren, wie die Katzendrachen, einen geschmeidigen, langgezogenen Körper und dann stämmige Beine mit gefährlichen Klauen. Ich leitete meine Macht in den Sand unter meinen Füßen. In ihr lag der Ruf nach den zwei Giganten. Ich hatte sie in einiger Entfernung laufen sehen. Hoffentlich lebten sie nahe genug in der Umgebung. Erst erzitterte leicht der Boden, dann bebte er förmlich und dann brach er auf. Es hatte funktioniert. Die Goldenen, die eigentlich in der Erde lebten standen vor mir und beäugten mich. Die nächsten drei Stunden spielte ich mit den goldenen und bat sie, zu bleiben. Ihre Meinung war eindeutig: Sie würden in meiner Nähe leben! Das war ein Teil des Plans den ich mir zurechtlegte....

Ich schloss die Augen, hörte auf meinen Atem und versuchte den Blutfluss und meine Lebenskraft, das Mana, zu erspüren. Meine Atemzüge wurden gleichmäßiger und mein Herz schlug langsamer. Das waren nur Maßnahmen um den notwendigen Energieverbrauch vorzubereiten. Ich würde sonst den Angriff nicht überleben. Keiner der Anwesenden waren Bändiger, nur deswegen könnte ich es wagen. Meine Aura sammelte sich um meinen Körper. In einem roten strahlen müsste sie sichtbar geworden sein. Im nächsten Augenblick brachte ich sie dazu sich schlagartig auszudehnen. Das ließ drei der Widerstandsvertreter ohnmächtig werden, der Rest der Anwesenden wurde gegen die Wand gedrückt. Streng blickte ich den Anführer und Leiter der Versammlung an. Meine Kraft umschlang seine Kehle und drückte ihn an der Wand hoch. Meine Aura hüllte seine ein und er verlor das Bewusstsein. Magnus stand schon wieder und schaute voller Verwunderung zu mir. Als Magier konnte er sich vermutlich schützen. Mein Blick wurde weich, als ich mich ihm zu wand. „Ich kann euer Vorhaben nicht dulden. Deine Einstellung kann ich auch nicht verstehen, sich mit Leon Russ zu befreunden, weil seine Familie zu den Vertrauten des

Diktators gehört. Flieh! Das hattest du zu mir gesagt. Jetzt kann ich dir nur dasselbe raten. Geh und du landest nicht im Gefängnis, aber ich muss den Konflikt zwischen Hirineyo und euch herauszögern. Ich weiß warum Leon gestorben ist. Verschwinde, versteck dich! Du musst doch wissen wo sich der Widerstand verbirgt."

„Warum?", seine Stimme war voller Leid. Ich wusste wie er sich fühlen musste und es zerriss mich innerlich, meine Seele wurde gerade stark von fremden Gefühlen beeinflusst, doch es musste so sein. Magnus öffnete die Tür und ging. Er ging langsam, schlich beinahe. In dem Moment kamen sie. Die goldenen Drachen flogen durch das geöffnete Fenster herein und taten worum ich sie bat. Ihre Gedanken fragten nach dem Grund dafür, dass sie die Ohnmächtigen bewachten und festhielten, aber ich hatte keine Zeit. Ich schwankte leicht, doch bald ging es mir wieder gut. Mit etwas Glück hatte Magnus das Schloss schon verlassen und hatte sich zum Südpunkt aufgemacht. Nach dem zu urteilen, was ich gehört hatte, wollte er dort hin. Seine Reise würde lang sein. Ich machte mich auch auf meinen Weg. In der großen Halle, in der sogar ein Thron stand, nahm ich Platz und wartete. Es dauerte nicht lange, da stob die Tür auf und das mir bekannte violette Haar wehte leicht in dem entstandenen Wind. Arthur trat ein und blickte fragend zu mir auf. Seine Frisur war wieder ordentlich. Ich hatte sowieso nicht geglaubt, dass man freiwillig wochenlang so herumlief, wie ich ihn damals in der Akademie gesehen hatte.

„Hat sich also auch der jüngere der beiden Brüder der Widerstand angeschlossen?"

„Ich weiß nicht wovon du redest, Agent Sitou."

„Zu schade! Nicht mal du kannst sagen, was dieser bekloppte Barde gemeint hat. Dir scheint es besser zu gehen. Freut mich, dann kann ich dich ohne Bedenken in die Zelle stecken."

„Mach kein Theater. Du wirst mich nicht festnehmen. Zumindest nicht, nachdem du zugehört hast. Ich mache dir auch ein Angebot. In einem kleineren Saal in der zweiten Etage sind einige gefangene Widerstandskämpfer. Fessel sie, dann können wir reden."

„Warum solltest du verhandeln? Mörder!!"

„Ich habe nie jemanden ermordet! Denk mal nach, es heißt, Du sollst nicht töten. Geh gucken und komm dann wieder. Ich weiß jetzt warum Leon Russ tot ist, auch wenn ich den Mörder nicht entlarven konnte. Du wirst mir zuhören. Es wird eine etwas längere Geschichte werden, aber du hast Zeit, hoffe ich."

Ich gab mir Mühe selbstbewusst zu wirken. Der Agent verließ die Halle wieder und ging nach oben. Ich brach fast zusammen, soviel meiner Lebenskraft hatte ich gebraucht. Die Aurawelle hatte extrem viel Mana verschlungen. Mein Atem ging schneller und mein Herz raste. Es tat alles so weh. Schmerzen waren ja OK, aber ich wollte nicht hyperventilieren. Mein Leben bestand in der letzten Zeit nur noch aus Verlusten. Das konnte ich nicht gebrauchen. Man könnte sagen, dass mein Leben mit dem sechzehnten Geburtstag eine Wendung eingeschlagen hat, die mich in eine der unrealistischen, aber wahren Situationen führte. Erst der komische Virus und die Dämonenarmee, dann Leons Tod und der Verdacht, ich sei der Mörder, und dann meine Rettung und Gefangennahme durch die Familie Kium. Zweifellos war ich hier gefangen gewesen. Zwar hatte man mir geholfen und mich gelehrt mit meiner Gabe als Weltengänger und Auraseher umzugehen, aber das Anwesen zu verlassen war mir untersagt gewesen. Wenn ich auf den Ebenen vor dem Krähenberg war, hatte man mich stets beobachtet. Die Rebellion war anscheinend in vielen Dingen so viel härter, als Nefarian Hirineyos Herrschaft. Warum konnte ich nicht mit Kailan und Arthur weiter an der Akademie studieren, als sei nichts gewesen? So ein Schicksal war mir augenscheinlich nicht vergönnt. Im Gegenteil: Ab dem nächsten Monat würde ich eine Berühmtheit sein müssen. Mein Entschluss stand. Ich werde an den Altamen-Spielen teilnehmen und dann in die Armee gehen, um die Dämonen zu besiegen. Die Stimme in der Quelle hatte mir von einem Übel erzählt, dass tief zwischen den Seiten der Welt lebte und aufstieg. Man muss sich das mal vorstellen. Du müsstest das. Du lebst friedlich als Adoptivkind. Dein Leben ist schön, du hattest nie Streit mit deinen neuen Eltern. Dann gehst du an die angesehenste Schule der Welt und studierst dort. Auf einmal bekommst du Probleme mit anderen Schülern. Einer von ihnen wird ermordet und du wirst krank. Immer schlechter geht es dir, zudem bist du der Hauptverdächtige bei diesem Mord. Du musst sogar fliehen, erholst dich und gerätst zufällig in einen Konflikt der Regierung. Alles ist ZUFÄLLIG! Was ist das? Ein verrückter Fantasyroman? Oder ein schlechter Witz? Arthur kam zurück. Er war etwas blass um die Nase. Vermutlich hatte er nicht mit zwei Drachen gerechnet. Aber sowohl die Drachen als auch der Agent lebten noch, welch ein Glück. Ich lächelte und begann zu erklären, was ich herausgefunden hatte. Von Satz zu Satz wurde Arthur blasser.

„...Also gehe ich zu den Altamen."

Skizzenblock

Arthur Leroy Sitou (Aßur Liroi Saito) hatte da ja den Zusammenstoß mit Krux und Akronix...

12

Erneut musste ich mich auf eine neue Umgebung einstellen. Nachdem ich Arthur alles ausführlich erklärt hatte, hatte er mich zu sich nachhause geschleift. Dort hieß es dann noch, ich sei ein verdammter Idiot, aber jetzt war alles besser geworden. Kai stand neben mir auf dem Sportplatz der Ausbildungsstätte der Agenten. Ihr Hauptquartier war ein gigantisches Gebäude, das relativ zentral in der Hauptstadt erbaut worden war. Vor uns saß auf einer Eisenstange Arthurs Großvater Andreij Sitou. Kai hatte das Jagdspiel gewonnen, ich anscheinend die beste Mahlzeit zubereitet, obwohl ich hätte schwören können, dass Arthur seine Finger im Spiel hatte. Immerhin hatte ich erst ein Ma(h)l gekocht. Hätte ich nicht vor, etwas so Verrücktes zu tun, wie bei den Altamen teilzunehmen, hätte ich in einer Woche locker wieder zur Akademie gehen können. Meine Augen waren geradewegs auf mein Ziel gerichtet: Die Prämie auf den Sieg der Altamen. Zu diesem Zwecke kam es mir nur recht, das berühmte Palastfechten von einem der stärksten Agenten ganz Alaneas zu lernen. Ich freute mich natürlich Kai wiederzusehen.

Er hatte sich doch tatsächlich in den Kopf gesetzt Agent zu werden. Seine Ausbildung hatte mit der Lernwoche begonnen und würde mit einem Prüfungskampf enden. An der Stelle sei zu erwähnen, dass die Agenten Alaneas nicht unbedingt die Akademie besucht haben müssen. Sie müssen nur qualifiziert genug sein, was Kai hundert Pro war. Zurück zum Palastfechten: diese seltene, aber bewehrte Kampfart glich einem Tanz. Nur die Klingentänzer der Armee und die höchsten Wachen des Palastes waren ihrer mächtig. Aus diesem Grund darf ich dir auch nichts Genaues darüber erzählen. Wobei ich sowieso vorhabe es dir beizubringen. Wie mein Abenteuer weiter geht, erfährst du aber trotzdem aus erster Hand. Eine Alltagsroutine hatte sich schon binnen zwei Tagen des Trainings eingebracht. Morgens nach dem Aufstehen und dem Frühstücken begannen die Kampfübungen, danach ging es zu theoretischem Unterricht für Kailan und weiterem Kampftraining für mich. Arthur hatte gerade keinen Fall, dementsprechend brachte er mir erneut den Schwertkampf bei, sowohl mit dem Schwert, als auch mit den Auraklingen. Am späten Nachmittag hatten wir freie Zeit und redeten mit Arthur, der dann auch, ermüdet von irgendwelchen Besprechungen oder unserem Training, kam. Gemeinsam hatten wir uns einen Plan ausgedacht, um einen Krieg zwischen den Menschen zu verhindern. Dazu musste ich die Altamen gewinnen und bei der Ehrung den Fall der Akademie auflösen. Daraufhin würde Diktator Hirineyo erklären müssen, warum er seine Privatarmee rüstete, da wir diesen Aspekt mit einbauen wollten. Glücklicherweise würde er dann nachgeben, mich in die Armee aufnehmen lassen, als Gewinner hoffentlich schon als Klingentänzer, die Heere zusammenziehen lassen und einen Feldzug gegen die Dämonen führen. Das hatte zwei entscheidende Vorteile. Erstens wäre die Menschheit gewappnet gegen diese Bestien und zweitens würde der kommende Kampf, die Armee von Nefarian Hirineyo schwächen. Folglich lastete der wichtigste Teil dieses Wunschtraums auf meinen Schultern. Laut den Büchern in Magnus Bibliothek blieb uns ein Zeitfenster von eineinhalb Monaten. Ich hatte mich zu den Altamen angemeldet und wartete auf meine Zuteilung bei der Vorrunde zu den Festspielen, die nächste Woche, hier in der Landeshauptstadt, beginnen würden. So viele Bewerber wie es gab, konnte man schließlich nicht in die Arena schicken. Herr Sitou hatte aufgehört zu reden und wandte sich seinem Enkel zu, der gerade näherkam: „Arthur, gibt es Neuigkeiten?"

„Ja, Opa. Alle Agenten werden von ihren derzeitigen Fällen abgerufen, um die Sicherheit der Altamen zu gewährleisten. Du weißt ja, was für Persönlichkeiten alle kommen."

„Oh, gut, zurück zum Unterricht, Kailan du musst dich auf die Bewegungen deines Gegners einlassen und entsprechend darauf reagieren. Hast du verstanden? Was du da machst ist eine gewöhnliche Parade."

So lief das den ganzen Vormittag. Nicht selten hörten wir dasselbe mehrmals hintereinander, aber der Lehrer war immerhin 93 Jahre alt. Ich hatte erneut mit Arthur Freundschaft geschlossen. Seine Art hatte sich mit der Zeit geändert, immerhin war ich keine Beute mehr für ihn und er konnte machen, was er wollte, statt zu lernen. Wieder unterbrach

Sitou Senior die Übungen. Ein Bote war gekommen, in der Hand hielt er einen Brief.

„Was gibt es, Jungspund?", fragte Andreij Sitou.

„Eine Nachricht ist angekommen", keuchte der Neuankömmling, „Sie ist für Cyras."

Freudig sprang ich auf, riss dem Boten das Stück Papier aus der Hand, öffnete den Umschlag und las laut vor: „Lieber Cyras, im Voraus danken wir dir für deine Teilnahme an den diesjährigen Altamen. Allerdings musst du dich in einer offiziellen Vorrunde erst qualifizieren um eine Zulassung zu erhalten. Die genannten Entscheidungskämpfe finden am morgigen Tage in der großen Zentrale der AOG, Altamen-Organisations-Gruppe, statt. Du darfst eine eigene Waffe mitbringen, falls du eine besitzt, ansonsten bekommst du vor Ort eine, Magie ist zugelassen. Des Weiteren bitten wir für Verständnis für die nächste Forderung. Es wird gewünscht, dass du zwei Adjutanten mitbringst, die dich nach jeder Runde unterstützen. Sei dir im Klaren, dass es auf jeden Fall Tote geben wird, und du dazugehören kannst. Weitere Informationen gibt es nach erfolgreicher Beendigung der Vorrunde. Mit Freundlichen Grüßen, die AOG."

Die anderen schauten mich drei Sekunden reaktionslos an, dann fingen sie zeitgleich an zu reden. Ich hörte etwas wie vorbereiten, fleißig, Magie, und andere nicht zusammenhängende Satzteile. Mein Kopf dröhnte ein wenig, aber das war in Ordnung. Schmerz war uninteressant geworden. Nach dem komischen Virus spürte ich leichte Kopfschmerzen nicht einmal mehr. Ich hatte unlängst schlimmeres hinter mir. In der anstehenden Vorrunde würde ich also mit jemanden ringen müssen, der darauf aus war mich umzubringen oder zumindest zu verhindern, dass ich bei den Altamen teilnehmen konnte. Die meisten Teilnehmer taten dies um berühmt zu werden, oder weil sie Adrenalinjunkeis waren. Generell stellte das Kämpfen ein Problem dar. Ich war nicht mehr der beste Kämpfer. Meine Krankheit hatte dieses Talent davongeschwemmt. Nur mit den Energiekrallen konnte ich umgehen, als wären sie Teil meines Körpers. Der Dolch, den ich immer bei mir trug war zudem untauglich in einem Duell mit einer Axt oder Keule. Diejenigen die in Altamen solche Waffen benutzen nennt man allgemein Berserker. Der Name passt auch normalerweise. Der Unterricht im Palastfechten wurde abgebrochen und ich ins Bett geschickt. Andreij begründete dies damit, ich solle besser für mich in der Traumwelt trainieren. Wundere ich nicht, dass ich gesagt habe, nur wenige könnten Palastfechten. Wir lernen lediglich Grundlagen und keine richtigen Formen. Der Ort war klar. Eine kleine Lichtung am Rande eines Gebirges war noch unberührt von Dämonenhand. Dort verbrachte ich meinen Aufenthalt in der Paralleldimension. Mein Zimmer lag im Erdgeschoss des Gebäudes der Agenten. Provisorisch hatte man mich hier untergebracht. In voller Montur legte ich mich auf das Bett, schloss die Augen und passierte das unsichtbare Tor zwischen den Welten. Mein Lehrer sagte oft, nur in voller schwerer Kampfausrüstung kann man lernen schnell zu kämpfen. Ich gab ihm natürlich recht, jedoch brauchte ich das nicht. Meine Geschwindigkeit war ganz passabel. In dem Moment in dem ich die Augen schloss begann das eigentliche Abenteuer. Eine Geschichte voller Verrat, Leid, Kampf und einer Liebesgeschichte, die mir selbst unnatürlich und eher obskur vorkam, nicht zu sagen urkomisch.

Orange gefärbte Bäume umschlossen die Lichtung. Sie hatte ungefähr einen Durchmesser von achtzehn Schritt. In der Felswand, die unweit des Wäldchens war, befand sich eine Höhle. Genau diese Höhle war mein Ziel. Nur noch in der Tunika, die ich unter der Rüstung getragen hatte, betrat ich das Loch in der Felswand. Der Rest der Rüstung lag hinten im Gras. Nach wenigen Schritten sah man schon, dass die Höhle von Menschen in den Stein gehauen war. Säulen zierten die Seiten eines kurzen Tunnels. Er mündete in einen großen Höhlenraum. Das innere dieses Raumes glich einer Kirche. Ein Paar Stufen führten hinauf zu einem Altar, wovor Bankreihen standen. Alles war aus fein bearbeitetem Stein. Ich kannte diesen Ort. In meinem Heimatdorf stand eine Kirche, die dieser hier bis ins letzte Detail glich. Viele Male schon hatte ich vor dem Altar gekniet und hinter dem reich verzierten Ambo, die Lesungen vorgelesen. Der Pater hatte mich schon so oft mitgenommen. Einmal hatte ich schon davon geträumt, wie ich alleine auf den Stufen Kniete und dann in hellem Schein ein Engel herabgestiegen war. Und genau das passierte. Wenn man in einem Traum träumen kann, zu träumen, dann schaffte gerade ich es. *Ich war wieder ein kleiner Junge, von gerade mal sechs Jahren. Im Gebet vertieft kniete ich auf der obersten Stufe, vor dem Altar. Dort sah ich mich selbst sitzen, als ob ich hinter mir stünde. Mein helles Kinderstimmchen flüsterte vor sich hin. Der Pater war wohl zuhause und arbeitete an der nächsten Predigt. Ein Licht strahlte durch ein Fenster in der Hinterwand. Es wurde immer heller und greller. Dann stieg jemand herab, als wäre eine unsichtbare Treppe zu seinen Füßen. Die Gestalt hatte ein jugendliches Gesicht, und doch hatte sie eine Ausstrahlung von Weisheit, wie es all die alten Menschen taten, die schon vieles erlebt hatten. Der Junge hatte blondes Haar, dass ihm ins Gesicht viel. Es reichte ihm bis zu den Schultern. Er trug ein weißes reines Gewand. Es war ähnlich der Tunika, die ich trug. Mein junges Ich schaute auf. Verständnislos sah es den Engel an. Der kleine Cyras ließ seinen Blick über die vier Schwingen gleiten, die aus dem Rücken des Engels emporragten. So rein, so weiß. In dem Moment wüsste jeder was das Wort engelsgleich bedeuten musste. Der Anblick war imposant, mitreißend. Jede Bewegung ließ das Geschöpf Gottes noch filigraner wirken.* Da verschwand der Traum, entglitt mir einfach, wie Sand zwischen den Fingern. Was blieb war der Engel. Nur dass er neben dem Altar lag. Sein weißes Strahlen wirkte matt, seine Gesichtszüge zeigten Schmerz und Verzweiflung. Drei Schwing lagen zerzaust halb auf dem Boden, ein vierter Stumpf ragte aus dem Rücken des himmlischen Geschöpfes. Blut tropfte zu Boden. Was hier, halb ohnmächtig, lag war ein gefallener Engel, einer dem ein Schrecken erschienen war. Das erste Opfer eines Krieges mit den Dämonen. Zwar hatte er sich Gott nicht abgewendet, glaubte ich zumindest, aber dennoch war er gefallen. Er war bleich, sah aus als müsse er sterben. Ich überlegte nicht lange und rannte los. Im Lauf riss ich etwas Stoff von der Tunika ab und verband damit den Flügelstumpf. Ich rüttelte an der Schulter des Engels. Seine Augen blieben geschlossen. Irgendwie musste ich ihm doch helfen können, aber wie?

Behutsam versuchte ich ihn aufzuheben. Er wog nicht mehr als ein Sack voll Federn. Ich trug ihn vorsichtig aus dem Kirchgewölbe heraus auf die Lichtung. Die drei Flügel schleiften leicht über den Boden. Ich bettete ihn in das weiche Gras und lief in eine Richtung, von wo ich das Rauschen eines Flusses hören konnte. Es war lediglich ein fröhlich plätscherndes Bächlein, doch das war mehr als ich erwarten konnte. Mit einer Schale aus Blättern schöpfte ich Wasser und ging zurück. Ganz vorsichtig hob ich den Kopf des Engels an und ließ das Wasser auf seine ausgetrockneten Lippen tropfen. Er erwachte nicht. In den Bibelgeschichten heißt es immer, die Boten Gottes seien erhaben. Dieser hier schien einfach nur hilflos. Verzweiflung und Panik machten sich in mir breit. Kann so ein Wesen denn überhaupt sterben? Lebte er denn noch? Schon immer wollte ich einen Engel kennenlernen. Zweimal schon konnte ich sie am Himmel ihre Kreise ziehen sehen. Doch noch nie war mir einer persönlich begegnet. Jetzt da einer ihres Volkes vor mir ruhte, begann ich leicht zu schwitzen. Ich machte mir Sorgen um ihn. Seine blonden Haare strahlten wie Gold, die Gesichtszüge waren jugendlich, beinahe noch kindlich, der Körper war sportlich und von durchschnittlicher Größe und die Schwingen besaßen ein Gefieder, wie man es nur selten sieht. Die Federn waren weich und schmal. Nur das Gefieder eines Greifen konnte da mithalten. Diese zerbrechliche Kreatur, die hier im Gras ruhte, strahlte dennoch Sanftmut aus. Die Stunden verstrichen und die Nacht brach herein. Noch immer kniete ich auf der Lichtung und kümmerte mich um den Engel. Aus verschiedenen Kräutern hatte ich ein Heilmittel herstellen können, welches ich sanft auf der Wunde auftrug. Es war ein provisorisches Gemisch, das nur eine erneute Blutung verhindern würde, aber nicht wirksam genug war, um die Wunde gänzlich zu heilen. Gerade, als der letzte Strahl der Sonne zu verschwinden drohte, schlug der Engel die Augen auf. Sie waren farblos, als wäre er blind. Dann kehrte doch ein wenig Farbe zurück und ein grüner Schimmer erfüllte die Iris. Der Ausdruck des Himmlischen klärte sich und eine helle Stimme erklang: „Ich danke dir. Ich bin Michael, ein Erzengel des Herrn. Der Heilige sandte mich, die Karte im Himmel zu schützen, doch der Teufel war zu stark. Ich stehe in deiner Schuld, Mensch."

„Michael. Dein Name ist hebräisch?"

Irgendwie viel mir in diesem Augenblick nichts Besseres ein.

„Ja, er bedeutet *Wer ist wie Gott?*. Wie kann ich dir meinen Dank zeigen?"

„Du musst gar nichts tun. Dir zu helfen genügt mir, auch wenn ich dafür nicht tun konnte, was ich habe tun wollen."

„Entschuldigung, dass ich solche Umstände gemacht habe."

„Nicht doch. Wie konnte jemand einen Engel Gottes verwunden?"

„Seit kurzer Zeit bevölkern Dämonen unsere Welt. Im Kampf gegen sie wurde ich von einem Teufel überwältigt. Gerade so konnte ich fliehen. Ich sehe, du stehst auch vor einem Kampf. So will ich dir denn danken, indem ich dir ein Werkzeug gebe, dass du es weise gebrauchen kannst."

„Können Engel Gedanken lesen, Michael?"

„Nicht direkt, Cyras, aber das Buch der Welten verändert sein Antlitz mit der Realität und deine Welt scheint bald in schwärze gehüllt zu werden."

„Welches Werkzeug hast du vor, mir zu geben?"

„Ich überlasse dir das Feuer des Himmels. Bannen werde ich es in die Waffe, die du bei dir trägst."

Da fiel es mir wie Schuppen von den Augen: Michael war der Anführer der himmlischen Heere und führte eine Klinge mit dem Feuer der Gerechtigkeit. Zumindest stand das so ähnlich in der Offenbarung des Johannes. Mein Dolch glühte auf. Vorsichtig nahm ich ihn aus seiner Scheide und starrte die Klinge an. Auf ihrer Mitte prangte ein Zeichen. Eine Rune, die so alt war, wie der Himmel selbst. Ehe ich mich wirklich bedanken konnte erhob sich Michael, schlug mit den Flügeln und war verschwunden. Ich schloss die Lider und wappnete mich für die bevorstehende Vorrunde und den kommenden Krieg, der schon jetzt von den himmlischen Heeren in unserem Namen geführt wurde.

13

Verflucht!, dachte Yukio, sprang auf, zog sich in Windeseile um, stürmte hinaus auf die Straße, rutschte auf dem glatten Eis aus und schlitterte geradewegs in eine Schneewehe auf der anderen Straßenseite. Am Südpunkt war es immer bitterkalt, obwohl die dort lebenden Menschen nicht froren. Das Volk des Südens war dafür bekannt auf ungewöhnliche Art und Weise mit den Schlüsseln der Magie umzugehen. Es war ein eigenständiges kleines Reich, in der die Rebellion gegen Nefarian Hirineyo ihr Quartier hatte. Angeführt wurde dieser Widerstand von Yukios Mutter, einer Frau, die so kalt war, wie das Eis auf den Straßen. Yukio hatte sie erst ein Mal in seinem Leben gesehen und das war zu seinem sechsten Geburtstag. Da hatte seine Mutter ihn besucht, ein Buch gegeben und gesagt, er, der größte Nichtsnutz von allen, solle sich gefälligst ruhig verhalten um ihrem Ansehen nicht zu schaden. Dann war sie gegangen und hatte einen kleinen Jungen weinend zurückgelassen. Yukio war schlank und durchschnittlich groß. Seine dunklen Haare passten perfekt zu seinen Smaragdgrünen Augen. In seinem Leben, war er noch nie außerhalb des Südpunkts gewesen. Hier, am südlichsten Punkt Splitterwelt, schwebten unzählige verschieden große Splitter, die mit Brücken verbunden waren. Sie variierten in ihrer Größe. Die Kleinsten, dienten nur einer kleinen Pause, sogar waren sie zu klein für eine Sitzbank. Der Größte hingegen bot Platz für zwanzig Häuser und schwebte nahe mittig über dem südlichsten Punkt Alaneas. Die schwebende Insel auf der Yukios Haus stand gehörte zu den mittelgroßen am Rande der Ansammlung. Es war sogar einer der höchsten. Vom tatsächlichen Erdboden aus, schwebte er knapp 350 Meter hoch in der Luft. Hier standen wirklich gewöhnliche Häuser und keine der weißen Kuppeln, wie an so vielen anderen Orten. Yukio hob den Kopf aus dem Schnee, doch ehe er aufstehen konnte, fielen mehr der kleinen Flocken von einem benachbarten Haus und bedeckten ihn völlig. Langsam, nahezu übervorsichtig befreite er sich, stand auf und eilte los. Vorbei war es mit der Vorsicht und schon schlitterte Yukio wieder über das Eis. Gerade so konnte er sich festhalten, bevor er vom Rand des Splitters gestürzt wäre. Nicht das jemand das traurig gefunden hätte, denn Yukio war nicht sonderlich beliebt. Kein Mensch konnte ihn leiden und keiner wollte mit ihm etwas zu tun haben. Zwar war er der Sohn der Anführerin, dennoch hieß es im Allgemeinen, sei ruhig, rede nicht mit Yukio Mirai, sonst wirst du verbannt. Heute war es anders. Wie auch nicht, denn es war nicht seine Angewohnheit zu spät zu kommen. Eigentlich hätte er nirgends hinkommen müssen, aber heute hatte Yukio eine Offizielle Einladung der Führungsebene erhalten. Das allererste Mal in seinem Leben würde er einen

Auftrag bekommen. Ein wenig langsamer ging Yukio auf die Straße zurück. Sie führte zu einer stabilen Hängebrücke zum nächst tieferen Splitter, der auf seinem Weg zum Zentrum lag. Yukio betrat das Holz der Brücke und ging weiter. Dieser Splitter war erheblich kleiner. Gerade einmal zwei Häuser passten darauf. Es war gerade mal acht Uhr am Morgen, so dass nicht viele Menschen unterwegs waren. Die, die Yukio traf, grüßten nicht und schauten weg, als er vorbeikam. Dann, nach mehr als zwanzig Minuten, stand er vor einem großen Gebäude. Es ähnelte der Oper, die früher mal in Sydney gestanden hatte. So hatte es auch aussehen sollen. Präsidentin Viktoria Mirai hatte persönlich den Bauauftrag gegeben. Unentschlossen stand Yukio vor den Flügeltoren. Sie waren geschlossen, aber nicht verschlossen. Sie waren nie abgeschlossen, da immer jemand dort arbeitete. Hier wurde der Widerstand regiert und geleitet. Sollte er eintreten, oder nicht? Sein kühler Kopf hatte sich verabschiedet, seine Motivation war mitgegangen und seine gute Laune war die Beiden suchen gegangen. Von allen guten Geistern verlassen stand er da. Der fallende Schnee zierte Bald seine Kleidung und Yukio fing an zu bibbern. In der Eile hatte er seine drei Schlüssel zuhause vergessen und somit hatte Yukio nur eine Gelegenheit sich aufzuwärmen: Er musste durch diese beängstigende Tür gehen. Eigentlich war sie nicht beängstigend, es war eine normale Tür. Beinahe in Zeitlupe streckte Yukio die Hand aus und wurde von dem aufschwingenden Torflügel erwischt. Blut tropfte aus seiner Nase in den Schnee und färbte ihn pink.

„Oh, das tut mir leid, kann ich...", begann eine Stimme, brach jedoch abrupt ab, als der Sprecher Yukio erkannte. Er räusperte sich lediglich und ging seines Weges. Auf einmal tippte jemand auf Yukios Schulter. Es war ein junger Mann, vielleicht zwei Jahre jünger als Yukio, mit schwarzen Haaren. Eine blaue Strähne färbte den Bereich der Haare, die von der Stirn aus nach rechts fielen.

„Ist das das Hauptgebäude?", fragte er schroff.

„Ja", antwortete Yukio verwundert. Nie hatte man ihn aus freien Stücken angesprochen.

„Gut, dann gehe ich davon aus, dass du dieser Nichtsnutz Yukio Irgendwas bist. Ich muss zu deiner Mutter und sollte dich mitbringen."

„Hat sie dir das persönlich gesagt, oder einen Boten geschickt?"

„Sie hat in Person mit mir gesprochen, Hohlkopf, sonst wäre ich gar nicht erst gekommen. Übrigens, mein Name ist Akito Hirineyo. Ich bin der rechtmäßige Erbe der Hirineyos und wurde von meinem Onkel vertrieben. Das war vor etwa zehn Jahren, seitdem ist er der Diktator Alaneas."

„Ich bin Yukio Mirai. Meine Familie hat nichts mit irgendwas zu tun, aber meine Mutter ist hier die Chefin."

„Du hörst dich wirklich, wie ein Idiot an."

Akito verlor kein weiteres Wort und betrat das Gebäude. Yukio folgte. Die Lobby war schon riesig und sah imposant aus. Ein roter Teppich zierte den Boden und hinter einer Theke stand ein Bediensteter der Präsidentin. Mit vornehmer Stimme verkündete er: „Akito Hirineyo, sie werden höflichst darum gebeten den Versammlungsraum zu betreten."

Er beachtete Yukio gar nicht. Es störte ihn auch nicht weiter, dass Yukio stolperte und eine

Blumenvase mit zu Boden riss. Es schepperte und Scherben stachen dem Armen in die Hand. Yukio heulte leise auf und zog Stück für Stück die Splitter heraus.

„Er ist also wirklich gekommen", erklang eine Stimme, die Yukios Magen auf den Kopf stellte. Allein von ihrem Klang wurde ihm übel. Beinahe hätte er sich übergeben. Es war, als hätte jemand glühende Kohlen und mehrere Wackersteine in Yukios Bauch gelegt. Er blickte auf. Über ihm stand in wirklich teuer wirkenden Kleidern eine Frau mit kurzem schwarzem Haar. Viktoria war ohne Frage hübsch, aber sie wirkte genauso künstlich und aufgeplustert.

„Steh auf und komm!", befahl sie in hartem Befehlston, als würde sie einen Sklaven bestrafen wollen. Aus einigen Büchern hatte Yukio gelernt, dass es Sklaven meistens nicht gut erging, wenn ihr Herr sie mit solch einem Ton zu sich rief. Gehorsam folgte er seiner Mutter in einen runden Saal. Stühle waren an der Wand aufgestellt und Menschen hatten darauf Platz genommen. Ein größerer Stuhl stand für die Präsidentin bereit. Mit einer ausladenden Geste setzte sie sich und ergriff das Wort: „Nun, heute gibt es einen besonderen Grund für unsere Sitzung. Heute empfangen wir hohen Besuch. Wenn ich vorstellen darf, dies ist Akito Hirineyo, der rechtmäßige Diktator des Landes Alanea. Ich bin mir sicher, die meisten von euch misstrauen ihm, aber das sollte kein Problem sein. Akito, erkläre den Ministern warum du hier anwesend bist!"

„Natürlich doch! Meine verehrten Minister, sehr geehrte Präsidentin, Ich wurde vor über zehn Jahren von meinem Onkel vertrieben. Damals versuchte er mir ein Verbrechen anzuhängen und mich ermorden zu lassen. Knapp konnte ich fliehen und habe ein wenig ermittelt. Beweise gegen meinen Onkel konnte ich nicht finden, bin aber stattdessen auf eine Spur eurer Widerstandsbewegung gestoßen. Daraufhin habe ich Kontakt zu euren Mitgliedern aufgenommen und mich bei diesen versteckt. Erst einmal wollte man mich fortjagen, da habe ich sie erpresst. Gezwungen habe ich sie mich zwei Jahre zu verstecken und zu verpflegen. Sie misstrauten mir, bis ich für sie einen Auftrag erfüllt habe. Daraufhin verrieten sie mir, wo ich euch finden konnte und bin über Umwege hergereist. Jetzt da ich hier bin, will ich meine Dienste in eure Hände legen. Nehmt mich als euer Mitglied auf!"

„Ich habe im Vorhinein schon darüber gegrübelt. Eigentlich ist es bereits beschlossene Sache, dass er einer unserer Gemeinschaft ist, dennoch hielt ich es für besser, ihn vorsprechen zu lassen", wandte sich die Präsidentin an die Minister. Yukio stand abseits an der Tür und wäre gerne nie hier gewesen. Als auch diese Tür ihn hart erwischte konnte er nicht anders, als laut *au* zu rufen. Alle Blicke wandten sich ihm zu und der Person die in der Tür stand. Yukio erkannte ihn. Früher schon war Magnus Kium hier gewesen, doch nun sah er wutentbrannt und hasserfüllt aus.

„Präsidentin!", schrie er, „Ich habe Neuigkeiten bezüglich des Attentats auf den Diktator! Es wird nicht stattfinden können! Der Magi, den wir eigentlich Rekrutiert hatten, hat sich letztendlich gegen uns entschieden und die Berater an meinem Hof verraten und an den Agenten Arthur Leroy Sitou verkauft. Eine Abänderung des Plans hatte ich mit einem Boten vorausgesandt. Er dürfte vor einer Woche angekommen sein."

„Ja, es ist bedauerlich. Hirineyo wird wohl doch erst später sterben. Natürlich meine ich Nefarian und nicht unseren Akito" –sie lächelte, der Ton ihrer Stimme war nun honigsüß- „Die Planänderung heiße ich willkommen. Statt ihn zu töten, werden wir ihm die Informationen, die während der Abschlussfeier der Altamen übergeben werden sollten, stehlen. Für diese Aufgabe habe ich bereits jemanden ausgesucht. Es ist gefährlich, nahe zu aufopfernd. Es ist Zeit, dass der wahre Held erscheint!" Mit diesen Worten schaute sie das erste Mal wirklich ihren Sohn an.

„Du übernimmst das bestimmt, oder?
Magnus?"

Skizzenblock

Darf ich vorstellen: Yukio Mirai

14

Yukio stand vor seiner Haustür. Seit fünf Minuten starrte er sie an. Sein Gesicht zeigte Falten an der Stirn, als ob er überlege. Zwei Mal hatte er seine Sachen gepackt und wieder herausgeholt, nur um sie erneut zu packen. Vor ihm lag ein weiter Weg. Einer, der ihn weit wegführen würde. Wenn er sein Haus verließe, hieße dies, er könnte nie wieder zurückkehren, so dachte er, zu gehen hieße, ein bedeutendes Leben als Widerstandskämpfer zu führen. Gedanken plagten ihn. Bei der Versammlung wurde einstimmig beschlossen ihn, Yukio und Magnus Kium, zu schicken. Keine Aufgabe auf die er scharf gewesen wäre. Im Gegenteil: Am liebsten hätte er gewartet, bis die Armee aus den Rebellen, zu denen er gehörte, ausrückte, um Nefarian zu stürzen. Stattdessen sollte er jetzt in die Hauptstadt gehen, die Altamen beobachten und als wichtigster Bote, die Informationen zum Widerstand bringen, die Nefarian an der Abschlussfeier erhalten sollte. Magnus Kium würde sie dort stehlen. Das einzige worüber Yukio froh sein konnte, war die Tatsache, dass er selbst nicht an den Altamen teilnehmen musste. Kämpfen konnte er so gut, wie eine Schildkröte fliegen. Zaghaft streckte er die Hand aus. Seine Finger umschlossen das kühle Metall der Türklinke. Bewusster als sonst ließ er ein letztes Mal seinen Blick durch sein Haus schweifen, dann drückte er die Klinke nach unten und schob die Tür auf. Die kühle Brise, die er eigentlich täglich gespürt hatte, schien sich von ihm zu verabschieden, so leicht strich sie über seine Haut. Langsam setzte er einen Fuß vor den anderen. Zur Abwechslung mal kam er ohne auszurutschen, zu stolpern oder sonst irgendeinem Missgeschick an der Brücke zum niedrigsten Splitter an. Die Hängebrücke weckte nicht unbedingt Yukios Vertrauen, trotzdem setzte er mutig einen Schritt vor den anderen. Schnell fiel es ihm leichter zu gehen und als er dann den letzten Splitter erreicht hatte konnte er den Schneebedeckten Boden der Eiswüste sehen, die sich unter dem Südpunkt erstreckte. Trotz seinem dicken Mantel fröstelte Yukio als er den Fuß auf den wirklichen Erdboden stellte. Noch nie war er hier gewesen. Noch nie hatte er sich so weit von seinem Haus entfernt. Ein letzter tiefer Atemzug und der junge Mann machte sich auf die Reise seines Lebens. Magnus gesellte sich wortlos zu ihm. Stundenlang wanderten sie durch die Eislandschaft. In der Ferne sah er Kreaturen, wie geflügelte Bären am Himmel oder Polarwölfen mit ihren Schwimmflossen im eisigen Wasser. Pausen machten sie keine. Es wäre zu gefährlich, hatte einer der Ältesten gesagt, monströse Wesen könnten ihn anfallen oder er ganz einfach erfrieren. Magnus hatte es bis zum Quartier geschafft, dann würde er es auch gefahrlos zurückschaffen. Die Nacht brach an und der Himmel wurde vom leuchtenden Mond erhellt. Die berüchtigten Polarlichter tanzten am Himmel. Mit letzter Kraft errichtete Yukio sein Zelt, heizte es mit dem Feuerschlüssel und legte sich in seinen Schlafsack. Sein Reisebegleiter kam ihm gruselig vor. Magnus hatte immer noch keinen Laut von sich gegeben. Problemlos schlief Yukio ein. So verging die erste Nacht. Am nächsten Morgen stand er schnell auf, erinnerte sich, dass er nicht mehr zuhause war, baute sein Lager ab, aß etwas von seinen Vorräten und stiefelte mit Grummel, wie er Magnus inzwischen getauft hatte, weiter. Gegen Mittag konnte man dunkel grünes Gras im Schnee sehen. „Mit den Schlüsseln kommen wir schnell weiter, oder?", fragte er zaghaft.

„Na ja, wie hast du es eigentlich geschafft einen Auftrag zu bekommen?"

Yukio blieb ruckartig stehen. Magnus hatte etwas gesagt!

„Komm, Schnecke!"

Die Stunden verstrichen. Es wurde wärmer, obgleich die Temperatur immer noch unter null Grad lag. Yukio dachte viel nach. Ob er für diese Aufgabe qualifiziert war, warum er losgeschickt worden war, und ob seine Mutter es ernst gemeint hatte. *Meint Mama wirklich, dass nur ich die Informationen überbringen kann, oder wollte sie mich loswerden?* Solche Gedanken plagten ihn von Zeit zu Zeit, von einem Tag zum nächsten. Leider hatte er laut gedacht.

„Du sollst es tun, weil du den Differenzzauber total beherrschst. Ist dir nicht aufgefallen, dass wir bereits mehrere hundert Kilometer weit gekommen sind, obwohl wir Vorgestern erst losgegangen sind?", sagte Magnus daraufhin. Am Nachmittag beäugelte er einen fliegenden Fisch, der rüber zum nächsten Fluss flatterte. Magnus fackelte nicht lange und schoss einen Energieblitz. Wind kam auf und die Beiden mussten noch bis nach Sonnenuntergang gehen, um einen Ort zu finden, wo sie die Zelte aufbauen konnten. Im Windschatten großer Felsen schafften sie es endlich. Mit einem selteneren Schlüssel heilte Yukio seine Wunden Füße. Er schaute zu Magnus rüber, der es ihm gleichtat. Diese Schlüssel hatte der Ausgeschlossene sich mühsam verdienen müssen. Stolz war er. Auf sich, sein können und das Lob seiner Zieheltern. Denn noch seltener, als der Schlüssel, war überhaupt Zuneigung seiner Mutter zu spüren. Meist schaute sie ihn nur enttäuscht an und redete nicht mit Yukio. Diese Nacht träumte er von seiner Verwandtschaft, vom Tod seines Bruders und seiner Schwester, wie sie ihm ins Gesicht schrie, sie wolle ihn nie wiedersehen. So verlief die dritte Nacht seines Weges. Weiter ging es. Der Pfad seines Lebens führte Yukio und seinen Begleiter nun in eine angenehmere Umgebung. Noch vor zwölf Uhr konnten sie die Eislandschaft hinter sich lassen und wandelten nun durch Wiesen und Felder. Der Herbst färbte die Blätter der Bäume orange und braun. Übermütig, wie ein Kind, tollte Yukio durch die, ihm fremde, Welt. Natürlich stolperte er und fiel schließlich hin. Ihr erstes Ziel kam kurz vor der Dämmerung in Sicht. Die Kuppelstadt Gwino-oun ragte wie ein erleuchteter Schneeball in der Umgebung. Sie war die südlichste Stadt an der großen Wüste. Yukios Aufgabe war es hier mit einer Karawane weiterzureisen, während Magnus mit einem Hawekzile vor zu fliegen. Das erste was er letztendlich tat, war sich neue Kleidung zu kaufen. Es war warm, da konnte man keinen Wintermantel mehr gebrauchen. Früher sollten hier *Afrikaner* gelebt haben, einem Volk, das auf irgendeinem *schwarzem Kontinent* beheimatet war. Hier lebten die geachteten Nachfahren der dunkelhäutigen Heiler, die mit ihren Medizinmethoden abertausende Leben gerettet hatten. Wenn man gute Medikamente brauchte, bekam man hier die besten. Yukio trat durch das Eingangstor und sah sich dem Nachtleben gegenüber, doch Magnus hielt ihn zurück. „Bevor wir uns in der Hauptstadt wiedersehen, sage ich dir warum ich dabei bin. Es ist klar, dass ich es vermasselt habe, den Magi mitzubringen. Diese Mission ist mein Todesurteil. Sei froh, weg von Viktoria Mirai zu sein! Leb wohl."

Mit diesen Worten verschwand Magnus in der Menschenmenge. Menschen spazierten durch die Gassen, die Straßen waren von Marktständen gespickt. Das rege Treiben fand kein Ende, doch der Sohn der herzlosen Präsidentin eines Widerstands, der die Welt verändern wollte, stand noch immer am Eingangstor zu diesem Leben und zögerte. Nachdem er sich schließlich doch aufgemacht und ein Zimmer in einem Wirtshaus besorgt hatte, strich Yukio selbst noch ein Wenig über den Markt. Heilkräuter wurden zu niedrigen Preisen verkauft, Wahrsager boten Kartenlegen an, Gaukler ernteten Applaus und Obststände priesen ihre frischen Mangos und Bananen an. Nach wenigen Stunden übermannte ihn dann doch die Müdigkeit. Er bummelte zurück zum Wirtshaus und legte sich ins Bett. In nur drei Tagen hatte er eine gewaltige Wegstrecke hinter sich gebracht. Er schlief ein und machte sich aus den nächsten Tagen ein Vergnügen. Die Karawane mit der er reisen sollte würde nämlich erst in einer Woche hier eintreffen. Gwino-oun war eine der eher kleineren Kuppelstädte. Allerdings bedeutete das immer noch, dass hier mehrere Tausend Menschen leben konnten. Yukio begann sogar seinen Auftrag zu mögen. Jedoch blieb ein Schatten zurück: Warum hatte seine Mutter gewollt, dass er geht und Magnus starb? Egal wie er die Geschichte verdrehte, ausspann oder neu zusammensetzte, die Lösung blieb verborgen. Es musste wohl daran liegen, dass Fakten fehlten oder Yukio einfach zu dumm war. Zumindest hatte man den Kindern und Neuankömmlingen bei der Widerstandsbewegung so beigebracht, zu analysieren. Ob solch ein Weg sinnvoll war, wollte niemand hinterfragen. In seinem Kopf ging Yukio noch einmal den Plan durch. Zunächst sollte er sich der Karawane anschließen. In der Hauptstadt, die ihr Reiseziel war, würde er als Sponsor die Altamen unterstützen. Das dazu benötigte Geld, besaßen Verbündete vor Ort. Schnell würde der junge Mann ein gesellschaftliches Ansehen erwerben, weshalb er zur geplanten Abschlussaktion der Festspiele geladen würde. Bis dahin ermitteln die Spione weiter, wer der Informant des Diktators war, der an diesem Spektakel vorhatte, geheime Informationen weiter zu geben. Da der erste Plan gescheitert war, Nefarian Hirineyo zu ermorden, sollten nur diese Fakten sichergestellt werden, was unter Umständen ein Mittel lieferte, um die Rebellion zu vergrößern und aktiv werden zu lassen. Der Erfolg hing von ihm und Magnus ab. Dessen war sich Yukio bewusst. Ein Tag wurde quälend lang, wie der andere. Kein Zeichen der angekündigten Karawane war zu sehen. Niemand hatte von ihrer Ankunft gehört, somit musste etwas schiefgegangen sein. Vermutlich war es nichts Schlimmes, sondern nur ein improvisierter

Zwischenstopp. Als die Wartefrist abgelaufen war, blieb dem Widerstandskämpfer nichts übrig, als sich alleine auf den Weg zu machen. Die Route, die er einem Computer entnahm, führte ihn am Rand der Purpurwüste entlang. Der nächste Halt würde dann die Stadt Karthago sein. Es dauerte eine weitere Woche bis er sie erreichte. Auch Karthago war beeindruckend. Zwar war sie im Verhältnis zu Gwino-oun größer, doch nicht so aufgeweckt. Der Handel hier war entspannter und wurde vor allem von Fleisch dominiert. Frisches Obst bekam man zwar auch hier, doch diese Stadt war für die Vielfalt an Fleischgerichten bekannt. Für Yukio, als Vegetarier, kein schöner Anblick. Seine Reserven musste er mit den mickrigen Äpfeln eines Ladens auf der untersten Ebene aufstocken. Aufgrund eines Unfalls konnte man nämlich nicht mehr so einfach in die obersten Etagen. Ein Loch blockierte den Bereich vor den Aufzügen. Seine Reise führte Yukio weiter nach Norden. Exakt fünfundzwanzig Tage lang hatte die Reise von seiner Heimat nach Estarot, der Hauptstadt, gedauert. Der gigantische Splitter sah aus wie eine Festung. Unter ihm war auch ein Großteil der eigentlichen Stadt gebaut, denn in ihrem Zentrum, im Gestein des Splitters befand sich die Arena der Altamen. Auf einer Karte konnte man sehen, wie diese Millionenstadt aufgebaut war. Im Mittelpunkt der oberen Stadt befand sich der Palast der Hirineyos. Von dort aus wurde ganz Splitterwelt regiert. Außen herum standen große Bauten, die Residenzen der Senatsmitglieder und reichen Bevölkerungsschicht. Den äußersten Ring auf dem Splitter zierte eine Unzahl von Läden und Häusern, denn Estarot war eine gewöhnliche Stadt, keine der weißen Kuppelbauten. Jeder, der etwas von sich hielt, war schon einmal hier gewesen. Natürlich meinte das nicht die Rebellen, sie waren stolz auf sich, wenn sie eine Reise zum Südpunkt überlebt hatten. Die Stadt wurde umschlossen von einer Mauer, die groß genug war, um einen ausgewachsenen Drachen um die doppelte Größe zu überragen. Ungefähr waren das dreißig Meter. Der Einzige Durchgang war ein Tor, so prachtvoll verziert, als stünde es nur, um bewundert zu werden. Fasziniert stand Yukio immer noch vor dem Stadttor. Er wollte hineingehen, da stolperte er und krachte mit vollem Schwung gegen ein Mädchen.

15

Der Morgen war grau. Dunkle Wolken ließen nur dämmriges Licht hindurch. Es sah aus, als würde dichter Nebel aufziehen. In nur wenigen Zimmern des Agentenquartiers brannte Licht. Eines davon war meines. In kürze würde die Vorrunde der Altamen beginnen. Welche Waffen ich mitnehmen würde stand fest. Ich hatte immerhin nur eine. Der Dolch des himmlischen Feuers. Egal, wie ich versuchte mich zu erinnern, ich kam nicht darauf, wie oder wann ich das Stück bekommen hatte. Immer schon war es wertvoll für mich. Durch das Treffen mit Michael verband mich nur noch mehr mit dem Dolch. Bevor ich losging hatte ich aber noch etwas vor. Das war unabdingbar, wenn ich in die Altamen wollte. Leise öffnete ich die Zimmertür und trat hinaus auf den Flur. Hier ging die Beleuchtung an und ich ging los. Der Haupteingang lag vor mir, doch er war noch verschlossen. Kaum zwei Minuten später stand ich an einem der Seitenausgänge und entriegelte ihn. Sachte trat ich hinaus und schloss die Tür hinter mir wieder. Die frische Morgenluft tat gut. Mein Spaziergang führte mich durch die halbe

Stadt, dann fand ich die Adresse, die ich mir aufgeschrieben hatte und klingelte. Das Haus, das ich erreicht hatte, sah aus wie ein Hotel. Kaum vorstellbar war, dass es nur einer Person gehörte. Die Residenz hatte eine weiße Außenmauer, Goldrahmen an den Fenstern und sah insgesamt imposant aus. Aus dem inneren konnte man schlurfende Schritte hören, dann das rasseln eines Schlüssels, das Geräusch wenn dieser sich im Schloss dreht und schließlich das Quietschen der Tür. Vor mir stand ergraut Andreij Sitou.

„Du möchtest das also wirklich tun", stellte er trocken fest, „Dann komm mal rein. Mein Enkel hat schon alles vorbereitet. Ich kann es dir nicht empfehlen, aber, nun, es bleibt deine Entscheidung."

„Ich habe ihnen erklärt, warum es nötig ist. Auch wenn ich einen kleineren Schaden davontragen werde, meine Energie zu versiegeln ist der einfachste Weg. Jetzt wo ich das Feuer habe, weiß ich nicht, wie meine Energie darauf reagiert, außerdem ist es unfair, wenn ich meine Aurenmagie benutze."

„Es wird nicht einfach deine Energie zu versiegeln. Es wird deine Produktion an magischer Kraft einstellen. Ein Mensch besitzt Mana, wie jeder Baum Magoi besitzt. Er kann, sofern er genug hat, Magie wirken. Kein Mana zu produzieren bedeutet für dich, einem Magi, kein Magi mehr sein zu können. Du würdest alles Mana bei dem Ritual verbrauchen, sodass du so gesehen, nicht einmal mehr menschlich oder lebendig wärst. Bändiger, die Magoi beziehen, weil sie kein Mana haben, gleichen ihre Gesundheit damit aus."

„Andreij, Sie sind ein ausgezeichneter Lehrer, aber in dem vor mir stehenden Kampf, kann ich nichts weniger gebrauchen, als die Rede, ich sei ein seltener Magi. Ich habe Hochachtung vor Ihrer Meinung, aber denken Sie doch nach."

„Nach deinen Erzählungen, habe ich daraus geschlossen, dass du auch Drachen rufen und kontrollieren konntest."

„Da haben Sie etwas grundlegend falsch verstanden. Ich kann mit Drachen kommunizieren, ich kontrolliere sie nicht. Das Mana, welches ich in den Boden geleitet habe, diente nur dazu sie anzulocken."

„Dein Kampfstil mit den Krallen, kannst du dann auch vergessen."

„Das weiß ich, Herr Sitou. Diese Energiekrallen waren ein Mittel zum Zweck. Ich habe dieselbe Technik wie die Krallen genutzt um eine Aurawelle zu erschaffen. Außerdem verliert der Widerstand vielleicht sein Interesse an mir, wenn ich kein Magi mehr bin. Nach den Erklärungen von Magnus Kium, was den Widerstand angeht, sammelt dieser Daten. Um unabhängig zu bleiben musste ich also mein Muster ändern. Sowohl mein energisches Muster, als auch das meines Stils."

Das energische Muster meint nichts anderes, als das Energiebild, das der Mensch in seinem Körper trägt. Ich wollte nicht mit meinem Lehrer diskutieren. In allzu naher Zeit beginnt die Vorrunde, zu der ich pünktlich kommen wollte. Kopfschüttelnd gab der alte Mann den Weg frei und ließ mich eintreten. Er führte mich in einen Raum, dessen Grundriss nahezu kreisrund war. In der Mitte stand ein flacher Tisch aus Stein. Auf ihm waren diverse Runenmahle eingraviert. Grob stieß mich jemand in den Raum.

„Was denkst du wer du bist? Ein seltener Magier, der seine Kräfte versiegeln lässt, weil er gerade Bock drauf hat? Oder was? Hör zu, hätte Opa mir nicht gesagt, ich solle tun was du dir da wünschst, hätte ich mich geweigert!"

„Arthur, ich möchte nicht mit dir noch einmal dieselbe Debatte führen müssen, wie mit deinem Großvater. Mein Leben lang bin ich ohne Magie ausgekommen, jetzt brauche ich sie ganz bestimmt nicht. Meine Seele habe ich ja weiterhin unter Kontrolle, so dass ich sie jeder Zeit formen und färben könnte."

„Während du deine Zukunft über den Haufen geschmissen hast, habe ich überlegt, wie du die Altamen überleben kannst. Seit du krank geworden bist, kannst du nicht mehr gut kämpfen. Wenn dein Mana blockiert ist, kannst du dich nicht einmal mehr verteidigen. Du weißt, glaube ich nicht, was es bedeutet Energie zu versiegeln! Du bist voll und ganz auf deinen Kopf angewiesen!"

Ich atmete tief durch, bevor ich antwortete. „In der letzten Woche habe ich viel Schach gespielt. Jedes mögliche Szenario bin ich durchgegangen. Zudem habe ich etwas, von dem ich sogar dir noch nichts sagen werde."

„Bist du auf einmal unter die Bändiger gegangen, oder was?"

„Du liegst näher dran, als ich dachte, aber nein, fang endlich mit dem Ritual an."

„Leg dich auf den Stein und zieh die Tunika aus. Ich muss an deine Brust kommen."

Erst zögerte ich. Auf meiner Haut, nahe dem Herzen prangten bereits drei Mahle, die ich schon seit einer Ewigkeit hatte. Niemand hatte sie bisher gesehen. Am Schwimmunterricht hatte ich nie teilnehmen müssen. Da würde ich jetzt wohl durchmüssen. Ich öffnete den Verschluss und öffnete die Tunika gerade weit genug. Ein Aufkeuchen seitens Andreij, symbolisierte mir, dass er die Runen entdeckt hatte. „Komm mit Arthur! Es gibt eine leichte Planänderung."

„Gut, Opa. Cyras, warte hier!"

Achselzuckend machte ich es mir auf dem Stein gemütlich und vertrieb mir die Zeit. Es dauerte tatsächlich länger als eine halbe Stunde, bis die beiden wiederkamen. Dann konnte es endlich losgehen und Arthur versetzte mich in Trance. Man merkte, dass er immer noch sauer auf mich war: Er schlug mich K.O.

Das Wartezimmer glich dem einer Arztpraxis. Ein länglicher weißer Raum mit Bänken für die Patienten. In der Tat, denn auch hier warteten schweigend gut vierzig Menschen. Alle sahen gesund aus, einer von ihnen war ich. Die Hälfte der Anwesenden trug eine starke Rüstung, die Übrigen hoben sich auf unterschiedliche Weise voneinander ab. Im Voraus konnte man zwar im Internet, Rüstungen und bestimmte Waffen kaufen, das hatten die Meisten aber nicht für nötig gehalten. Nervös und etwas aufgeregt spielte ich mit meinem Dolch. Adrenalin durchfluteten meine Adern, zumal keine Magie mehr in meinen Adern war und er, mein Körper, merkte, dass etwas fehlte. Der Überschuss an Adrenalin wäre normal und würde etwa fünf Stunden anhalten, hatte Andreij Sitou gesagt. Hier in dem Wartezimmer saß ich schon seit einer Stunde. Fast alle zehn Minuten wurden zwei Personen aufgerufen und mitgenommen. Die Offizielle Vorrunde hatte begonnen. Neben mir hatte ein weißhaariger junger Mann Platz genommen, etwas vier Jahre älter als ich. In seinem Schoß ruhte ein Cyberschwert. Ein Schwert, das neben der gewöhnlichen Klinge noch Muster zierte, die bei Aktivierung Magische Energie freisetzten. Solch eine Waffe war eher selten bei den Altamen, war jedoch zugelassen.

„Bist du zum ersten Mal hier?", sprach er mich an.

„Nein", antwortete ich, „Du? Zumindest meine ich nicht, dich schon einmal gesehen zu haben. Immerhin werden die Vorrunde, sowie die Hauptrunden im Fernsehen ausgestrahlt."

„Na ja, letztes Jahr war ich krank, aber heute werde ich mein Bestes geben. Ich heiße Jean."

„Mein Name ist Cyras, freut mich. Weißt du wie so eine Vorrunde abläuft?"

„Theoretisch gesehen schon. Du wirst aufgerufen, gehst in die Arena und bekommst zwei Gegner."

„Zwei?"

„Ja, da es dieses Jahr über 120 Anmeldungen gibt sind es drei Personen die auf einmal getestet werden. Ihr werdet dann kämpfen und der Sieger kommt in die erste Hauptrunde."

„Danke, Jean. Woher hast du eigentlich das Schwert da?"

„Es war ein Geschenk. Seitdem ich es habe benutze ich es."

„Gehörst du zur Armee? Oder wozu brauchst du dann eine Waffe?"

„Ich war früher mal Klingentänzer bei der Armee, aber dann bin ich gegangen und nehme an öffentlichen Veranstaltungen teil."

Ach, so war das. Dieser Jean bekleidete also den Rang, den ich immer erreichen wollte. Vielleicht war es sogar notwendig einer zu werden, um im anstehenden Krieg, zu überleben. Eine Lautsprecherstimme dröhnte: „Jean und Cyras, bitte begeben Sie sich zu den Hallen!"

Zeitgleich standen wir auf, schüttelten uns die Hand und gingen los. Ein Flur führte zu zwei großen Hallen. Sie waren hell beleuchtet und mit Linolplatten ausgelegt. In Halle 1 wartete bereits ein Mitglied der AOG. Er bat mich herein. Mit dem Dolch in der Hand machte ich mich bereit, sowie der Organisator es mir riet. Von der anderen Seite kamen zwei weitere Männer auf mich zu. Auch sie nahmen Kampfstellung ein. Der Organisator hob die Hand, erzählte ein Wenig über die Veranstaltung und rief LOS, während er die Hand herunternahm. Die beiden Männer, sie trugen übrigens Rüstungen, gingen sofort auf einander los. Ihre Schwerter klirrten und ich sprang vorerst zurück. Schnell entschied der stämmigere das Duell für sich. Nur ich stand noch zwischen ihm und den Altamen. Anders herum war es genauso. Dieser Riese stand auch zwischen mir und den Spielen. Mein Dolch wirkte lächerlich klein im Vergleich mit seinem Zweihandschwert. Dem ersten Hieb wich ich aus, den zweiten parierte ich. Jetzt war ich dran, dachte ich und preschte los. Kurz hintereinander ließ ich den Dolch durch die Luft sausen. Der Abstand zwischen meinem Gegner und mir verkleinerte sich immer weiter, bald war das Riesending an Schwert unbrauchbar und ich hielt meine Klinge an die Kehle des Anderen. Der Organisator schrie: „Der einundzwanzigste Teilnehmer der vierzehnten Altamen ist Cyras, ehemaliger Student an der Universalakademie! Zudem unser jüngster und kleinster Teilnehmer!"

Ich stürmte aus der Halle und stand Jean gegenüber. Er hatte anscheinend verloren. Trotzdem grinste er und hielt mir den Knauf seiner Waffe entgegen.

„Ich leih dir mein Schwert! Ich glaube, du kannst besser damit umgehen."

Skizzenblock

Jean, anscheinend ein Naturtalent im Schwertkampf mit einer riesen Pechsträhne. Sein Kleidungsstil sollte etwas veraltet wirken.

16

Alles was passierte war irgendwie vorhersehbar. Ab jetzt kam jedoch alles anders. Genau weiß ich nicht mehr, wie es mir geschah, aber ich stolperte und brach mir das rechte Bein. Schmerzen hatte ich keine. Mein Adrenalinspiegel war gesunken und ich zerbrach mir den Kopf. Meine Adjutanten, Kai und Arthur, hatten mich zu einem Krankenhaus geschleppt, wo man mich verarztete. Alles war hier irgendwie normal. Irgendwie, irgendwie, irgendwie wurde ich das Wort nicht los. Toll, da warst du ein einfacher Schüler und stolperst in eine Geschichte, die sonst nur in Abenteuerromanen passiert, und stolperst weiter, eine Treppe herunter. Gedanken plagten mich rund um die Uhr. Kai hatte es bemerkt und sprach mich im Untersuchungszimmer darauf an: „Geht es dir nicht gut?"

„Doch, klar, ich überlege nur."

„Davon bekommst du nur wieder Kopfschmerzen. Mach dir keinen Kopf. Du bist bei den Altamen, wirst zu einer Berühmtheit und lässt dann die Bombe hochgehen. Danach bist du nur noch ein normaler Teenager, der entscheiden muss, was er mit seinem Leben anfangen wird."

„Wir sind nicht in Panem!"

„Das habe ich auch nicht behauptet. Also, was wirst du tun?"

„Ich glaube, ich möchte den Pater suchen. Wenn die Katastrophe vorbei ist, meine ich."

„Wir wissen, wie sehr du ihn geliebt hast, aber er ist bestimmt längst tot. Seit über fünf Jahren ist er schon weg."

„Ich weiß das doch. Kai, ich meine nur, wenn jemand ihn finden kann, dann ich!"

„Trotzdem stehen erst mal die Festspiele vor der Tür. Nachdem sie erst angefangen haben kannst du sowieso nicht mehr zurück und kommst auf andere Gedanken."

„Ich glaube, ich sollte dich mit einem Bann belegen", mischte Arthur sich ein.

„Und was soll der bringen?"

„Ähm, ich kann deine Gedanken blockieren. Dann wärst du auf deinen Instinkt angewiesen, wie bei der Jagd. Komm schon, du hast es geschafft einen wilden Greifen, beim ersten Schuss zu treffen. Das schafft nicht jeder."

„Dafür muss ich nicht verhext werden, Arthur! Außerdem stand ich keine zwei Meter entfernt. Wenn du darüber genau nachdenkst...", weiter kam ich nicht. Arthur hatte mich unterbrochen: „Denken und noch mehr denken! Schalte das einfach ab. Ohne unnötigen Gedanken, keine unnötigen Sorgen!"

„Genau, und dann bin ich am besten noch lustig und werde der Favorit."

„Das wäre auch praktisch. Wenn die Zuschauer dich lieben, kannst du all deine Mittel benutzen und Nefarian treffen."

„Treffen wie schießen?"

„Ja, genau!", rief Arthur.

„Ich hoffe du erkennst die Ironie. Du bist der Agent, der verzweifelt hofft, seinen absoluten Vorgesetzten los zu werden."

„Ich arbeite nun mal für ihn. Das heißt nicht, dass ich mit ihm auskomme. Nein, ich hasse ihn sogar, aber würde ich seinem Befehl nicht Folge leisten, würde ich als Deserteur umgebracht werden!"

„Mir hat man angeboten dem Widerstand beizutreten. Das habe ich aufgegeben und meinen Freund verraten, damit kein Krieg zwischen den Menschen entsteht."

„Das ist Ironie. Du verrätst deinen Freund, um Krieg zu verhindern, riskierst dein Leben, um in einem anderen Krieg kämpfen zu dürfen. Zudem ward ihr nie Freunde. Magnus hat kaltblütig auch schon den Kumpel von Leon gemimt. Wenn man so darüber nachdenkt, könnte es sogar sein, dass er der Täter ist..."

„Hey, Leute. Wenn ihr euch streiten wollt prügelt euch nach den Altamen! Magnus ist bestimmt kein Mörder." Kailan hatte eigentlich recht, doch ich wollte die Sache jetzt klären. Der Mediziner hatte mein Bein geheilt und war im Begriff uns hinaus zu werfen.

„Misch dich nicht ein, Kai! Das ist wichtiger, als dieser bescheuerte Wettbewerb!"

„Ganz und gar nicht! Cyras, denk nach! Erst wenn sich die Lage stabilisiert hat, können wir wieder persönliche Dinge diskutieren."

„Jetzt soll ich auf einmal wieder nachdenken? Schön! Tut, was ihr wollt!"

Gerade war ich im Begriff, die Fassung zu verlieren, da hatte ich eine Idee. Ich atmete tief durch und schaltete meinen Kopf ab. Logisch gesehen sollte nicht gestritten werden. Simpel gesehen sollte ich den Streit beenden. Die Beiden zogen mich nach draußen und zu Arthurs Haus. Da waren wir wieder in der Residenz des Alten. Andreij schaute uns an, dann kommentierte er trocken: „Streitet euch nach dem Krieg und bringt euch gegenseitig um, wenn ihr wollt! Dann entgeht ihr wenigstens den Dämonen. Jetzt so ein Affentheater anzufangen bringt euch nicht weiter!"

Arthur war sprachlos, ich erstaunt und Kai pfiff amüsiert. Dann stand Andreij auf und schrie: „Was seid ihr immer noch hier! Ihr müsst euren Freund trainieren! Geht auf die Jagd oder tut sonst was!"

Alle drei zuckten wir zusammen. Nie war Herr Sitou wirklich wütend geworden. Kaum zwei Minuten später standen wir wieder vor dem Haus und brachten die Hawekzile auf Vordermann. Arthur hatte eine Garage mit fünf Stück. Alle waren sie voll betankt und an jedem hängte jetzt ein Köcher mit drei Pfeilen.

„Wer die größte Beute erlegt muss nicht kochen!", rief Arthur und sprang auf sein Fahrzeug. Es ging los. Kai hatte recht gehabt. Kai hatte recht gehabt! Mein Instinkt war verlässlicher, als mein Kampfgeschick vor meiner Krankheit. Trotzdem musste letztendlich ich kochen. Wir hatten nur einen Hippocampus getroffen und Kailan hatte ich erlegt. Arthur machte es sich neben dem Küchentisch gemütlich und sah mir zu. Während ich also das

Essen vorbereitete, erklärte mir Arthur wie es übermorgen losgehen würde.

„Vorweg, ich hätte nicht teilnehmen können, Cyras. Es ist Mitgliedern der Armee und der Wache untersagt an Spektakeln der Kampfkunst teilzunehmen. Hättest du also die Vorrunde verloren, hätte Kai seine Lehrstelle bei uns, vorläufig abbrechen müssen. Er wird auch Agent werden. Die Kampfarena ist mitten in dem Splitter Estarots. Es ist ähnlich einem Puzzle, bei dem jedes Stück an jedes dran passt. Stündlich ändert sich die Anordnung. Jeder Teilnehmer beginnt an einer anderen Stelle. Das soll die Spannung steigern. Dafür können die Teilnehmer auch Karten finden, auf denen drei Startplätze von demselben Puzzlestück eingezeichnet sind. Das sollte dein erstes Ziel sein. Wenn du eine Karte gefunden hast, misch dich in die Kämpfe ein. Nur wenn du mindestens ein Sechstel alleine besiegst, steigt dein Ansehen bei den Fans."

„Danke, Arthur. Wo finde ich in eurer Küche das Besteck?"

„Hä?", einen kurzen Moment lang, schien Arthur verdauen zu müssen, was ich gefragt hatte, dann brüllte er los, „HAST DU ETWA NICHT ZUGEHÖRT? Du sollst dir um dein Image Gedanken machen, nicht um unser verdammtes Besteck!"

„Entschuldigung, aber das Essen ist fertig. Schrei nicht immer so."

Arthur raufte sich die Haare, dann ging er zielstrebig auf eine Schublade zu und öffnete sie. Gemeinsam deckten wir den Tisch, holten die Anderen und aßen schweigend. Niemand schien etwas sagen zu wollen. Den Abwasch erledigte ich auch noch, dann machte ich mich auf den Weg zurück zum Agentenquartier. Jemand hatte mein Zimmer saubergemacht und zwei Bücher auf meinem Bett liegen lassen. Neben dem Bett, auf einem Stuhl, lag ein Stapel Kleidung. Ich achtete nicht weiter darauf, zog meinen Pyjama an und warf mich auf die Matratze. Meine Augen waren fest verschlossen, das Licht war ausgegangen und ich war allein. Allein mit Gedanken. Gedanken, die ich mir nicht machen sollte. *Was, wenn ich verliere? Das schaffst du nie im Leben, Cyras! Verschwinde ich besser? Mit wem kann ich reden?* Kailan hätte mir zugehört. Aber ich wollte nicht zu ihm. Ich möchte mich nicht wieder beklagen. Andreij Sitous Stimme klang in meinem Kopf wieder. Sie war beruhigend.

„Cyras, deine Kraft ist gering und was du bisher mit deiner Geschwindigkeit ausgleichen konntest, verbraucht zu viel Energie. Einen letzten Ratschlag möchte ich dir daher mit auf den Weg geben. Egal wie misslich die Situation ist, überlass den Kampf weder deinen Gefühlen, noch deinem Kopf. Scher dich nicht darum, wie oder warum etwas passiert. Mach dir klar, dass du im Moment lebst, nicht in der Zukunft. Dein Instinkt gleicht dem einer Raubkatze. Dein Mut ist der eines Drachen und dein Geschick ähnelt dem Phönix. Das sind gute Eigenschaften. Heute haben sehr viele Menschen mit dir geredet und einer hat dir sogar ein Schwert geliehen. Sei froh darüber. Die Technik, die du in der letzten Woche gelernt hast, wird dir zum Sieg helfen."

Da hatte ich ihn gefragt, weshalb man immer wieder dieselbe Übung durchführen sollte. Seine Antwort war einleuchtend: „Weißt du, das Gedächtnis muss sich nichts einprägen. Dein Instinkt muss erkennen, wie und wann eine

Bewegung richtig ist. Wäre dein Gegner wie ein Roboter, könnte man eine geeignete Strategie aufstellen. Lange Nachdenken und ein Bewegungsmuster zu erstellen funktioniert nur dann. Bedenke, diejenigen die dir auf diesem Schlachtfeld begegnen sind einzelne Individuen. Sie können auch denken, deswegen hast du es nicht nötig. Vertrau auf dich, habe weiterhin deinen Mut. Zerschelle nicht an deiner eigenen Ungewissheit. Ich weiß wovon ich rede. Meine Wenigkeit stand schon auf vielen Schlachtfeldern. Der einzige Feind, den ich nicht zu besiegen vermag, ist die Zeit. Sie hat mich mürbegemacht. Mein Ende naht, deswegen kann ich euch auch nicht mehr lange zur Seite stehen, aber ein Rat ist besser als jede andere Erbschaft. Arthur wird verzweifelt sein. Er wird nicht begreifen, dass ich diesen letzten Feind, als Freund empfange. Ich bin dreiundneunzig Jahre alt. Da darf man seine letzte Reise beschreiten. Gib gut acht auf meinen Enkel. Wenn er irgendwann zu verzweifeln droht, sag ihm *errare humanum est aleaque iacta est.*" Die Worte erinnerten mich an einem Abend vor mehreren Jahren. Der Pater hatte mich zu Bett gebracht und mir von der Bibel erzählt. Zwar kannte ich schon sämtliche Geschichten, aber der Pater hatte immer auch erzählt was das für den Menschen bedeuten kann. Die Geschichte, die er mir damals erzählt hatte war eher düster. Die Engel hatten ein niederträchtiges Tier besiegen müssen. Pater erzählte damals, das Tier sei der Zweifel. „Nur wenn die starken Gefühle, wie die Liebe, das Vertrauen und der Mut, der Leitfaden des aufrichtigen Lebens sind, kann das Tier besiegt werden. Ich kann nicht für immer an deiner Seite bleiben. Gute Nacht, Cyras." In der Nacht hatte ich von Michael geträumt und am nächsten Morgen war der Pater spurlos verschwunden.

Skizzenblock

17

Puh, endlich da! Yukio war im Haus der Keyerfamilie angekommen. Herr Keyer war Mitglied des Widerstandes und seine Besitztümer hatte er voll und ganz der Rebellion gewidmet. Das war auch der Grund dafür, dass er in Estarot abgestellt war. Hier trieb er Handel und verdiente Unmengen von Geld. Nach seinem Zusammenstoß mit dem jungen Mädchen, war Yukio erst in der Stadt herumgeirrt. Mit nicht einmal zwanzig Jahren, hatte er schon mehr gesehen, als die meisten anderen zuhause. Man hatte ihn hier in der Villa empfangen und ihm sogleich sein Zimmer gezeigt. In den Unterlagen, die bereits auf dem Schreibtisch lagen, konnte man lesen, dass er, Yukio, Sponsor der Altamen wäre. Dem Bericht war zu entnehmen, dass er knapp zwei Millionen Münzen gesponsert hatte. In Alanea wird die Währung einfach *Münze* genannt, denn nichts anderes war es. Natürlich gibt es auch Papiergeld. Das betrug aber eine Mindesthöhe von *tausend Münzen*. Die Münzen waren nämlich sehr klein und konnten zusammengesteckt werden, wodurch es auch keinerlei Probleme beim Transport gab. Müde schaltete Yukio den Fernseher an. Gerade lief die Vorstellung der Teilnehmer. Nacheinander erzählte der Moderator von den vierzig Teilnehmern, die auf einer Karte mit ihren Startpunkten verzeichnet waren. Diese Zusatzsendung würde die nächsten zwei Wochen am Stück laufen. Wenn es dann noch *Überlebende*, oder besser Kämpfer, gab, die noch im Rennen waren, würde es noch weitergehen. Für Essen war an den Startpunkten gesorgt worden und Waffen standen den Spielern auch zur Verfügung. Das Publikum wollte immerhin, was zu sehen bekommen. Letztes Jahr hatte es drei Tote gegeben. Sie hatten ihr Schicksal selbst gewählt, denn wer sich nicht ergab durfte getötet werden. Ein Mord, also das Töten nach der Niederlage, war strengstens verboten. Sie wurden juristisch bestraft. Immerhin war das dann wirklich ein Mord. In der Kindheit träumen so unendlich viele Kinder und Jugendliche davon, einmal im Rampenlicht zu stehen, einmal ein Schwert in der Hand zu halten und als Held gefeiert zu werden. Am Südpunkt würde man sie Narren nennen und im Widerstand aufnehmen. Von gesetzten Wetten profitieren die Spieler, bei den Altamen. Generell wurde die Teilnahme reich belohnt, wenn man der Gewinner war. Deshalb gab es jährlich fast vier Neureiche. Ein Verlierer, der aber dafür der Gewinner der Herzen im Publikum war, gehörte zu den Siegern, der Hauptgewinner und der zweite Platz gehörten zu ihnen und der erste Sieger in einem Duell bekam eine Prämie. Alle fanden diese Regelung fair. Man hatte praktisch den Nervenkitzel und das Adrenalin, als Spieler und die Unterhaltung, Action und Spaß, als Zuschauer. Im Alter von zehn Jahren hatte Yukio selber geträumt in der Arena zu stehen. Jetzt behandelte er es nur als einen Teil seiner Mission, auch wenn er nicht teilnahm. Als der Name Cyras fiel schaute er auf. Der Name war einzigartig, sowie der Träger. Es war der Verräter, der den ursprünglichen Plan versaut hatte. Hoffentlich flog er schnell raus. Spielt sich auf, wie die Hauptfigur einer Schmierenkomödie, dachte Yukio.

Es hatte angefangen! Die Altamen waren eröffnet! Das Feldbett war nicht ganz so gemütlich, wie die Matratze in meinem Zimmer, aber es war annehmbar. Ich trug eine dunkle Tunika und hohe Stiefel. Die Kleidung, die den Spielern zur Verfügung gestellt wurde. Mein Quartier war im Wüstenbereich des Spielfeldes. Vor der Tür erstreckte sich nichts als Sand. Das Schwert, das Jean mir geliehen hatte hing an meinem Rücken, der Dolch am Gürtel. In einer Umhängetasche verstaute ich gerade Wasserflaschen, die in der kleinen Hütte bereitstanden. Man hatte mir einen Kelch mit Schlafmittel gegeben, um mich herzubringen. Ein Timer an meinem Arm zeigte, dass die Festspiele seit drei Minuten liefen. Ebenfalls zeigte er an, wie viele Teilnehmer noch dabei waren. Noch war niemand ausgeschieden. Wäre doof, wenn man innerhalb der ersten Stunde verliert. Das Zusammenschließen innerhalb der Arena war erlaubt, allerdings nicht gerne gesehen vom Publikum. Deswegen konnte ich Teamwork vergessen. Ich war der jüngste Spieler, hatte man mir gesagt. Das würde mir einen Vorteil bringen. Ich band mir einen Schal um und trat hinaus in die künstliche Hitze. Der Schal war vielmehr ein Tuch, welches mich vor den warmen Winden schützen sollte. Tat ich jetzt auf Drama, würde mir das kein Stück bringen, denn die erste

Stunde lang wird nicht gefilmt. Ich schlenderte also durch die künstliche Landschaft. Ein paar Kakteen boten angenehm kühle Schatten. Dann piepste der Timer und die Erde fing an sich zu bewegen.

Yukio saß immer noch in dem Sessel. Die Uhr zeigte 14.15 Uhr. Zu früh, um rauszugehen, dachte er sich. Als Sponsor sollte er die Show verfolgen, dazu hatte er aber keine Lust. Eine Stunde lang schwafelten der Moderator und ein geladener Organisator über irgendwelche Statistiken. Der Sieger letzten Jahres hatte wohl gute Chancen. Yukio hatte in der letzten Zeit eine gewaltige Wegstrecke hinter sich gebracht und konnte Morgen mit der Recherche beginnen. Bis dahin wollte er aber die Füße hochlegen. Hauptziel dieser Recherche war, herauszufinden was für Informationen der Kurier für Nefarian hatte. Am wahrscheinlichsten waren Berichte über seine Privatarmee, die er vertuschen wollte. Andrerseits war letztens ein junger Mann aufgetaucht, der behauptete Nefarians Neffe zu sein, den dieser vom Thron gestürzt hatte. Vielleicht waren die Informationen also über Akito Hirineyo, dem neuesten Mitglied des Widerstandes. Yukio war ihm immerhin selbst begegnet. Er war ihm unsympathisch gewesen. Das bedeutete aber nichts. Endlich hatte die Moderatorin aufgehört zu reden. Der Bildschirm hinter ihr leuchtete auf und zeigte eine Karte des Spielfelds. Die Landschaftsteile veränderten gerade ihre Anordnung und setzten sich neu zusammen. Vor allem zwei der Teile sahen interessant aus. Das eine war von einer Art Wüste bedeckt, das andere bestand fast nur aus Wasser. Dann sprang die Ansicht um auf eine Aufnahme der Stadt. An der Seite des Splitters öffnete sich eine

Klappe. Groß genug war sie, dass eine neue Stadt hineingepasst hätte. Heraus schwebte die Arena. Eine Neuerung der Organisation. Nun waren die Altamen unter freiem Himmel, Zuschauerplätze umgaben sie. Da dieses Jahr keine Wälder auf der Arena waren, konnte man die Aufnahmen also direkt vergrößert dem Publikum zeigen. Das machte die Sache interessanter. Yukio verschwendete keine weiteren Gedanken, sprang auf und stürmte aus dem Haus. Kaum hatte er die Treppe erreicht, die hinunter auf den Erdboden führte stolperte er. Schon wieder prallte er hart auf den Stein. Ein Mann kam ihm zu Hilfe. Er zog Yukio auf die Beide und fragte, ob alles in Ordnung sein. „Ja mir geht es gut. Können sie mir sagen, wie ich zu den Altamen komme?"

„Wissen sie das denn nicht, mein Herr? An der AOG kann man eine Karte kaufen und stündlich zur Arena geflogen werden."

„Danke für ihre Hilfe. Ich bin noch nicht lange in der Stadt und wusste es nicht. Nochmals vielen Dank", rief er und eilte weiter.

„Warten Sie doch", rief Magnus noch, aber Yukio war schon fast verschwunden. Kopfschüttelnd ging Magnus in seiner Verkleidung weiter. Das Gebäude der AOG befand sich unter dem Splitter. Zumindest sagte das das Navigationsgerät in Yukios Hand. Bis er dort ankam hatte er mal wieder eine erstaunliche Sammlung blauer Flecken. In solchen Momenten fragte Yukio sich, warum er die Reise solange überstanden hatte, wie er sie als lebensbedrohlich eingestuft hatte. Noch roter als seine Wunden war nur sein Gesicht, als er keuchend an der Kasse für die Eintrittskarten stand. Die Dame an der Kasse fragte freundlich nach seinem Namen.

„Ich bin Yukio Keyer", sagte er. Für seine Mission musste er sich als ein Mitglied der Keyerfamilie ausgeben, da diese Information im Sponsorenprogramm nicht gefälscht werden konnte. „Aha, als Sponsor steht es Ihnen frei zur Arena zu fliegen, wann immer Sie wollen. Der nächste reguläre Flug startet in drei Minuten. Wenn sie sich beeilen können sie noch hoch, bevor die Kampfzeit der ersten Runde beginnt."

Yukio machte auf dem Absatz kehrt und rannte durch einen Flur zu einer Tür, worauf *Hangar* stand. Er riss sie auf und hastete zu einer Barke. Das war eine schwebende Platte, auf der bis zu zwanzig Personen transportiert werden konnten. Gerade noch passte er hinauf. Kaum das er ausatmete setzte sie sich auch schon in Bewegung. Langsam hob sie ab, schwebte gut zwei Meter in die Höhe, bevor sie durch eine Luke in der Wand in die Stadt hinausflog. Von oben sah sie imposant aus. Nichts im Vergleich zum Südpunkt. Schnell ließ die Barke Estarot hinter sich und kam in den Schatten der fliegenden Arena. Sie hatte angefangen die Stadt zu umkreisen. An ihrer Seite befanden sich Treppen zu den Zuschauerrängen. Ein Mann, der aussah als gehöre er zum Organisationsteam, fing an zu reden.

„Sehr geehrte Zuschauer, in Kürze erreichen wir den Anlegeplatz. Steigen Sie bitte rasch aus und gehen Sie zu ihren Sitzplätzen, deren Nummern auf ihrer Karte stehen. Die Sponsoren werde gebeten zur Ehrenloge an der, der Stadt zugewandten Seite, zu gehen und dort ihre Plätze ein zunehmen. An den Sitzplätzen werden Sie zudem spezielle Brillen finden. Setzen Sie sie bitte auf und genießen Sie die Altamen."

Die Barke drosselte ihr Tempo und veränderte ihre Höhe nicht weiter. Vor ihr ragte die Arena empor, wie ein fliegendes Kolosseum. Schon von hier aus konnte man erkennen, wie viele Menschen schon dort waren. Es waren wohl schon Hunderte gewesen, bevor sich die Arena in die Luft erhoben hatte. Die Barke begann den Landeanflug und setzte auf einer kleineren Plattform auf. Die Passagiere stiegen ab. Auch Yukio betrat die Plattform und fiel vornüber. Hart kam er auf dem Metall auf und ein nur allzu bekannter Schmerz füllte seinen Kopf. Er war mal wieder gefallen! Schon wieder! Langsam kam er wieder auf die Beine und wieder ging er weiter, als sei nichts gewesen. Er stieg die Treppe hoch und kam schließlich auf einem Rundgang, der über den Zuschauerrängen lag. In einiger Entfernung sah er die Ehrenloge, doch vor ihm erstreckten sich die Altamen, eine gewaltige Ebene mit den verschiedensten Teilen, von Wüsten über Steppen bis hin zu Sümpfen.

Am Rande der Wüste hatte ich mich hingesetzt um etwas zu trinken. Über mir sah ich eine Art Holographie. Eine Luftübertragung von mir. In der Ferne konnte ich Menschen sehen, Zuschauer. Ich stand auf und blickte nach vorn. Dort stand ein Mann in Rüstung. Zwar hatte ich die erste Aufgabe überwunden, nämlich die Wüste hinter mir zu lassen, aber das Schwierigste kommt noch, denn aller Ende ist etwas neuem Anfang, auch wenn es nur hieß vom Regen in die Traufe, oder in meinem Fall, von der Wüste ins Gefecht.

18

Eine Lautsprecherstimme ertönte. „Der erste Kampf beginnt! Die Kontrahenten sind Cyras und Luke!" Das Gute an den Altamen ist, dass man sich selbst einen Spitznamen geben konnte. Vor- und Nachnamen spielen keine Rolle, aber da mein Name sowieso einzigartig ist, benutze ich ihn immer, im Real Live wie im Internet. Wenn ich diesen Kampf gewinnen würde, wäre ich zumindest einer der Sieger. Dieser Luke trug eine dieser Rüstungen. Ansonsten sah er noch relativ jung aus, vielleicht Mitte Zwanzig. Zudem sah er sportlich aus. Seine Waffe war ein Schwert, das ein wenig länger war, als das von Jean. Er hatte es in der Hand und kam schnell auf mich zu. Er rannte. Anscheinend wollte er den Kampf mit einem Schlag beenden, während ich noch trank. Pech gehabt, ich warf ihn mit der halbleeren Flasche ab. Wasser spritzte auf seine Rüstung und er brüllte wütend auf. Ich hielt meinen Dolch fest im Griff. Metall prallte auf einander und ich sprang zur Seite. Von der Bewegung wurde sein Schwert in meine Richtung gelenkt. Das nutzte ich aus, um in die Knie zu gehen und seine Waffe weiter zur Seite zu drücken. Es gelang und schon war seine Deckung dahin. Aber mein Gegner war nicht auf den Kopf gefallen, und ließ sein Schwert fallen. Es landete im Sand. Luke war zurückgesprungen und hatte ein zweites, viel kürzeres Schwert gezückt. Es glich denen, die die Römer einmal benutzt hatten. Ich konnte nicht anders, ich musste lachen. Luke hatte augenscheinlich viel Kohle ausgegeben, um als erster ausscheiden zu dürfen. Adrenalin schoss durch meinen Körper und machte mich praktisch hyperaktiv. Die Waffen prallten aufeinander. Das Geräusch klirrenden Metalls blieb mir im Kopf hängen und ein Schlag folgte auf den Nächsten. Bald flog meinem Gegner auch das Kurzschwert aus der Hand und ich setzte an ihm den Dolch an die Kehle zu halten. Wie groß war sein Waffenarsenal? Schon hatte er eine weitere Waffe zur Hand. Dieses Mal einen japanischen Sai. So eine Saigabel sah aus, wie eine Dreizackspitze mit kurzem Griff. Dieses Ding verhakte sich mit meinem Dolch. Jetzt war es meine Waffe, die davon segelte. Meine rechte Hand blutete, einer der Zacken hatte sie getroffen. Als nächstes musste ich mich von meinem Tuch verabschieden. Luke zerschnitt es, wie ein Stück Butter. Ich wich aus, tänzelte um ihn herum und hatte dann genug Zeit das Schwert von Jean zu ziehen. Luke wollte wieder den gleichen Trick verwenden, um mich zu entwaffnen, doch dieses Mal drehte ich mein Schwert und der Sai stach seinem Besitzer in die Hand. Luke stolperte zurück, fiel auf den Rücken und die Cyberklinge ruhte an seinem Hals. „Ich gebe auf, du hast gewonnen", sagte er niedergeschlagen.

„Anscheinend hast du dir den falschen Gegner gesucht."

„Ich dachte, da du das Schwert hast, gegen das ich in der Vorrunde gewonnen habe, könnte ich noch mal siegen."

„Oh, du hast Jean besiegt? Er hat mir nach seinem Vorkampf das Schwert in die Hand gedrückt und gesagt, er leiht es mir."

Wieder ertönte die Lautsprecherstimme: „Der Gewinner des ersten Kampfes steht fest! Cyras hat Luke zur Aufgabe gezwungen und somit seinen ersten Gegner besiegt. Währenddessen haben sich Zwei weitere Spieler gefunden. Im Feld A3 stehen sich Bonecrusher und Lenn gegenüber!" Ich half Luke auf die Beine und wartete bis er mit einem Hawekzile abgeholt worden war. Meine Uhr zeigte an, dass es 16 Uhr war und noch 39 Kämpfer im Spiel waren. Mein Punktestand betrug zudem 1, auch das zeigte dieses kleine Wundergerät der Technik an. Ich schlenderte weiter und ließ meinen zerfetzten Schal einfach liegen. Immerhin war ich nicht mehr in der Wüste. Das Cyberschwert hatte ich wieder am Rücken und den Dolch hielt ich in der Hand. Schließlich musste ich erwarten jederzeit attackiert zu werden.

„Könnten Sie mir erklären was es mit den Runden auf sich hat?", Yukio war planlos und hatte seinen Sitznachbarn angesprochen. Er, ein korpulenter Mann um die Fünfzig, lächelte und fing an zu reden: „Nun, zu Beginn befinden sich die Vierzig Teilnehmer in der Arena. In dem Augenblick, da die erste Stunde um ist, fängt die erste Runde an. Sobald die Hälfte der Kämpfer ausgeschieden ist, ist das Ende der ersten Runde. Also wenn zwanzig Spieler verloren haben. Dann können die Teilnehmer Kontakt zu ihren Adjutanten herstellen, die in den vordersten Zuschauerrängen Platz genommen haben. Sie haben drei Stunden Zeit um zu reden. Dann startet die zweite Runde. Sie endet ebenfalls, wenn die Hälfte der *Survivor* verloren hat. Das widerholt sich dann, bis nur noch fünf Spieler übrig sind. Die letzte Runde findet nur noch auf einem Landschaftsteil statt und zwar wenn nur drei Teilnehmer sich gegenüberstehen. Haben Sie das verstanden, oder soll ich noch weiter erklären?"

„Ich hab's verstanden, danke. Was halten Sie eigentlich von diesem Cyras?" Yukio konnte ihn noch immer nicht leiden. Leider hatte er gewonnen, weshalb die beiden sich unvermeidlich über den Weg laufen würden. Bevor er aber zur Abschlussveranstaltung kommen kann, muss er noch überleben.

„Cyras? Ah, Sie meinen den Gewinner des ersten Kampfes. Er ist der jüngste Spieler und dazu bewegt er sich noch ziemlich gut. Ich würde sagen, er ist einer der Topfavoriten."

Schlagartig machte das Gespräch keinen Spaß mehr. Lieber würde Yukio etwas anderes machen, aber sein Sitznachbar hatte sich in Rage geredet.

„Zwar ist der Junge ein Favorit, aber gegen Djafar hat er keine Chance!"

„Ist das Ihr Liebling?"

„Ja, er ist stark, hat viele Waffen und hat letztes Jahr gewonnen. Ich habe viel Geld auf ihn gesetzt."

„Sie wetten?"

„Nun, ich liege so gut wie nie falsch, so bin ich auch an das Geld gekommen, das ich dieses Jahr gesponsert habe."

Yukio stand auf. Es war ihm einfach zu langweilig. Zudem war er müde. Er ging zurück zur Anlegestelle und flog mit der nächsten Barke zurück nach Estarot. Gähnend machte er sich an den Aufstieg zur Oberseite des Splitters und kam vollkommen entkräftet in der Villa der Keyers an. Gerade pünktlich zum Abendessen. Am Tisch redeten Herr Keyer und Yukio dann über die Recherchen am folgenden Tag und über ihre Pläne, um an die Informationen zu kommen. Zwei Stunden später lag Yukio im Bett und schnarchte.

Es war Abend geworden. Der Himmel verdunkelte sich langsam und der Wind frischte auf. Die Wüste war längst verschwunden. Gegen 16.00 Uhr hatte sie sich verschoben. In einer Graslandschaft irrte ich seitdem herum. Meine Uhr zeigte mir, dass nur noch 37 Spieler im Rennen waren. Ich hatte keine Idee, wo ich mich hinlegen konnte um Schlaf zu bekommen. Die Arena war diffus und kompliziert aufgebaut. Zwischendurch hatte ich die Zuschauer gesehen, dann waren sie wieder so weit entfernt, dass ich nicht mal ihre Rufe hören konnte. Gegen 21.00 Uhr stand wieder ein Gegner vor mir und die Lautsprecherstimme kündigte einen Kampf zwischen mir und Bonecrusher an. Er hatte anscheinend auch schon einen Punkt. Wenn ich ihn besiegen würde, hätte ich also eine reelle Chance auf den Sieg. Er gehörte eindeutig zu den Berserkern, was ihn zu einem schweren Gegner machte. In der Hand hielt er eine schwere Axt. Sie hatte zwei Schneiden und ein zusätzliches Gewicht. Würde sie auf ihren Gegner hinab sausen, führt dieses Gewicht zu einer Beschleunigung. Bonecrusher war muskulös. Ich ordnete ihn eindeutig in die Kategorie *100% Muskeln, 0% Hirn* ein. Augenscheinlich lag ich richtig: Wie ein wild gewordener Minotaurus stürmte er auf mich zu. Lässig wich ich aus, man könnte auch sagen, müde. Ich hatte noch nicht einmal meine Hände aus der Tasche gezogen. Von hinten trat ich ihm in den Rücken. Er stolperte weiter und krachte gegen einen Baum in der Savannenlandschaft. Wütend schnaubte er und schrie mich an, er würde mich töten.

„Dazu musst du mich erst einmal treffen!", rief ich zurück. Langsam hob ich die Hand mit dem Dolch. Da fiel es mir ein: Ich hatte Michael nicht gefragt, wie man das himmlische Feuer aktiviert. Mit dem Daumen rieb ich über die Rune, aber nichts geschah. Ein weiteres Mal versuchte ich es. Wieder nichts. Immer wieder versuchte ich es und wich zugleich den Schlägen meines Gegners aus. Selbst die Zuschauer konnten nicht mehr viel sehen. Zu dunkel war es schon. Nach einer halben Stunde hielt ich die Waffe in das matte Licht der fernab versinkenden Sonne. Der Buchstabe *O* war zusehen. Wofür konnte diese winzige Innenschrift, nahe dem Griff des Dolches, sein? Michael war ein Engel gewesen, vielleicht war es also ein Bibelvers. O könnte für die Offenbarung des Johannes stehen. Ich hatte aber keine Ahnung wie die Verse gingen, außerdem war dieser Bibelteil doch für gewöhnlich mit Offb. gekennzeichnet. Versuchshalber malte ich stattdessen ein O in die Luft vor mir. Die Inschrift glühte auf und verschwand, das Siegel erweiterte sich. Weiter geschah nichts. Was sollte ich jetzt tun? Erneut, mehr aus Angewohnheit, als aus Absicht, rieb ich über das Zeichen. Da blitzte die Klinge auf. Loderndes Feuer umhüllte sie. Ich rannte los. Schnell umkreiste ich meinen Gegner und lies den Dolch einen Flammenring um ihn bilden. Das trockene Gras brannte, aber verbrannte nicht, dafür war das himmlische Feuer augenscheinlich nicht geschaffen. Ich wollte meinem Feind ins Gesicht sehen, während er mir unterlag, wozu das Licht sehr nützlich war. Er war sichtlich angespannt und schien sich sogar ein Wenig zu fürchten. Wer hatte denn auch erwartet, dass ein Teilnehmer mit dem Feuer der Engel spielte? Konnte man überhaupt erkennen, dass es das war? Eher nicht, denn das Feuer war einfach nur heller als sonst. Schlagartig erhellte sich die Szenerie. Das Feuer wurde weiß und golden, das Gras war nach wie vor unversehrt. Bonecrusher griff wieder an und wäre beinahe in die heißen Flammen gerannt. Mein Dolch schnitt seine Rüstung auf, das Feuer schmolz den Rest. Seine Axt musste als nächstes dran glauben. Unbewaffnet saß er vor mir. Ich lächelte und drückte ihm die Klinge an den Hals. Die Feuer wurden dunkler und erstickten dann. Ich musste einsehen, dass eine Flamme, die kein Leben auslöschen konnte, verdammt nützlich war.

„Ich gebe auf!", kreischte der Sieger des zweiten Kampfes und Verlierer meines Zweiten.

„Gut, aber das nächste Mal kämpfen wir richtig", antwortete ich und grinste breit, „Also wenn es mal heller ist."

Über die Lautsprecher wurde verkündet, dass ich die meisten Gegner bisher besiegt hatte. *Zwei!* Applaus toste über die Arena hinweg, und das war eindeutig das Beste an der ersten Runde, im Mittelpunkt der Aufmerksamkeit zu stehen, ohne ausgelacht zu werden. Ich verbeugte mich.

19

Der Morgen war schön. Sanft schien die Morgensonne durch das Fenster und wärmte Yukios Gesicht. Er öffnete verschlafen die Augen, machte sich gemächlich fertig für das Frühstück und verließ sein Zimmer. Nach seiner langen Reise war die Nacht in so einem Bett himmlisch. Er ging langsam die Haupttreppe hinunter und steuerte den Speisesaal an. Das Frühstück war bereits hergerichtet. Es duftete nach Rührei und Speck. Yukio schluckte. Vom Geruch des Fleisches wurde ihm anders. Trotzdem nahm er sich von dem Ei und frische Brötchen. Der Hausherr war bereits ausgegangen, teilte ihm einer der Bediensteten mit. Er war in der Stadtbibliothek und im Archiv. Yukio schlang sein Frühstück herunter und rannte los. Herr Keyer sollte nicht die ganze Arbeit alleine machen müssen. Fast war er am unteren Ende der Treppe angekommen, da stolperte er, und den Rest kannst du dir bestimmt denken. Mit einem aufgeschürften Knie kam er schließlich vor einem großen Gebäude am Stadtrand zum Stehen. Der Bau war eindrucksvoll und hatte kunstvoll verzierte Fassaden. Schon das Eingangsportal war so imposant, dass man es eine Stunde hätte anstarren müssen, um alle Schnitzereien betrachten zu können. Das Gebäude hatte mindestens fünf Stockwerke. Von innen war es mit einem roten Teppich ausgekleidet. Gigantische Bücherregale standen an allen Seiten. Der Raum war voller Bücher; dicke, dünne, besonders breite, hohe, niedrige... Über den einzelnen Regalen war ein Schild angebracht, auf dem das Genre der in ihm stehen Bände zu lesen war. Nicht nur die Innenausstattung erregte Yukios Neugierde, die Menschen die zwischen den Gängen umher schritten ebenso. Die Meisten trugen teure Kleidung und Schmuck ohne Ende. Ein anderer Teil war gerüstet und hatte verschiedenfarbige Umhänge. Augenscheinlich waren es Persönlichkeiten der Streitkräfte. Ihnen Oblag wohl zu Friedenszeiten die Aufsicht über die Bibliothek. Nicht verwunderlich, denn im obersten Stockwerk, so hatte Yukio gehört, war ein Versammlungssaal der Führungskräfte. Im Erdgeschoss konnte Yukio niemanden finden, der Herrn Keyer auch nur ähnlichsah. Verzweifelt versuchte Yukio leise zu sein. Er war niemand, der gerne schwieg. Langsam stieg er die Treppe zum zweiten Stock, dem ersten OG, hinauf. Auf halben weg geschah es. Er rutschte aus. Einen Aufschrei konnte er nicht mehr unterdrücken. Zu seinem Glück war einer der Generäle, falls es denn welche waren, schnell genug am Fuße der Treppe angekommen um ihn aufzufangen.

„Seien Sie vorsichtig. Soweit ich sehen kann geht es Ihnen gut. Bitte bleiben Sie leise, um die anderen nicht zu stören."

„Gut, ich bemühe mich. Danke für die Hilfe."

Das Gefühl das Yukio in diesem Augenblick spürte, war alles andere als beruhigend, er als Rebell in nächster Nähe eines Soldaten. Endlich auf der nächsten Etage, sah Yukio auch schon seinen Gastgeber. Er saß an einem Lesetisch und beugte sich über einen der besonders dicken Wälzer. Es war die Chronik der letzten hundert Jahre.

„Haben Sie schon etwas gefunden?", sprach er ihn an.

„Bisher noch nicht. Ich schaue mir gerade die Aufzeichnungen über Nefarian Hirineyo an."

„Aha, Herr Keyer, können Sie mir sagen, wo hier das Archiv ist? Dann kann ich nach weiteren Informationen suchen."

„Nennen Sie mich doch bitte Julian. Wir können auch zum „Du" übergehen, sonst können Sie ihre Maskerade gleich fallen lassen und sich als Präsidentin Miris Sohn vorstellen. Moment Mal, ich habe hier etwas Interessantes entdeckt! Ich lese einmal vor: Die Ernennung des neuen Diktators aus der altbekannten Hirineyo Familie stand bevor. Der Haupterbe dieser einflussreichen Familie, Akito Hirineyo, dessen Bruder kurz nach der Geburt verschwunden ist, sollte am 14. August zum Diktator ernannt werden. In der Nacht vom 12. auf den 13. verschwand er jedoch spurlos. Die Parallelen zum Fall seines gleichaltrigen Bruders sind enorm. Fakten weisen darauf hin, dass Akito entführt wurde und zwar schon zum zweiten Male, nur dass er nach der Entführung mit seinem Bruder zusammen, alleine wiederaufgetaucht ist. Stellvertretend wurde dann der Onkel der Beiden, Nefarian Hirineyo, zum Diktator. Seine Herrschaftsmethoden sind gewagt, stießen in den folgenden Wochen jedoch auf große Zustimmung."

„Warum wird ein neuer Herrscher eigentlich aus dieser Adelsfamilie ernannt?"

„In der Chronik steht, dass die Hirineyos viel mit der Gründung dieser Regierung zu tun hatten und deshalb beinahe einstimmig gewählt worden waren. Im Grunde sind sie so etwas, wie eine Königsfamilie. Nur dass der neue Erbe vom Parlament, dem Senat, befürwortet werden muss. Im Falle von Krisensituationen muss der Diktator erst wirklich aktiv werden. Da die Rebellion mit der momentanen Staatsform unzufrieden ist, wollen wir ja auch eingreifen und wieder eine Demokratie einführen."

„Das leuchtet mir ein, aber was wäre, wenn das Volk keine Volksherrschaft will, Julian?"

„In diesem Fall können wir einen Bürgerkrieg vermeiden, indem wir Akito zum rechtmäßigen Erben der Hirineyo Familie erklären und ihn auf den Thron bringen."

„Was hat Nefarian eigentlich Schlimmes gemacht? Zuhause wollte mir das Niemand erklären."

„Das ist vieles. Er hat Staatsgelder veruntreut, herrscht mit Gewalt, führt Experimente mit Menschen durch und erschafft regelmäßig Monster, die er auf Städte loslässt, von denen er weiß, dass sie mit uns zu tun haben. Mehr kann ich hier nicht sagen. Die Wände haben zu viele Ohren."

„Aha. Was sind das für Experimente?"

„Nefarian will einen Krieg. Da es nur noch ein riesiges Land gibt, kann er nicht einfach einen anzetteln. Deswegen sammelt er eine Privatarmee, um sich gegen den Senat zustellen. Seine Experimente sollen wohl eine unbesiegbare Waffe erschaffen. Dann will er in die Traumdimension und die Götter töten. Dann hat er seinen Krieg."

„Ich gehe dann besser ins Archiv und suche nach Hinweisen auf seine Untaten."

„Cyras hat soeben seinen fünften Punkt erhalten. Somit führt er immer noch bei den häufigsten Siegen." Die Lautsprecherstimme klang begeistert. Ich konnte nicht verstehen, warum dieser Moderator Partei ergreifen durfte. Jemand, wie er, sollte absolut unparteiisch, oder im Gegenteil allparteiisch, sein. Nur wenn er von mir sprach schwang Aufregung und Freude mit. Der von mir besiegte Spieler war nicht sonderlich gut gewesen. Er hatte auch nur eine Waffe gehabt, und zwar einen Morgenstern, der schnell fliegen gelernt hatte. Ein weiterer Teilnehmer hatte zugeschaut und applaudierte anerkennend.

„Willst du als nächstes gegen mich antreten?", fragte er. Sein Körperbau war athletisch und generell sportlich. Er trug keine Rüstung, war dafür aber behangen mit Waffen.

„Von mir aus", antwortete ich. Ich hielt noch immer die Cyberklinge in der Hand. Noch knapp dreißig Spieler waren im Rennen und er würde es bald nicht mehr sein.

„Cäsar tritt gegen Cyras an", verkündete die Lautsprecherstimme. In der Hocke hob ich die Klinge an und wartete auf den Angriff. Cäsar ließ nicht lange auf sich warten. Mit zwei Schwertern gleichzeitig kam er angerannt. Hätten ihn seine Waffen nicht gebremst, hätte ich nicht ausweichen können.

„Wie bist du auf die Idee gekommen, dich Cäsar zu nennen?", fragte ich, während ich seine Schläge parierte oder auswich.

„Das ist schnell erklärt. Schon immer bewunderte ich seine Kriegsführung. Im Alter von sieben Jahren habe ich schon seine Bücher gelesen. Auf Latein versteht sich. Deshalb habe ich seinen Namen übernommen und möchte ihm alle Ehre machen." Er war auf meinen Trick hereingefallen. Cäsar keuchte und schnappte nach Luft. Sein Gerede hatte ihm letztendlich den Atem genommen.

„Willst du dich zurückziehen, oder soll ich jetzt richtig anfangen?"

„Wenn du mich schon so fragst, geh ich lieber."

Immer noch nach Luft ringend, ging er. An seinen Bewegungen konnte man erkennen, dass er Seitenstiche hatte. Ich ließ mich auf den Boden fallen. Aus meiner Tasche holte ich einen Apfel und biss hinein. Innerhalb der nächsten zwei Tage sollte ich nach etwas Essbarem suchen und meine Vorräte auffüllen. Ich wollte nicht an Hunger krepieren müssen. Auf meiner Uhr sah ich, dass nur noch 28 Spieler dabei waren und in drei Minuten wieder eine Spielfeld-Veränderung anstand. Mein Standort war am Rande einer Steppenlandschaft, die ich vor vier Stunden betreten hatte. Gerüchten zufolge war sogar ein Salzwasserbecken in der Arena. Andere sagten zudem, in der Mitte sei ein Tempel mit verzauberten Waffen. Hatten die Organisatoren das wirklich so gemacht, vermutete ich, dass dort der Gewinner letzten Jahres angefangen hatte. Bisher war niemand gestorben und niemand ernsthaft verletzt. Das war eine gute Nachricht. Die Erde fing an zu beben und mein Teil der Arena bewegte sich. Staub wurde durch die Luft gewirbelt und verschlechterte meine Sicht. Als alles vorbei war lag vor mir ein Feld mit einer Mühle. Der Weizen, der hier wuchst war golden und bereit für die Ernte. Mit dem Wasser in meiner Tasche konnte ich vielleicht einen dünnen Fladen Brot backen. Umgehend machte ich mich daran Ähren zu pflücken. Mein Beutel füllte sich, das Feld leerte sich. Es war klein, gerade so groß, dass ein Haus auf die Fläche gepasst hatte. Die Mühle war verlassen, die Mühlräder drehten sich im Wind. Vorsichtig betrat ich sie. Niemand war zu sehen, geschweige denn zu hören. Eine wackelige Treppe führte hinauf zu den Mühlsteinen. Noch nie hatte ich Mehl gemahlen, aber auf gut Glück, warf ich das Getreide zwischen die Steine. Im Untergeschoss fand ich einen Herd und einen Schrank mit wenigen Lebensmitteln. Öl, zwei Eier und vier Liter Wasser standen dort. Ich sah nach dem Mehl, tat es in eine Schale und brachte es zum Herd. In der Schale mischte ich es mit meinem Wasser, verrührte es gut und briet es im Öl. Es schmeckte nicht schlecht. Es hatte nämlich keinen richtigen Geschmack. Die Eier briet ich zu einem leckeren Rührei und das restliche Wasser verstaute ich in meiner Tasche. Die dünnen Brotfladen passten auch noch hinein. Ich aß und machte mich wieder auf den Weg, einen geeigneten Schlafplatz zu finden. Es wurde dunkel, ein paar Wiesen lagen vor mir. Immer wieder veränderte sich die Arena. Dann sah ich etwas Interessantes: eine Geisterstadt. Inzwischen war es 22.00 Uhr und der Himmel war stockdüster. Der Mond schien nicht. In einem der Häuser leuchtete matt ein Flämmchen. Ich öffnete die Tür und sah in diese Ruine hinein. Auf dem Bett lag ein Spieler und schlief friedlich. Es war Cäsar! Über ihm stand ein dunkler Schemen. Er hielt ein Messer in der Hand.

„Das ist unfair und feige!", rief ich. Der Schemen wirbelte herum.

20

Ich war sauer. Sehr sauer. Wut kochte in mir hoch, wie giftige Säure. Schneller als gedacht hielt ich das Cyberschwert in Händen und parierte den Schlag der Schattengestalt.

„Als Assassine in der Nacht andere Spieler zu ermorden ist unfair, gemein und feige! Wenn du kämpfen willst, stell dich mir, du Mistkerl!"

Wortlos attackierte der Schemen. Seine Kleidung war schwarz und lag eng an. Es bereitete mir Schwierigkeiten in der Dunkelheit auf die blitzschnellen Streiche seiner Messerklinge zu reagieren. Schlag auf Schlag setzte er nach. Mir blieb nichts anderes übrig, als erneut über die Klinge meines Dolches zu streichen und die Nacht zu erhellen. Da steckte er zwischen uns im Boden. Der Dolch mit dem himmlischen Feuer steckte einfach in der Erde und spendete Licht, wie ein Lagerfeuer. Etwas verspätet kam dann auch die Durchsage. Mein Gegner hieß wohl Simon. Jetzt wo ich besser sehen konnte, setzte ich zum Gegenschlag an. Das Messer flog durch die Luft, drehte sich um seine eigene Achse und blieb zitternd in einer Hauswand stecken. Schon hatte mein Gegner zwei weitere Messer in den

Händen. Seine schwarze Tracht lag eng am Körper an. Man konnte jede Muskelbewegung durch den Stoff erahnen. Fetzen flogen und Blut spritzte. Unzählige kleine Schnitte zierten meinen Arm und ein Schwall roten Blutes spritzte aus der Schulter meines Feindes. Mein Schwert, oder besser das Schwert von Jean, wurde auf Dauer zu groß, also hob ich ein Paar der Messer meines Gegners auf und so kämpften wir weiter. Beide mit zwei kurzen Dolchen. Ein schneller Schlagabtausch folgte auf den Nächsten. Für die letzten Zuschauer des Tages, war das wohl spannender, als jede Fernsehsendung. Ich duckte mich gerade unter einem Schlag weg, da sprang Simon hoch in die Luft und trat zu. Ich flog knapp zwei Meter nach hinten. Es ging weiter. Messer prallten aufeinander und klirrendes Metall störte die Ruhe der Nacht. Natürlich war Cäsar aufgewacht. Er hatte wohl auch begriffen, dass dieser Simon ihn im Schlaf abstechen wollte. Jedenfalls mischte er sich nicht ein und das war gut. Dieses Duell war mein Kampf. Wut kochte immer noch in mir und drohte meinen Instinkt zu trüben, doch ich kämpfte weiter. Auch Simon schlug weiter zu, *Assassine* hätte besser zu ihm gepasst. Nach über zwanzig Minuten ging er auf Abstand und warf seine Messer zu Boden. Kurz darauf griff er mit einem Schwert an. Es war dünn und eher länglich. Die Klinge war gerade und scharf, vorne besaß sie eine Spitze. *Assassin* stürmte weiter auf mich los, seine Messerchen waren meine einzige Verteidigung, bis ich Jeans Cyberklinge aufheben konnte. Der Marktplatz der Geisterstadt wurde Schauplatz des längsten Kampfes meines bisherigen Lebens. Weiter prallten die Schwerter aufeinander und unsere Geschwindigkeit steigerte sich. Einem Schlag von unten konnte er ausweichen, ich wurde aber von seinem Tritt getroffen, zurückgedrängt und ergriff die nächste Chance zu Angriff. Ich startete eine neue Offensive, konnte Simon sogar ein paar Meter nach hinten drücken, bevor er nach vorne sprang. Unsere Kräfte waren gleich, ein Gewinner konnte nicht erkannt werden. Langsam wurde es wieder Morgen und wir beide waren außer Puste. Dann fing Simeon an mit Energiebällen zu werfen. Ein Magier! Ätzend! Ich fischte die Messer vom Boden und schoss sie auf die fliegenden Magiebälle. Sie zerplatzten ohne in meine Nähe zu kommen. Simon verbrauchte Unmengen an Mana. Bald müsste es ihm ausgehen. Mehr und mehr Magiegeschosse flogen umher. Mein Dolch hatte aufgehört zu brennen und ich zog ihn aus dem Boden. Weiter ging der Kampf. Weiter, weiter, weiter. Ich spukte Blut.

Der kommende Tag versprach gut zu werden, dachte sich Yukio im Angesicht der Sonne. Der Fernseher erzählte von einem unglaublichen Kampf, der inzwischen neun Stunden anhielt. Er hörte nicht weiter hin und genoss die morgendliche Mahlzeit. Diesmal war er pünktlich und saß gemeinsam mit Familie Keyer am Tisch. Julian sprach gerade vom heutigen Plan, Evangeline, seine Frau, aß wortlos.
„Heute Nachmittag werden wir uns mit einem unserer Verbündeten treffen. Er wohnt im unteren Bezirk. Unsere Verabredung ist gegen Drei. Was ihn angeht, wir dürfen auf keinen Fall zu spät da sein. Wie hast du eigentlich geschlafen, Yukio?"
„Gut, und du Julian?"
„Es ging. Die Informationen von gestern schwirren mir noch im Kopf herum. Ich glaube

nicht, dass es etwas bringen würde, Akito auf den Thron zu setzen."

„Ich kann ihn nicht leiden!"

„Bedauerlich, immerhin ist er fast Siebzehn Jahre alt, nur zwei Jahre jünger als du. Ihr hättet Freunde werden können."

„Darauf verzichte ich nur allzu gern, tut mir leid."

„Das war ein Scherz! Mir ist er auch eher unsympathisch, aber deine Mutter scheint, einen Narren an ihm gefressen zu haben."

„Ich weiß nicht einmal warum sie mich geschickt hat. Wir haben mehrere Jahre lang nicht miteinander geredet. Sie hasst mich!"

„Sie ist deine Mutter und die Anführerin der Rebellen. Hab Nachsicht mit ihr."

„Kennst du Sie?"

„Bedauerlicher Weise nicht."

„Dann kannst du auch nicht verstehen was ich meine. Sie ist gefühlskalt, herablassend, beherrschend, niederträchtig und böse!"

„Das hört sich an, wie eine Hexe aus dem Märchen. Du tust mir wirklich leid, aber reden wir nicht weiter davon. Wir müssen langsam fertig werden und noch mal ins Archiv gehen."

„Warum? Hast du etwas vergessen?"

„Könnte man so sagen. Ich brauche noch Fakten über diesen Akito. Falls er ein Hochstapler ist, müssen wir das der Präsidentin mitteilen…"

„Womit wir wieder bei meiner Mutter wären!"

Julian Keyer atmete schwer aus, dann sagte er abschließend: „Gehen wir besser."

Die Muskeln taten weh, die Bewegungen waren langsamer geworden und ich war nicht mehr wütend, nur noch erschöpft. Wir hatten keinerlei Motivation mehr den Kampf weiter zu führen. Da kam mir ein Gedanke. Den Kampf zu beenden, wäre die beste Option, ihn für mich zu entscheiden, allerdings effektiver, zumal ich gegen diesen Assassinen Simon nicht verlieren wollte. Ich hob Schwert und Dolch und rannte hinter eine der Hausruinen. Simon blieb nichts übrig, als mir zu folgen. Durch eine Fensteröffnung sprang ich in eines der Häuser. Nach zwei Sekunden stand auch *Assassin* in dem kleinen Raum. Langsam wich ich zur Tür zurück. Nur noch zwei Holzbalken stützten das Dach an dieser Seite. Beim Hinausgehen hackte ich auf beide kurz ein. Sie knickten weg und das volle Gewicht des Dachs stürzte auf den Assassinen herab.

„Nichts! Nichts in diesen verdammten Artikeln liefert uns Beweise, dass Akito ein Lügner ist!" Julian hatte nicht die beste Laune. Im Gegensatz zu Yukio, dessen Laune sich weitergehend besserte, denn er hatte etwas anderes gefunden. In einem Zeitungsbericht von vor zwei Jahren stand, dass die Leichen dreier Männer am Rande von Nefarian Hirineyos Anwesen gefunden worden sind. Alle waren entstellt und mit Runen gespickt worden. Jedoch hatte man dem Besitzer des Anwesens nichts nachweisen können. Yukio strahlte trotzdem bis über beide Ohren, denn er hatte eine der Runen erkannt, die auf den Leichen abgebildet waren. Neben dem Artikel hatte er nämlich auch die Fallakte bekommen. Es war ein Mal, um Blut zu verbrennen. Diese Rune sollte angeblich die Mana-Produktion fördern, aber das eigene Blut langsam verschwinden lassen. Der Körper stellt nämlich nach einiger Zeit mit dieser Rune keines mehr her. Yukio erklärte Julian seine Erkenntnisse. „Dann sind wir jetzt wenigstens ein Stück näher an der Lösung."

„Stimmt. Wie viel Uhr haben wir eigentlich? Wir sollten immerhin nicht zu spät kommen."

„Gut, dass du mich erinnerst. Es ist 14.12 Uhr, wir haben also noch Zeit, um die ganzen Unterlagen wieder wegzuräumen."

„Okay, soll ich die Fallakten, die du bei dir liegen hast direkt mitnehmen?"

„Gerne, gib dem Archivar bitte das hier", sagte Julian Keyer und überreichte Yukio einen Briefumschlag. Yukio machte sich umgehend auf den Weg. Der Archivar, ein hochnäsiger, älterer Mann, der die Weisheit mit Löffeln gefressen zu haben schien, nahm alles wortlos entgegen. Den Brief starrte er kurze Zeit an, legte ihn dann aber doch zur Seite und öffnete ihn nicht. Erst als er sich unbeobachtet fühlte griff er wieder danach. Yukio hatte sich grinsend auf den Rückweg zu Julian gemacht. Er würde jederzeit wetten, dass der Archivar neugieriger war, als jedes kleine Kind, das zu Ostern sein Geschenk suchen muss. Langsam wurde es Zeit und Yukio uns Julian gingen.

Humpelnd trat Simon aus dem zusammengestürzten Haus. Er war sichtlich angeschlagen und fletschte die Zähne. *Konnte man ihn überhaupt in die Knie zwingen?*, fragte ich mich. Dann hob ich wieder das Schwert und ging meinem unermüdlichen Feind entgegen. Erneut kam es zum Schlagabtausch, aber diesmal hatte ich die Nase vorn. Cäsar griff nicht ein und schaute nur zu. Hatte er etwa vor, mich nach diesem wie-auch-immer-man-es-nennen-kann, fertig zu machen, ohne mit der Wimper zu zucken? Vielleicht hatte er auch geschlafen und war immer noch müde. Wie dem auch sei, der Kampf ging weiter und ich wurde übel am Schienbein getroffen. Blut tropfte und ein Brennen war alles was ich spürte. Wenigstens hielt es mich wach. Simon war blas. Sein Gesicht war nahezu aschfahl. Er sah ungesund aus und blutete aus unzähligen Schnittwunden, wie ich auch. Mit hohem Bogen flog das Schwert des Assassinen davon und klirrte, als es auf dem Boden aufschlug. Simeon selbst fiel um, wie ein gefällter Baum.

„Gibst du auf?", keuchte ich.

„Nie im Leben", lautete die gehauchte Antwort. Mit letzter Kraft stach ich ihm mein Schwert in die Schulter. Er heulte auf und schrie: „Gut ich gebe auf, ich ergebe mich! Bring mich bitte nicht um!!"

Ein Hawekzile holte ihn ab und Cäsar verband meine Wunden. Er wollte mich nicht angreifen, nur helfen, ich hatte ihn ja auch entkommen lassen. Genugtuung erfüllte mich, angesichts meines sechsten Sieges. Genugtuung und Dankbarkeit gehen eben Hand in Hand in Richtung Sonnenaufgang, obwohl dieser längst verstrichen war.

Yukio und Julian Keyer sahen schon von Weitem die offene Wohnungstür. Noch bevor sie sie erreicht hatte sahen sie die rote Flüssigkeit auf dem Boden, dann sahen sie auch die Leiche.

TEIL 3:
ALTAMEN

21

Vier Augen waren auf eine Leiche gerichtet. Sie war einmal ein korpulenter älterer Herr mit dunkel grauen Haaren gewesen. Seine Augen waren weit aufgerissen und starrten ins Leere. Ihr Blick war starr und von Schrecken erfüllt. Die Gesichtszüge waren entgleist und Falten durchfurchten das Gesicht. Die Arme der Leiche waren seitlich fortgestreckt und verkrampft. Eine Blutlache sammelte sich auf dem Fußboden. Tropfen für Tropfen plätscherte es aus einer länglichen Wunde auf der Brust. Die Kleider waren zerrissen und schmutzig. Zudem trug der Tote nur einen Schuh. Eine Frau stand über ihm. Sie hatte meerblaue Augen und silbriges Haar, leicht gelockt, fiel ihr über die Schultern. Sie trug ein enganliegendes ebenso blaues Kleid, welches ihr bis zu den Kniekehlen reichte, einen kurzen Seidenrock und stand mit nackten Füßen im Blut. In ihrer Hand lag locker ein Schwert. Seine Klinge war schmal und nicht sonderlich breit. Eine Rippe hätte es durchtrennt, wie Butter. Das hatte es letztendlich auch getan, sowie das rote Blut am Metall zeigte. Ein Lächeln umwob ihre dunklen Lippen und ihre schmalen Augenbrauen hoben sich leicht, im Angesicht der Neuankömmlinge. Von einem Moment auf den anderen war die unbekannte Schönheit herumgewirbelt und in einen anderen Raum gerannt. Yukio konnte nicht glauben was er soeben gesehen hatte. Noch nie war jemand den er kannte ermordet worden. Noch nie hatte er so viel Blut gesehen. Er geriet in Panik. Sein Körper zitterte und seine Beine drohten nachzugeben. Julian Keyer zuckte nicht einmal mit den Wimpern, als er zu dem offensichtlich Toten ging und sich zu ihm hinabbeugte. Er fühlte nach dem Puls. *Das ist doch sinnlos*, dachte Yukio, *Leichen haben keinen Herzschlag, geschweige denn einen Puls.*

„Er ist tot. Entschuldigung, dass ich ihn so vorstellen muss, das ist Judas Lamm, Informant und erfahrener Ermittler."

„Er ist tot? Wir lassen seine Mörderin entkommen?"

„Natürlich nicht! Was stehst du da auch noch, komm hinterher!"

Die Beiden rannten los. Der Raum in den die Mörderin geflohen war, war wohl das Wohnzimmer des pensionierten Judas gewesen sein. An einer der Wände stand eine Couch, ihr gegenüber ein Fernseher. Ein kleiner Tisch stand neben einer offenen Glastür. Sie führte in einen kleinen Garten voller Orchideen. Alle Blumen standen in voller Blüte, trotz der Jahreszeit. Sobald der erste Frost käme, würden die Pflanzen ihr schönes Antlitz verlieren und sich dem Winter beugen müssen. Jetzt stand zwischen den farbenfrohen Blütenkelchen eine ebenso schöne Mörderin. Das Schwert ruhte in einer verzierten Scheide an ihrer Hüfte, in den Händen hielt sie einen prachtvoll geschwungenen

Bogen, ein Pfeil war auf der Sehne gespannt. Gerade so konnte Yukio ihm ausweichen, als das Geschoss durch die Luft glitt.

„Bist du zufälliger Weise Linkshänder?", fragte Julian unvermittelt.

„Ja, aber was hat das mit ihr zu tun?"

Ohne zu antworten warf Julian ihm einen Handschuh zu. Ein Todeshandschuh! Ein Rüstungsteil, das schwarze Blitze abschießen konnte, die, falls sie denn trafen, einen Herzstillstand verursachen konnten. Yukio hatte schon oft mit einem trainiert, musste ihn bisher aber nie wirklich benutzen. Er musste sich eingestehen, dass er ein wenig Angst vor ihnen hatte. Es gab im Umgang mit diesen Todeshandschuhen zwei Regeln: 1) Jeder Mensch durfte nur einen benutzen, sonst würde die magische Energie zu schnell verbraucht und würde den Nutzer selbst umbringen. 2) Wenn man mehr als dreißig Mal einen Blitz abschießt, wird der Handschuh umgehend abgenommen, denn auch das konnte zu viel Energie schlucken. Die Mörderin schien nicht zu wissen, was für Waffen sich ihre Gegner anzogen, sonst hätte sie angegriffen oder wäre geflohen. Jedoch stand sie nur da, unbewegt, lauernd. Herr Keyer schoss als erster. Gekonnt wich die Schönheit aus und sprang. Sie sprang höher, als es ein Mensch hätte tun können. Elegant landete sie auf dem Hausdach und rannte los.

„Ich bin Magier, pass auf ich schicke uns nach oben!" Julian machte eine schnelle Handbewegung und schon starteten wir die Verfolgung. Es ging nicht nur über Dächer. Gelegentlich führte die Jagd auch durch leere Straßen, durch Gärten oder über Bahngleise. Yukio konzentrierte sich so sehr darauf, nicht zu stolpern und hätte es auch beinahe geschafft, die Mörderin zu treffen, allerdings wich sie immer lässig aus und lächelte ihnen, ihren Jägern zu. Anscheinend war sie vollkommen verrückt. Wie ein Wirbelwind fuhr sie plötzlich herum und schlitterte noch zwei Meter weiter über den Boden, bis sie schließlich vor einer weißen Hauswand zum Stehen kam. Im Licht der untergehenden Sonne schienen ihre quecksilberfarbenen Haare zu fließen.

Als ich meine Augen öffnete war es dunkel. Mal wieder. Trotzdem stand ich auf, aß eine Kleinigkeit, lehnte mich gegen eine Wand und wartete. Stündlich spürte ich ein leichtes Beben, während die Plattform, auf der die Ruine stand, sich durch die Luft bewegte. Der Morgen brach an und warmes Licht schien in das zerstörte Haus. Es war der vierte Tag der Altamen und noch 27 Spieler waren im Rennen. Kühler Herbstwind pfiff zwischen den Häusern. Um 9 Uhr morgens gesellte sich Cäsar zu mir. Erst schwiegen wir, dann fragte er mit seiner melodischen Stimme: „Sollen wir dann unseren Kampf austragen?"

„Von mir aus, aber ich werde nicht verlieren! Ich kann einfach nicht aufgeben. Ich mag zwar in deiner Schuld stehen, dass du meine Schwäche gestern nicht ausgenutzt hast, sondern mir geholfen hast, aber hier geht es um weit mehr, als eine Siegerprämie. Hier kämpfen wir um unsere Ehre und noch mehr. Willst du trotzdem kämpfen?"

„Natürlich. Dafür bin ich hier. Damit du dich wirklich anstrengst: Wenn du gewinnst sage ich dir meinen richtigen Namen, dann treffen wir uns nach den Festspielen zu einer Revanche!"

„Das klingt, als ob du davon ausgehst zu verlieren."

„Aber nicht doch, jetzt steh auf und nimm dein Schwert."

Zwei Minuten später standen wir uns gegenüber. Diesmal erklang keine Kampfansage, nur ein Piepton erklang. Der Moderator hatte vielleicht keine Stimme mehr. Cäsar hielt zwei alte römische Schwerter in den Händen. Ich umklammerte den Griff des Cyberschwertes und hob die Arme. Langsam umkreisten wir uns. Keiner wollte den ersten Angriff starten, in der Angst deswegen zu verlieren. Ruckartig machte mein Gegner einen Schritt nach vorn, ich sprang zurück, sank auf ein Knie und preschte los. Metall klirrte und Funken flogen durch die Luft. Es war kein sonderlich anstrengender Kampf, aber die in der Luft liegende Spannung wurde beinahe spürbar. Ich rutschte aus und krachte mit einem Schienbein gegen eine Hausecke. In dem Augenblick schlug Cäsar zu und erwischte meinen Handrücken. Das kühle Metall hinterließ eine rote Spur. Jedoch war der Schnitt nicht sonderlich tief, nicht einmal Schmerz machte sich bemerkbar. Jeans Schwert fiel auf die Erde und mein Dolch hätte fast Cäsars Finger durchgetrennt, hätte er nicht rechtzeitig sein Schwert fallen lassen. Das zweite blieb auch nicht lange in seiner Rechten. Entwaffnet und mit erhobenen Armen stand Cäsar vor mir und sagte: „Cedrick."

„Was?"

„Das ist mein Name. Cyras, es hat Spaß gemacht zu kämpfen. Ich werde dich auf jeden Fall anfeuern."

Etwas lauter sagte er dann: „Du hast gewonnen. Ich gebe auf."

„Ich heiße Cyras. Ich glaube mein Name ist einzigartig, deshalb habe ich ihn einfach benutzt. Mach es gut, ich möchte weiter. Viel Glück und bis später."

Ein Hawekzile holte meinen ehemaligen Kontrahenten ab und die Lautsprecherstimme verkündete stolz, dass ich wieder gewonnen hätte und in der Punktezahl immer noch führte. Ein junges Talent sei wohl aufgetaucht. Das war übertrieben. Ich hatte lediglich ein Ziel vor Augen.

„Wer bist du?"
„Denkst du ich sage dir das so einfach?"
„Warum hast du Judas getötet?"
„Es war eine Aufgabe. Ich habe ihn umgebracht, weil er etwas besaß, was unter Umständen für uns gefährlich geworden wäre."

„Wer bist du?", wiederholte Yukio. Immer noch gab die Killerin keine Antwort. Sie hatte die Arme verschränkt und schaute ernst in die Runde. Julian war außer Atem. Seinen Arm hatte er ausgestreckt, so dass der Todeshandschuh auf die Unbekannte gerichtet war. Jeden Moment konnte er ein Urteil fällen und die Mörderin hinrichten. Glaubte er zumindest. Aber die Unbekannte hatte etwas anderes vor. Sie Hob die Hände und schnipste. Blaue Flammen breiteten sich aus, leckten an der Hauswand entlang und verbargen die Mörderin.

„Verflucht! Kannst du das Feuer löschen?"
„Nein", antwortete Yukio, aber da legte sich das seltsam tiefblaue Feuer schon wieder. Sonst war niemand mehr da. Die Schönheit war verschwunden, wie auch immer sie das geschafft hatte. „Wir müssen etwas tun!" Julian wurde panisch. „Sie hat einen Informanten von uns

umgebracht und unsere Gesichter gesehen. Wenn sie für Nefarian arbeitet ist's aus mit uns. Aus und vorbei!"

„Sie hat doch gesagt, dass Judas etwas von ihrem Auftraggeber hatte, oder? Gerade hatte sie aber nichts in den Händen, also muss es noch bei Judas zuhause sein. Lass es uns suchen und die Behörden informieren."

„Warum denn das?"

„Nun, wir haben zahlreiche Fingerabdrücke in seiner Wohnung hinterlassen und ich möchte nicht vor Gericht müssen, um wegen Mordes eingebuchtet zu werden."

„Stimmst auch wieder."

„Woher hattest du eigentlich die Handschuhe?"

„Der eine ist von mir, der andere hatte Judas gehört und da wir keine anderen Waffen dabeihatten, musste ich eben auch seinen nehmen."

„Lass uns zurückgehen", wiederholte Yukio, „Die Jagd nach der schönen Unbekannten war erfolglos."

22

Gegen Mittag war ich am Rand des Puzzlestücks entlanggewandert, als ich beinahe ins Nichts gefallen wäre. Um Haaresbreite war ich dem Abgrund, der sich neben mir auftat, entkommen. Es war exakt zwölf Uhr, also hatte sich die Landschaft wieder verändert. Kurz bevor es vorbei war verlor ich doch noch das Gleichgewicht und saß im Wasser. Zu meiner Linken erstreckte sich ein tiefblauer See, dessen anderes Ufer ungefähr so weit entfernt lag, wie das Ende der künstlichen Wüste, in der ich angefangen hatte. Meine Kleidung war durchnässt. Der Salzgeschmack des Wassers ließ erst später nach, aber all das machte mir nichts aus. Im Gegenteil, es war total erfrischend. Ich schlenderte an der Küste entlang, gerade so nah am Wasser, dass leichte Wellen meine Füße erreichten. Helle Steine säumten den Rand des Gewässers, ein schmaler Steg führte zu einem kleinen Häuschen auf dem Wasser. Ein Spielerstartpunkt! Schnell griff ich zum Schwert und hielt mich bereit. Jederzeit musste ich damit rechnen, Opfer eines Angriffs zu werden. Innerhalb der letzten zehn Minuten hatte sich die

Teilnehmerzahl auf 24 reduziert. Eventuell kam es heute schon zum Ende der ersten Runde, aber das war nicht mit Sicherheit gesagt. Die Stille wurde zeitweise durch Ankündigungen gestört, dann war es wieder so leise, wie auf einem Friedhof. Vorsichtig setzte ich einen Fuß auf den Holzsteg. Ein Piepen erklang und die altbekannte Stimme verkündete: „Ein neuer Kampf beginnt. Das siebte Mal fordert Cyras einen Gegner heraus. Dies' mal ist *Waterlord* der Kontrahent."

Was? Ich hatte niemanden herausgefordert! Niemanden! Oder war hier jemand in der Nähe? Ein Speer schoss auf mich zu. Gerade so konnte ich zur Seite tänzeln, dass der Speer sich nur in das Holz der kleinen Hütte bohrte. Kurz darauf folgte ein zweiter. Ein Dritter ließ auch nicht lange auf sich warten. Für die Zuschauer musste es aussehen, als ob ich hier tanzte. Bald steckten sechs Speere in der Hauswand. Mich hatte kein einziger auch nur gestreift. Zum Glück. Nahe der Küste stieg ein Mann aus dem Wasser. Er war hochgewachsen und hatte blonde Haare und einen muskulösen Oberkörper. Er trug vielleicht einen Taucheranzug oder etwas Ähnliches. In der einen Hand, der linken, hielt er weitere Wurfspeere.

„Seien wir mal ehrlich", rief ich ihm zu, „Du kannst nicht nur mit deinen nervtötenden Schaschlik-Spießen gewinnen!"

„Das wollen wir dann sehen, ich bin Bändiger!"

Mist! Wenn er wirklich Bändiger war und sich deshalb am Wasser einquartiert hatte, besaß er fast unerschöpfliche Ressourcen. Andreij hatte erklärt, dass Bändiger nicht ihr eigenes Mana benutzen mussten, sondern sich wie Parasiten, an den Energiereserven der Umwelt, dem sogenannten

Magoi, bedienten. Da Splitterwelt ein eigenes vollständiges Energienetz aus Magoi hat, dass sich in allem befindet und sich unentwegt regeneriert, können Bändiger ohne Pause Magie nutzen. Es kann nicht wirklich Magie genannt werden, sie kontrollieren einfach die sechs Elemente, Wasser, Metall, Stein, Holz, Wind und Feuer. Letzteres ist allerdings eine Ausnahme, denn es kann aus dem Nichts entstehen und muss atmen und ist stark genug sich jedweder Kontrolle zu entziehen. Wasser ist unter den Elementen ein Trumpf, denn durch das Fließen erhöht sich der Manaanteil des Wassers, denn in Wasser waren sowohl Manaspuren von Fischen, als auch Magoi der Algen gespeichert. Kailan hatte mir mal etwas erklärt. Etwas das vielleicht hilfreich sein könnte. Ich grinste und schaute *Waterlord* in die Augen. Sie waren grün, wie unreiner Smaragd. In ihnen spiegelte sich die Wasseroberfläche. Ich rannte wieder auf den Strand zu, kaum, dass ich dort ankam musste ich den Wurfspeeren ausweichen, bis ich nah genug an meinem Gegner stand. Ruckartig ließ ich das Schwert fallen, ließ es über den Sand gleiten und wirbelte feine Staubpartikel auf. *Waterlord* hatte die Augen nicht rechtzeitig geschlossen und musste blinzeln. Er war so abgelenkt, dass ich ihn aus dem See ziehen konnte und einen Tritt in den Magen landete. Er sackte ohnmächtig zusammen. Bändiger mögen zwar unerschöpfliche Quellen nutzen können, aber dazu brauchen sie Körper- oder Sichtkontakt mit dem Element. Zudem waren sie nicht sonderlich robust.

„Und er hat schon wieder einen Sieg errungen. Dies, verehrte Zuschauer war der kürzeste Kampf der diesjährigen Altamen und der Gewinner ist natürlich Cyras!"

Wenn die Festspiele vorbei sind, such ich diesen Vollpfosten und verprügle ihn, schwor ich mir. Er wird wohl bei der Abschlussfeier dabei sein...

„Wie konnte sie verschwinden?", fragte der Offizier. „Das wissen wir nicht, sie hat angefangen blaue Flammen zu verteilen und als die dann verschwunden waren, konnten wir sie nicht mehr sehen", erklärte Julian Keyer.

„Teleportation ist unmöglich. Sie muss sich im Schutz dieses Feuers davongemacht haben."

„Da gebe ich Ihnen Recht, Herr Polizist."

„Oh, ich bin gar kein Polizist. Ich bin ein Offizier der Armee, der keine weiteren Aufgaben, als den Außendienst, hat. Ich helfe der Militärpolizei nur aus."

„Aha, entschuldigen Sie bitte, Sir." Nach einem Anruf waren drei Männer am Haus von Judas Lamm angekommen. Zwei Männer hatten sogleich mit der Spurensicherung begonnen, der dritte hatte Fragen gestellt. Ohne weitere Spekulationen hatte er die Aussagen protokolliert und weiter mit den Augenzeugen gesprochen. Yukio war schnell langweilig geworden, also hatte er sich ins Wohnzimmer des Toten zurückgezogen und angefangen im Fernsehen die Geschehnisse der Altamen zu verfolgen. Zurzeit waren nur noch 22 Spieler beteiligt und ein Kampf hatte soeben begonnen. Die Spieler *Coconut* und *Danger* waren aufeinander losgegangen. Einer hatte ein Schwert, der andere eine Keule. Fast zehn Minuten droschen beide aufeinander ein, dann gab *Coconut* nach und bekam eine schlimme Wunde von der Keule des anderen ab, weshalb er letztendlich aufgeben musste. Die Lautsprecherstimme schien parteiisch zu sein, sonst würde er nicht so auf die Brause hauen. Naja, irgendwer würde wohl noch verlieren und somit die erste Runde beenden. Yukio entschloss sich wieder zur Arena zu begeben und den letzten Kampf *live* zu sehen.

„Darf ich gehen?", fragte er den Offizier. Der hob die Augenbraue. „Wo wollen Sie denn hin? Egal, verlassen Sie auf gar keinen Fall die Stadt, sonst sind wir gezwungen Sie Steckbrieflich suchen zu lassen."

„Das werde ich beherzigen. Ich bin Sponsor der Altamen und möchte mitbekommen, wie die erste Runde ausgeht."

„Aha, so einer sind Sie also. Noch einmal: Tun Sie, was Sie wollen, solange Sie in Estarot bleiben."

Yukio nickte höflich und ging dann. *Soll doch Julian sich Gedanken machen, was als nächstes zu machen sei.* Der Weg zur AOG war nicht lang, daher hetzte Yukio sich nicht. Gemütlich spazierte er die Straße entlang. Unversehrt kam er an dem gigantischen Bau an und betrat ihn. Freundlich winkte er der Dame an der Kasse zu, die ihm schnell signalisierte, er könne einfach weitergehen. Im Hangar unterhielt er sich dann ein Wenig mit dem Piloten der Barke.

„Sie sind Sponsor, habe ich gehört?"

„Ja. Meine Firma hat sich kurz entschlossen die berühmteste Veranstaltung des Jahres zu unterstützen."

„Was verkauft denn ihre Firma?"

„Nun", Yukio stockte. Womit handelte die Firma von Julian Keyer? „Nun, wir stellen verschiedenes her. Eine andere Frage, was passiert nach der ersten Runde?"

„Das ist leicht gesagt. Nachdem die erste Hälfte der Teilnehmer ausgeschieden ist, wird das Spielfeld ausgeweitet und verbessert. Vom Zweidimensionalen geht es in die dritte Dimension. Bevor aber die nächste Runde beginnt, werden den Spielern 48 Stunden Zeit gegeben, sich mit ihren zwei Helfern zu bereden und sich auszuruhen. Diese Adjutanten sitzen in der ersten Reihe und haben auch eigene Räume unter der Arena, um sich auszuruhen. Sie dürfen ihrem Freund Tipps geben, Ratschläge erteilen, Strategien besprechen, Bilder austauschen, sich die Aufnahmen der anderen Kämpfe und ihrer eigenen ansehen und sogar zusammen essen. Allerdings darf niemand die Arena verlassen, was die Teilnehmer angeht."

„Wow, das hört sich interessant an. Man hatte mir allerdings erzählt, die Spieler hätten nur drei Stunden mit ihren Adjutanten zu sprechen. Wie haben Sie das alles organisieren können?"

„Nun wir hatten eine Planänderung. Zu ihrer Frage: Das war leicht. An der Arena wurde schon seit drei Jahren gearbeitet und das Konzept war die Idee unserer Gründerin."

„Wer hat denn die Altamen-Organisations-Gruppe gegründet?"

„Sie wissen das nicht, ich dachte Sie wären Sponsor?"

„Persönlich war ich nicht zugegen. Also wie heißt denn ihre Chefin?"

„Sizillia Hamilton."

„War Sie nicht die Oberste Generalin der Vereinigten-Streitkräfte?"

„Ja, aber derzeit herrscht kein Krieg. Seit zwanzig Jahren gibt es schon unsere Festspiele und Madam Hamilton war immer zugegen."

„Wird Sie auch bei der großen Abschlussveranstaltung dabei sein?"

„Natürlich doch. Sie wird sogar persönlich die zweite Runde eröffnen. Ein riesiges Interview mit einigen Vertretern des Fernsehens und anderen sozialen Netzwerken ist auch schon geplant. Entschuldigen Sie mich bitte, aber die Passagiere treffen gerade ein und der Abflug ist in drei Minuten", sagte der Mann und wandte sich ab. Schneller als gedacht, war Yukio auch schon wieder im VIP-Bereich der Zuschauerplätze. Der unangenehme Herr vom letzten Mal war nicht dabei. Dafür saßen knapp eine Handvoll weiterer Sponsoren auf den Plätzen. Weiter Oben, saß eine blonde Frau, etwa im Alter von dreißig Jahren. Sie kam ihm wage bekannt vor, aber mit Sicherheit konnte er nicht sagen, ob er sie schon einmal gesehen hatte. Eine große Aufnahme eines Kampfes wurde über der Arena abgespielt. Der letzte Kampf war im Gange. Yukio kannte beide Spieler nicht, und die Lautsprecherstimme sagte, es sei ihr erster Kampf. Einfallsreichtum besaß keiner von Beiden. Immer wieder sah man die Schwerter aufeinanderprallen und Funken sprühen. Irgendwann, nach fünf Minuten oder so, war einer der Kämpfer entwaffnet und hob die Arme.

„Ich gebe auf", sagte er und eine neue Aufnahme erschien in der Luft. Eine Rangliste mit den Namen der verbliebenen Spieler. Ganz oben, mit einer Punktezahl von 7 war Cyras. *Er kann immer noch getötet werden*, dachte Yukio.

„Die erste Runde ist vorbei!", erklang eine weibliche Stimme. Sie war verstärkt. Vermutlich hatte sie ein Mikrofon, in das sie sprach.

„Hiermit möchte ich mich für die Teilnahme aller bisher ausgeschiedenen Spieler bedanken und möchte stolz darauf hinweisen, dass dieses Jahr mehr Sponsoren, als in den bisherigen Jahren an den Altamen beteiligt waren. Es sind diesmal exakt zwanzig. Als Regelerweiterung hatten wir daher überlegt, jedem Spieler ein Waffenset zu schenken, der bis in Runde Zwei vorrücken konnte. Welches Set dies wird, dürfen die Fans abstimmen."

Applaus ertönte, auch Yukio klatschte, aber hinter ihm war kein Geräusch zu hören. War diese junge Dame etwa zu penibel um zu applaudieren. Leicht verärgert drehte er sich um und sah ebendiese Frau stehend und mit einem Mikrofon in der Hand. Ihm blieb der Mund offenstehen. „Die nächsten 48 Stunden werden keine Kämpfe stattfinden, haben Sie bitte Verständnis dafür."

Laut wiederholte sie noch einmal feierlich: „Dies ist das Ende der ersten Runde!"

23

„Hast du letztens nicht erzählt, dass in Estarot der größte Zoo Splitterwelts ist?"
„Ja, wieso? Du darfst die Arena nicht verlassen."
Kailan begann zu lachen. Schweigend hatte er meiner Frage und Arthurs Antwort zugehört, dann hatte er sich nicht mehr beherrschen können. „Nein, das nicht, aber im Zoo müsste doch stehen, was Drachen sind."
„Was Drachen sind?"
„Ja! Das können doch nicht nur Tiere sein!"
„Nicht nur Tiere?"
„Hör auf alles was ich sage nachzusprechen, wie ein Papagei. Geh für mich in diesen Zoo und recherchiere. Ich gebe dir 24 Stunden."
„Cyras?", mischte Kai sich ein, „Warum willst du das unbedingt jetzt wissen? Ich meine, was bringt dir das bei den Altamen?"
„Ich habe gehört, dass die Organisatoren in bestimmte Gebiete wilde Kreaturen, wie Greifen und DRACHEN versteckt haben."
„Ach so, und weil du mit Drachen reden kannst willst du das wissen."

„Genau. Du kannst auch mitgehen. Ich glaube im Publikum gibt es viele Leute, die mich in dieser Pause ausfragen wollen. Außerdem möchte ich mich noch für dieses Waffenset mit den vier Wurfdolchen anmelden. Sonst bekomme ich es nicht."

„Denkst du wirklich, dass du so viele Fans hast? Und sie alle denken, dass diese Wurfmesser zu dir passen? Da überschätzt du dich."

„Verschwindet endlich und geht in diesen Zoo", mit Absicht betonte ich jede Silbe einzeln.

Kailan und Arthur gingen. Ihr Weg führte zu einer großen Treppe, die zum Rundgang auf der Arena führte. Dort würde man sie nach unten in die Stadt bringen. Gerade als sie die Treppe hinaufstiegen, kam eine Menschenmenge auf sie zu.

„Kai? Sind das Fans von Cyras?"

„Ich glaube schon, aber sag ihm nicht, dass ich falsch lag. Das würde mir noch wochenlang anhängen."

„Keine Sorge. Ich habe nicht vor dir zu schaden."

Beide lachten und bestiegen die Barke, die an ihrer Anlegestelle geparkt war. Sie hob ab und Arthur schaute noch einmal bedächtig zurück zur Arena. „Denkst du, er packt das"

„Natürlich. Ich kenne ihn schon 16 Jahre lang und immer beendet er das was er angefangen hat. Sein Pflichtgefühl ist stark ausgeprägt und normalerweise leidet er nicht an Selbstüberschätzung. Wenn er kindisch wirkt, versucht er lustig zu sein, aber seit der Pater, der ihn großgezogen hat, weg ist, ist keines seiner Lächeln echt. Er hat mehr durchgemacht, als jeder andere in seinem Alter. Wer seine Eltern sind, weiß er nicht. Zu wem er gehört, weiß er nicht. Er weiß nicht einmal, wem er trauen kann und wem nicht. ER vertraut jedem aus unserer Heimat und ist freundlich, oder zumindest höflich, gegenüber anderen Menschen."

„Ich hatte seine Akte gelesen. Muss es nicht hart sein, immer in einer anderen Familie zu leben?"

„Wahrscheinlich schon. Wenn er denkt, er muss wissen, was Drachen sind, dann hat er dafür auch einen gravierenden Grund. Vertrau du ihm, dann kann er es auch umgekehrt tun."

„Ja, klar. Aber, warum sind es Drachen? Früher in sämtlichen Mythen spielten sie eine Rolle, jetzt in unserem Leben, in alten Büchern und in vielen anderen Lebensbereichen, wie Kunst, tauchen sie auf."

„Hast du bemerkt, wie oft wir das Wort *andere* benutzt haben? Ich finde das merkwürdig."

„Was denn? Wir brauchen eben ein Wort dafür."

„Aber *andere*? Meinen wir nicht eigentlich *verschiedene*?"

„Ja, aber was hat das mit unserer Situation zu tun?"

„Nichts, aber wir müssen auch mal über etwas nachdenken, dass nichts mit dieser Cyras-Mord-Geschichte zu tun hat."

Die Barke setzte im Hangar der AOG auf und die Beiden stiegen ab.

„Apropos Mord, heute Vormittag wurde ein älterer Mann ermordet, der für die Regierung tätig war. Seine Mörderin wurde gesehen und ist geflohen. Man hat sie beschrieben, mit den Wörtern schön, ozeanblau, Haare wie ein Silberfluss und gefährlich."

„Du musst doch jetzt nicht etwa ermitteln?"

„Nein, das übernehmen meine Kollegen. Ich habe Frei bis die Altamen vorbei sind und dann steht die größte Krise unserer Geschichte bevor. Ich gehe zumindest nicht davon aus, vor dem Ende des kommenden Krieges, arbeiten zu müssen." Arthur grinste breit.

„Ach, wo ist denn der Zoo?"

„Keine Ahnung", sagte er und hob die Schultern. Kailan war stehen geblieben.

„Willst du etwa sagen, dass du davon geprahlt hast, dass deine Heimatstadt, Estarot, den größten Zoo Splitterwelts hat und du nicht weißt wo er ist?"

„Ja, ungefähr so ist es."

Unschuldig blickte Arthur in die Runde, dann sah er eine Karte am Straßenrand und ging darauf zu. „Hier steht, der Zoo sei zwei Straßen weiter."

„Wenn ich mich ihnen vorstellen dürfte, ich bin Aurora Joann Hamilton, die Tochter von Generalin Hamilton. Mir obliegt die Aufgebe, den Überblick zu behalten und die Statistiken aufzustellen. Mutter hat mir gesagt, dass ich mich zudem um Ihr Wohlergehen sorgen soll."

„Aha, und seit wann sind Sie in der Arena?", fragte Yukio. Die blonde Frau hatte sich neben ihn gesetzt und ihn angesprochen. „Seit etwa 25 Stunden. Wieso fragen Sie?"

„Es hat mich lediglich interessiert. Als Aufseherin dürften Sie wenig Schlaf bekommen haben."

„Ja, dem ist so. Herr Keyer, als Sponsor wollen Sie sicher wissen, wie die Waffengeschenkaktion zustande gekommen ist, liege ich da richtig?"

„Ja, vor allem möchte ich wissen, welche Waffen die Fans für ihre Spieler wählen können."

„Verständlich. Also die Sponsoren haben uns insgesamt 14.000.000,00 Münzen gespendet. Den Treibstoff und sonstige Mittel für die Arena konnten mühelos bezahlt werden. Da genau zwanzig Sponsoren beteiligt waren, hatte sich die Organisationsgruppe Gedanken gemacht, wie man die diesjährigen Altamen noch spektakulärer machen könnte. Dafür werden Fallen sorgen. Immerhin sollen die Spieler nicht Langeweile bekommen. Aber um zu signalisieren, dass die Fallen nicht einfach gemein sind, wollten wir ihnen ein Geschenk machen. Unsere Schmiede hat dazu die Produktion von einmaligen Waffenkombinationen geschaffen. Die Teilnehmer können zwischen Schwert und Schild, Lanze und Schild, Pfeil und Bogen, Armbrust mit Bolzen, Wurfdolchen, Kampfstab, Sai und alten japanischen Schwertern, also Katana und Wachizachi, wählen. Uns geht es darum, nicht nur das Publikum zu begeistern, die Spieler sollen, wenn möglich nächstes Jahr wieder antreten."

„Also haben Sie alles bis ins letzte Detail geplant? Das ist wahrscheinlich auch gut so."

„Nicht wahr? Um ehrlich zu sein, es ist schwer ein abwechslungsreiches Programm vorzubereiten. Durch die Aktivitäten der Rebellion können nämlich auch gewisse Rohstoffe nicht mehr beschaffen werden."

„Oh, das ist nicht gut zu hören."

„Stimmt, sagen Sie mir mal, wer ist ihr Favorit?"

„Es war Cäsar, bis er gegen diesen Cyras verloren hat."

„Tja, nicht jeder Spieler ist gut genug für die Arena. Ich finde, dieser Cyras kämpft ohne nachzudenken. Ist das gut oder eher schlecht? Meine

Mutter zerbricht sich darüber den Kopf, um eine entsprechende Falle vorzubereiten. Für solche Fälle haben wir Chimären, Drachen und Greifen besorgt. Sie sollen für Aufregung sorgen."

„Sicher, dass es eine gute Idee ist, Drachen auf diesen Dreikäsehoch zu hetzen? Soweit ich weiß, haben Drachen einen sehr eigenen Willen."

„Glauben Sie etwa, sie könnten etwas tun, was unseren Plänen schaden könnte?"

„So sieht es aus. Dazu müsste man sich allerdings etwas fragen. Was sind Drachen eigentlich?"

„Hast du noch Geld?", fragte Arthur.

„Nichtmehr viel, was brauchst du denn?"

„Ich habe den Rest meines Monatslohnes gerade für den Eintritt ausgegeben."

„Ach so, wo findet man hier im Zoo denn Drachen? Haben die hier überhaupt welche?"

„Ja. Soweit ich weiß gibt es hier Kitsune, Katzendrachen, Schlangendrachen, Schleierdrachen und Flugdrachen."

„Seit wann sind Kitsune eine Drachenart?"

„Nun, durch ihr Verhalten und Aussehen ähneln sich diese Neunschwänzer und die Schuppentiere. Bei Untersuchungen hat man dann feststellen können, dass die Kitsune eine sehr seltene Unterart der Drachen sind."

„Wollen wir dann bei den Kitsune anfangen mit unserer Recherche?"

„Ja, warum nicht?"

Die Beiden machten sich auf den Weg zum Gehege der neunschwänzigen fuchsähnlichen Tiere. Vier Stück lebten in einem großen mit Bäumen verzierten Käfig. Es ähnelte einem Wald. Eine der

Kreaturen lief gerade am Rand entlang, als Kai und Arthur dort ankamen. Es war klein, ging einem Erwachsenen vielleicht bis zu den Knien und hatte kleine weise Augen. Die Schnauze war länglich und leicht zugespitzt. Der Rücken des Tieres war leicht nach unten gebogen und die vier Pfoten sahen aus, als bestünden sie aus Samt. Die Kitsune war geschuppt und die neun Schwänze schwebten hinter ihm in der Luft. Das violett dieses Exemplars nahm je nach Schwanz eine andere Farbvariation ein, kleine Fledermausflügelchen ragten aus seinem Rücken. Die Ohren ähnelten denen von Chinchillas und die Schuppen hörten an ihren Ansätzen auf. Der Rest des Gesichts war von mattem Fell bedeckt, sowie die Schwänze. Diese Kreaturen waren alle anders gefärbt. Es gab wahrscheinlich keine zwei, deren Farbton exakt gleich war. Sie strahlten Ruhe, Eleganz und Erhabenheit aus. Vor dem Käfig saß jemand. Eine junge Frau. Ihre Haare flossen wie Quecksilber von ihren Schultern und das blau ihres Kleides glänzte im Sonnenlicht.

24

Mitten in seiner Bewegung war Arthur Leroy Sitou erstarrt. Ungläubig starrte er die junge Frau vor dem Kitsunengehege an.

„Salasia?", fragte er stockend.

Sie lächelte und sagte mit einer hellen Stimme, wie Kailan sie noch nie gehört hatte:

„Hallo, Arthur. Wie geht es dir? Ich habe dich lange nicht gesehen."

„Seit vier Jahren haben wir kein Wort mehr gewechselt. Wo warst du?"

„Das kann ich dir nicht sagen. Als Tante Angelina und Onkel Maurice gestorben sind, war ich unendlich traurig. Du warst danach, wie ausgewechselt. Reserviert, befremdlich, niedergeschlagen und so motivationslos. Ich habe es nicht mehr ertragen in eurer Nähe zu sein. Also bin ich gegangen."

„Du wirst verdächtigt einen Mord begangen zu haben."

„Ich hörte davon."

„Mehr hast du nicht zu sagen? Vier Jahre lang warst du wie vom Erdboden verschluckt! Nie hast du dich gemeldet! Opa und ich haben uns Sorgen gemacht!" Arthurs Stimme zitterte und stockte immer wieder. Er hörte sich an, als hätte er einen Frosch verschluckt oder müsste anfangen zu schluchzen. „Jetzt tauchst du wieder auf und eine Mörderin wird gesucht, deren Beschreibung genau zu dir passt. Was soll ich denn jetzt denken? Was soll ich tun, Salasia?"

„Ich weiß es nicht. Vor zwei Jahren habe ich aufgehört unter Menschen zu leben."

„Wo warst du? Verdammt, ich habe dich vermisst! Seit deine Mutter, meine Tante, gestorben war, hast du bei uns gewohnt und dann warst du nach dem Tod meiner Eltern und meiner Aufnahme bei den Agenten weg. Spurlos verschwunden!"

„Es tut mir leid, Arthur. Reden wir nicht mehr davon."

„Du verlangst das von mir? Wo wir uns endlich wiedersehen, verbietest du mir von deiner Abwesenheit zu reden?"

Arthurs Stimme hatte sich gesteigert. Sie war jetzt laut und schrill. Langsam wurde auch Salasia laut. „Ich will nicht von dieser Zeit reden! Wann begreifst du das endlich? Wie oft willst du in den nächsten Stunden noch mal damit anfangen? Hör auf dich wie ein kleines Kind zu benehmen!"

„Leute, hört mal. Wir sind hier in einem Zoo, seid besser leiser, oder sollen wir woanders hingehen?", fragte Kai, der nicht genau wusste, was er von der Situation halten sollte.

„Halt du dich da raus!", schrien ihn beide an. Man merkte ihnen nicht an, dass sie verwandt waren, aber ihr Verhalten war so ähnlich, dass man unweigerlich auf Geschwister getippt hätte. Arthurs

Cousine schien sich zwar noch zurück zu halten, aber man sah schon, wie ihre Wangen rot wurden und der angestaute Ärger entweichen wollte.

„Ich habe gedacht du wärst abgehauen und gestorben! Dann habe ich mich auf meine Ausbildung konzentriert und bin Agent geworden. Du warst nicht für mich da. Ich war alleine. Niemand wollte etwas mit mir zu tun haben! Du kannst dir nicht vorstellen, wie schwer das war!"

„Oh doch, das kann ich. Und zwar besser, als du dir vorstellen kannst. Ich war immer eine Außenseiterin, bis...", Salasia unterbrach sich und schaute weg.

„Bis was?", schrie Arthur sie an und sie senkte die Schultern.

„Ich möchte nicht darüber reden."

„Worüber willst du denn reden? Immer wenn ich anfange sagst du sofort, dass du nicht sprechen willst! Kann man dir überhaupt etwas recht machen? Salasia, früher warst du wie eine Schwester für mich, jetzt nach vier Jahren, VIER JAHREN, bist du mir fremd geworden! Hast du Judas Lamm umgebracht?"

Gerade heraus sah sie ihm in die Augen. „Ja."

Arthurs Gesichtszüge entgleisten.

„Was", es klang ungläubig. Arthur war verwirrt, dann weiteten sich seine Augen. „Du hast ihn wirklich umgebracht? Du hast einen Menschen getötet? Das glaube ich nicht."

„Warum hast du dann gefragt? Es war meine Aufgabe! Es war wichtig. Das Wichtigste, das man mir je aufgetragen hatte. Vereth hat...", wieder stoppte sie.

„Vereth? Wer ist das?"

„Ein Freund. Bei ihm habe ich in den vergangenen Jahren gelebt."

Arthur hatte ohne zu überlegen seine Hand auf den Griff seines Schwertes gelegt, das er aufgrund seines Jobs am Gürtel trug. Halb hatte er es schon aus der Scheide gezogen.

„Wollt ihr wirklich hier, mitten in einem ZOO anfangen euch zu bekämpfen?"

Sachte hatte Kai seine Rechte auf den Schwertknauf von Arthurs Waffe gelegt und schob sie entschlossen zurück. In Richtung von Salasia hatte er die Hand gehoben, dass sie nicht auch einen Kampf anfing.

„Wer bist du überhaupt?", keifte sie ihn an.

„Mein Name ist Kailan Lawrush. Ich bin ein Freund von Arthur."

An seinen Freund gewandt fügte er noch hinzu: „Und wir sollten unsere Recherchen beenden und zurück zu Cyras gehen."

„Sie ist eine Mörderin, Kai! Ich kann sie doch nicht laufen lassen, auch wenn sie meine Cousine ist."

„Doch, dass kannst du."

Jetzt liefen tatsächlich Tränen über Arthurs Wangen. Als die Beiden sich wieder Salasia zuwandten, war sie verschwunden. Keine Spur wies darauf hin, dass sie je dagewesen war. Arthur brach zusammen. Fast, als hätte der Himmel auch angefangen zu weinen, begann es zu regnen. Beruhigend legte Kai seinem Freund eine Hand auf die Schulter. Er wusste nicht, wie er ihn trösten könnte. Nie hatte er jemanden aufmuntern müssen. Cyras hatte das nie gewollt und auch nicht so nötig gehabt. Der sonst so starke Spitzenagent wirkte wie ein kleines Kind. Geschlagen, verzweifelt und hoffnungslos. Langsam ging Kai näher an das Drachengehege heran. Die Kitsune tollten herum. Der Regen machte ihnen nichts aus. Vor diesem Käfig stand ein Schild. Wie üblich für Zoos und andere Tierparks stand dort etwas über die Art des Tieres, das hier wohnte. Kailan überflog, was dort geschrieben war. Sonderlich viel Neues las er zwar nicht, aber er erfuhr, dass Kitsune zu den seltensten Drachen Splitterwelts gehörten und dass Drachen sich generell von anderen Tieren unterschieden. Dem Schild zufolge hatten Wissenschaftler und Forscher herausgefunden, dass Drachen einen eigenständigen Willen hatten und manchmal unberechenbare Dinge taten, als ob ihnen jemand einen Befehl erteilt hätte. Mögliche Lösungen für solch ein Phänomen hatte man nicht nachweisen können. Mit etwas Mühe brachte er Arthur an einen trockenen Platz, wo er weiter ins Leere schaute, ohne etwas mitzubekommen, und ging weiter zu anderen Drachenarten. Bei den Schleierdrachen, die vor allem im Wasser lebten stand zudem, dass sie zwar gezähmt werden könnten, aber nur wenn für sie etwas dabei herausspränge. Sie besaßen einen großen Selbsterhaltungstrieb und scheuten die Menschen. Nur wenigen war es erlaubt einen Drachen zu berühren. Ihr Fleisch war allerdings kostbar und sättigend, weshalb der Mensch Jagd auf sie machte. Trophäen, wie etwa ein Drachenhautmantel, waren wertvoller als Diamant und perfekt für den Krieg, da nur sehr wenige Waffen sie durchbrechen konnten. Metalle zum Beispiel, die unedler als Titan waren, waren nicht imstande Drachenhaut auch nur einen Riss beizubringen. Anfällig war sie dafür, wenn Magie im

Spiel war. Magie frisst Drachenhaut, als sei es das einzige was sie verschlingen könnte. Nach all dem Suchen hatte Kailan aber immer noch keine Antwort auf die Frage gefunden, was Drachen eigentlich sind. In einem kurzen Text hieß es, Drachen seien eine Schöpfung einer der zwanzig Gottheiten. Jedoch erklärte dies nur wenig. Drachen sind generell seltene Tiere. Dadurch, dass sie nur sehr wenige Nachkommen zeugten, gab es nicht einmal eintausend Exemplare weltweit. Nur Katzendrachen gab es häufiger. Sie allerdings galten offiziell nicht zur Spezies Drache. Eine sehr seltene Art der Drachen, die sogenannten Dracyr, hatte man erst zehnmal beobachten können. Sie waren allerdings anders gefärbt und wirkten intelligenter, als die anderen. Zudem waren sie viel größer. Goldene Drachen gab es relativ oft. Sie lebten meist im Boden in der Nähe einer Edelstein- oder Edelmetallader. Einen Naturschutz gab es im derzeitigen Gesetz nicht, was diese Arten weiter gefährdete. Durchnässt und halb erfroren kam Kailan zurück zu Arthur. Dieser hatte sich kein Stück bewegt.

„Komm, wir gehen zu deinem Großvater. Dort kannst du dich abtrocknen und umziehen. Du musst etwas machen, sonst wirst du noch verrückt."

„Du hast recht", brachte Arthur hervor. Sein Blick war immer noch glasig und wirkte verwirrt.

„Lass uns gehen. Ich habe gelesen, was man über Drachen weiß und kann dann später zu Cyras gehen."

„Kai, ich will nicht..."

„Nachdem ich ihm alles gesagt habe, will ich nichts mehr mit diesen Riesenechsen zu tun haben", fuhr Kailan fort, ohne auf Arthurs Worte zu achten. Langsam kamen sie voran. Der Weg zu Andreij

Sitous Anwesen schien unendlich weit zu sein. Das Schweigen der Beiden tat sein Übriges und der Regen wollte auch nicht nachlassen. Endlich kamen sie an der Villa an und klingelten. Andreij öffnete nach kurzer Zeit die Tür und sah traurig aus. Nicht nur, dass er länger gebraucht hatte, als sonst, nein, er schien wirklich niedergeschlagen zu sein.

„Kommt rein", murmelte er und gab den Weg in die Wohnung frei. Als die Tür zu war und Andreij in seinem Sessel am Kamin saß herrschte wieder dieses erdrückende Schweigen. Eine Stille, wie sie sonst nur auf Friedhöfen zu finden war. Arthur war auf sein Zimmer gegangen und Kai hatte auf einer Couch, gegenüber von Andreijs Sessel platzgenommen. Der schluckte und sah auf: „Kailan, hör zu. Es ist alles meine Schuld. Ich habe ihr einen Brief geschrieben. Ich habe sie gebeten, noch ein einziges Mal zu kommen. Sie haben gestritten, oder?"

„Ja, hätte ich nichts getan, hätten sie sich umgebracht. Ich habe Salasia kennengelernt und sie hatte eine mächtige Aura, das habe ich als Bändiger gespürt."

„Ja, Salasia, meine Enkelin, ist wirklich stark. Stärker noch als Arthur. Aber es ist alles meine Schuld!"

Skizzenblock

Salasia, die geheimnisvolle Unbekannte...

25

„Gestern wurde ein Name bekannt gegeben. Die Mörderin heißt anscheinend Salasia Sitou. Andere Quellen nennen sie Miharu. Das wirft glücklicherweise ein schlechtes Licht auf die Familie Sitou. In der nächsten Zeit wird es Verhöre geben. Agent Arthur Leroy Sitou und sein Großvater Andreij Sitou werden durchleuchtet", erzählte Julian Keyer auf dem Weg zur Arena. Yukio und er wollten bei der Eröffnungsrede der zweiten Runde anwesend sein und gingen Seite an Seite zum Hangar der AOG.

„Das ist gut, oder? Ich verstehe nicht viel von den Agenten. Immerhin war ich bis vor einem Monat noch fernab der eigentlichen Welt."

„Apropos, nennt sich deine Mutter eigentlich Herrscherin oder Königin?"

„Warum fragst du?"

„Falls sie sich so nennt, hieße das, dass sie den Südpunkt und das umliegende Gebiet als eigenständiges Land bezeichnet und es regiert. Das würde den Krieg zwischen Rebellion und Nefarian zu einem Länderkampf machen."

„Würde er denn dadurch eine neue Bedeutung kriegen?"

„Überlege selbst. Was die Informationen angeht, die ich bekomme, bin ich ungefähr so schlau, als wäre ich nicht einmal ein Informant, sondern ein Außenstehender."

„Na ja, ich habe in meinem Leben erst zweimal mit ihr gesprochen, als ich diesen Auftrag bekommen habe und als ich sechs Jahre alt geworden bin. Sie ist nicht freundlich zu mir. Sie hasst mich, aber ich habe auch noch nie daran gedacht; dass sie vielleicht selbst eine Königin werden wollte."

„Wäre dies ein gewöhnlicher Krieg zweier Nationen, wäre es lediglich ein Kampf um das Gebiet des anderen zu beherrschen und kontrollieren. Eine Rebellion würde im Normalfall nur das Regierungswesen ändern wollen."

„Moment mal" -Yukio war ruckartig stehen geblieben- „Sie hat wirklich vor eine Diktatorin zu werden! Dass ich das nicht bemerkt habe...Sie sagt den anderen, was für gute Rebellen sie sind, sagt ihnen aber nicht einmal, was sie bezwecken werden! Jeder kämpft für sie und nicht für das Land, die Welt, Alanea. Wenn ich darüber nachdenke ist das ein Kleinkrieg zwischen zwei Menschen. Nefarian Hirineyo und Mutter. Macht es jetzt überhaupt noch Sinn gegen Nefarian zu kämpfen, wenn meine Mutter eine noch schlimmere Herrscherin werden will? Ihre ganzen Marionetten wird sie einfach so opfern, oder?"

„Davon ist auszugehen. Fast niemand hat sie bisher gesehen, fast jeder der am Südpunkt lebt wird für sie sterben und weiß nicht einmal wieso. Was sollen wir jetzt tun? Sie stürzen? Einen anderen Weg einschlagen?"

„Das fragst du den jungen Mann, der erst vor knapp zwei Wochen verstanden hat, was Politik ist?"

„Stimmt."

„Wenn es darum geht schlage ich vor erst Hirineyo zu beseitigen und dann den anderen Rebellen klar zu machen, wer sie anführt."

„Also bleiben wir erst einmal beim ersten Plan?"

„Genau. Wir sind gleich da und in einer halben Stunde beginnt die zweite Runde der Altamen. Ich schlage vor, erstmal die Rede der Präsidentin der AOG zu hören und dann die Unterhaltung zu genießen. Vielleicht fliegt endlich dieser Verräter raus."

„Du machst dir in so einer Lage Gedanken, um einen Jungen?"

„Natürlich. Ich habe immer im Hier-und-Jetzt gelebt."

„Hast du eigentlich je zugesehen?"

„Einmal, das zweite Mal, dass ich in der Ehrenloge war, habe ich mehr auf die anderen Zuschauer geachtet, als zuzusehen."

„Diese Brillen sind ideal für so ein Spektakel. Mit ihnen kann man immer den aktuellen Kampf verfolgen oder einen bestimmten Spieler ins Visier nehmen."

„Stimmt schon. Wir müssen hier hoch", erklärte Yukio und ging voraus. Fast niemand befand sich auf den Zuschauerrängen. Nur die Teilnehmer liefen herum und unterhielten sich mit ihren Fans. Abseits des Lärms saß ich auf einem Zuschauerplatz und wartete auf meine Freunde. Langsam machte ich mir sorgen. Ich hatte meine Knie angezogen und hatte meinen Kopf nach vorne gelehnt. So zusammengekauert bemerkte ich nicht, wie vier Menschen näherkamen. „Weißt du was passiert ist, oder warum bist du so deprimiert?"

„Kai, nein, ich habe keine Ahnung. Ist etwas mit Arthur?"

„Ja" -Kai nickte bedächtig- „Er hatte bei den Kitsune einen psychischen Zusammenbruch."

Schockiert schaute ich auf. Kais Haare fielen ihm ungekämmt ins Gesicht.

„Wie? Kailan? Das kann ich mir nicht vorstellen. Was ist passiert? Ist er krank? Wie geht es ihm?"

Kailan erzählte mir die ganze Geschichte. Wer hätte vermutet, dass Andreij diese Salasia erreichen konnte und sie eingeladen hatte? Seine Cousine hatte Arthur wohl wirklich nahegestanden, bis sie verschwunden war.

„Können wir etwas für Arthur tun?", fragte ich leise.

„Ich glaube nicht. Er muss sich erst ein weiteres Mal daran gewöhnen, dass sie fort ist. Zurzeit ist er zuhause. Dort wird er erst einmal bleiben. Zumindest werde ich ihn nicht aufmuntern können, denn sogar mir fehlt dazu die Motivation."

Mit schnellen Schritten näherten sich zwei der anderen Menschen, die ich gehört hatte.

„Habt ihr gerade über Salasia gesprochen?"

„Yukio, es ist unhöflich sich nicht vorzustellen!"

„Es tut mir leid. Ich bin Yukio Keyer, Sponsor der Altamen uns das ist mein Vater. Also, habt ihr gerade über Salasia gesprochen?"

„Ja, aber was geht sie das an? Kennt ihr sie?", antwortete Kai.

„Ja, und ob. Ihren Namen haben wir zwar vorhin erst gehört, aber wir waren Zeugen, wie sie einen unschuldigen Mann ermordet hat. Überall war Blut und da lag diese Leiche mitten im Flur."

Ich war sprachlos. Was für ein unangenehmer Zufall. Wenn ich genauer darüber nachdachte, erschien es umso logischer, dass Arthur so verzweifelt war. Eine geliebte Person war nicht nur verschwunden, sondern hatte zudem bekannt einen Mord begangen zu haben. Wäre der Pater unter solchen Umständen wiederaufgetaucht, wäre es mir wahrscheinlich ähnlich ergangen. „Es tut mir zwar leid, dass ihr einen Mord mit ansehen musstet, aber redet nicht so über Salasia Sitou", ergriff ich das Wort. Der jüngere der Beiden, Yukio wurde rot und spannte sich an. Mit gerade noch beherrschter Stimme entgegnete er: „Sie hat kaltblütig einen unserer Freunde umgebracht. Da ist es mir doch egal, wie es ihrem Verwandten geht!"

„Woher weißt du, dass wir einen ihrer Verwandten kennen?"

Das Misstrauen war beinahe schon spürbar.

„Ich habe es aus einer sicheren Quelle erfahren!", zischte Yukio.

„Geht! Ich möchte nicht mehr mit euch reden", sagte ich, „Ich muss mich weiter vorbereiten."

Sie gingen. Wütender noch als Yukio war Julian.

„Kannst du dich nicht beherrschen? Weißt du eigentlich, dass wir wegen so etwas auffliegen können? Der eine, dieser große dürre, mit den dunklen Haaren, ist Kailan Lawrush. Durch seine bisherigen Trainingserfolge und Leistungen hat er gute Chancen ein Agent zu werden. Zurzeit ist er bei ihnen in Ausbildung. Wenn wir wegen dir auffliegen, kannst du es vergessen deine Mutter aufzuhalten."

„Und schon wieder ist die Rede von Mutter. Ich kann es nicht mehr hören, okay? Wir reden fast nur noch über sie. Cyras ist ein Verräter. Er ist der Grund, warum ich **jetzt** hier bin! Ich hasse ihn!"

„Ich sage es noch ein einziges Mal: Halt dich zurück, sonst schicke ich dich heim!"

„Verstanden, Boss."

Die Beiden gingen zu ihren Plätzen. Oben auf dem Podium, wo vorher ihre Tochter gestanden hatte, stand jetzt Generalin Sizillia Hamilton. Zu ihrer strahlenden Rüstung trug sie gebundenes Haar und hielt in der Hand ein Mikrofon.

„Ich freue mich, Sie alle hier begrüßen zu dürfen. Alle die mich nicht kennen, werden gleich wissen, mit wem sie es zu tun haben. Ich bin Sizillia Hamilton, oberste Generalin der Vereinigten Streitkräfte und Gründerin der AOG. Vor zwanzig Jahren habe ich erstmals die Altamen veranstaltet. Meine Motivation dafür waren die antiken Gladiatorenkämpfe. Jetzt sind Sie hier, jetzt beginnt die zweite Runde! Amüsieren Sie sich und haben Sie Spaß am Schauspiel, das ihnen geboten wird. Inzwischen dürften alle mutigen Teilnehmer wieder in der Arena sein."

Sie drückte auf einen Knopf am Mikrofon und das Spielfeld erbebte. Das kleine Meer auf dem Spielfeld sank ein wenig nach unten, mehrere andere Puzzleteile lösten sich in Splittern auf und bildeten eine Art Treppe nach oben. Die Wüste umgab den See wie ein Ring und oben in der Mitte war eine richtige Kampfarena aufgetaucht. Die Zuschauerplätze teilten sich und ordneten sich Ringförmig neu an. Mehrere Plattformen auf verschiedenen Höhen umschlossen jetzt das neuartige Spielfeld. Die Kämpfer mussten gut aufpassen, nicht herunter zu stürzen, aber dann war sie fertig, die Arena für die zweite Runde.

„Darf ich vorstellen, die Turmprüfung! Es gibt sogar drei neue Regeln: Erstens, jeder Spieler muss immer weiter nach oben, nicht nach unten, außer er fällt, weshalb der Teich auch dort ist. Wenn man ins Wasser fällt, gilt dies nicht, als Niederlage, sondern als *reset*. Zweitens, verloren hat nur der, der unbewaffnet, verwundet oder tot ist. Eine Kapitulation ohne Kampf ist ungültig. Und drittens, falls ein Spieler fliehen sollte, darf ihm nicht nachgesetzt werden. Eine Flucht ist immerhin nur nach oben möglich, was automatisch zu einem erneuten Treffen führt. In meiner Laufbahn als Generalin habe ich nämlich eine Erfahrung gemacht: Verfolgungsjagden sind wirklich ermüdend!"

26

„Die Sache hat auch etwas Gutes, nicht wahr?"
„Genau, Cyras. Wir können jetzt jederzeit Kontakt aufnehmen. Das ist die wichtigste der neuen Regeln", sagte Kai. Ich schaute zu den Zuschauerplätzen hinüber, von wo aus er mir zuwinkte. „Ich kann zuhören, Kai. Wenn du weiter wiederholst, was ich eh schon weiß, bist du als mein Adjutant entlassen!"
„Jetzt sei nicht so fies!"
„Und überhaupt, Arthur braucht dich mehr."
Ich wandte mich dem Anfang der Himmelstreppe zu. Der Sand zwischen meinen Zehen machte sich langsam bemerkbar, also machte ich mich auf den Weg.

„Was hat man als Adjutant zu tun?", fragte Yukio. Julian räusperte sich: „Nun, du müsstest dich mit deinem Freund verständigen, ihm Tipps geben, Strategien besprechen und so."
„Und man hat normalerweise zwei?"
„Ja, so entspricht es den Regeln."

„Mir ist aufgefallen, dass Cyras zweiter Helfer fehlt. Deshalb habe ich nachgefragt und herausgefunden, dass es eigentlich Arthur Sitou war. Er ist aber seit Tagen nicht mehr hier gewesen. Er ist wohl immer noch zu hause. Wie wäre es, wenn wir zu ihm etwas recherchieren und ihn aus dem Weg ziehen?"

„Meinst du, weil er einer der Begabtesten aller Agenten ist? Es wäre vielleicht eine gute Idee, aber wie willst du ihn dingfest machen?"

„Nichts leichter als das, seine Cousine hat einen Mord begangen. Wir könnten ihn wegen Beihilfe zum Mord einbuchten lassen. Seine gute Stellung wäre dahin und er säße hinter Gittern."

„Was bringt es uns?"

„Wir sollen für Präsidentin Mirai Informationen stehlen und ihr bringen. Auf der Flucht würden wir höchstwahrscheinlich von ihm verfolgt werden, wenn er denn im Dienst ist."

„Du willst unsere Flucht schon vorbereiten?"

„Ja, was denkst du denn? Er ist gefährlich. Arthur ist zudem Magier."

„Vor zwei Monaten hatte ich bereits eine ähnliche Idee, habe sie aber verworfen. Arthur passt zu gut auf alles auf."

„Nur dass er jetzt einen psychischen Zusammenbruch hat. Er ist momentan so gut vorbereitet, wie ein Schwein, das zum Schlachthof geführt wird."

„Dann lass uns nach Hause gehen. Ich habe immer noch die Akten."

Die Beiden machten sich auf den Weg. Schnell waren sie an ihrem Ziel, der Villa der Keyerfamilie. Sie war nicht beleuchtet, genug Licht fiel durch die Fenster. Julian wollte gerade seinen

Haustürschlüssel zur Hand nehmen, da glitt die Tür auf. *Nicht abgeschlossen?* Die Lage war ernst. Jemand musste eingebrochen sein! Wieder zogen die Rebellen ihren Todeshandschuh über und stießen den Türflügel weiter auf. Der Flur lag vor ihnen. Zwar war ihnen das Haus wohlbekannt, trotzdem wirkte es fremd, leer und gruselig. Sie traten ein, schlichen zur Wohnzimmertür und erstarrten.

„Ich glaube, ihr habt nicht mit mir gerechnet", erklang eine Frauenstimme, die Yukio den Magen umdrehte, „Vor achtzehneinhalb Jahren hatte ich die Wahl gehabt, ob ich einen Nachfolger oder Diener haben wollte. Sechs Jahre danach habe ich mich endgültig für letzteres entschieden, doch sie dich an. Anscheinend hast du in den letzten Wochen gelernt, was es heißt zu leben und zu überleben. Ich bin stolz auf dich, mein Sohn."

Yukio kam die Galle hoch. Beinahe hätte er sich übergeben. Da saß sie in einem Sessel. Eine Frau mit kurzen schwarzen Haaren, unschuldig blauen Augen und einem efeugrünen Kleid ohne Ärmeln, Viktoria Mirai!

„Mutter?", brachte er geradeso hervor. Sie lächelte sanft und winkte ihm zu.

„Frau Präsidentin, es ist mir eine Ehre euch hier willkommen heißen zu können", stotterte Julian Keyer.

„So wie ich gehört habe, habt ihr auf ein bestimmtes Juwel aufgepasst, bis es entschloss zu mir zu kommen. Dafür bin ich euch dankbar, aber nun werdet ihr nicht gebraucht. Geht in euer Zimmer, Julian."

Unmerklich hatte sich ihre Stimme verändert. Um ein klein Wenig war sie härter geworden. Julian neigte den Kopf und verließ den Raum.

„Nun zu dir, mein Sohn, wahrscheinlich hast du nicht mit mir gerechnet, aber ich habe mit dir zu reden. Es ist sehr wichtig und ich hoffe du hörst mir aufmerksam zu. Ich brauche deine Hilfe. Wie du weißt plante ich einen Machtübergriff, der durch einen kleinen Verräter ein Ende gefunden hat. Die Informationen, die Magnus stehlen soll, sind äußerst wichtig, da sie eine Übersicht aller rechtlichen Angelegenheiten, bezüglich Nefarians Privatarmee, enthalten. Ein Problem bleibt allerdings nach wie vor. Du bist es! Aus verlässlichen Quellen weiß ich, dass du mir nicht traust und mich stürzen willst. Daher habe ich mich entschlossen her zu kommen und persönlich Zeit mit dir zu verbringen, um dich von meinen Argumenten zu überzeugen. Zudem werde ich erst einmal selber ermitteln müssen, denn etwas Schlimmeres als ein Krieg, könnte uns bevorstehen. Aus ebenfalls verlässlichen Quellen habe ich von einem besonders großen Fall von Schwierigkeiten gehört, welchem ich selbst auf den Grund gehen muss."

„Mutter, warum bist du hier?"

„Wie ich sagte, ich möchte Zeit mit dir verbringen."

„Sei ehrlich. Seit achtzehn Jahren hast du versucht, meine Identität zu leugnen!"

„Es geht hier um mehr, als dich und mich!", wurde sie lauter, „Wie könnte ich zulassen, dass meine ganze kleine Rebellion verschwindet, nur damit ich mich um dich kümmern kann?"

„Dir geht es nicht um mich, nur um deine Ziele! Wir kennen uns gar nicht! Tollpatschig, unbeholfen und dumm, so würdest du mich beschreiben, aber das bin ich nicht! Mit Julian habe ich herausgefunden, was du wirklich vorhast! Du willst alleinige Herrscherin über Splitterwelt werden, Präsidentin!"

Ihr Gesicht verzerrte sich. Nicht vor Schmerz, nein, vor Wut und blankem Hass. Yukio wich zurück. Trotzig fragte er geradeheraus: „Willst du mich jetzt umbringen?"

„Nein, ich werde meinen Sohn nicht töten, aber meine Untergebenen dürften just in diesem Augenblick deinen Freund in Empfang nehmen. Julian Keyer wird wegen Verrats umgebracht!!"

Hysterisch begann sie zu lachen.

„Es gibt nichts, was du dagegen tun kannst. Das einzige was dich retten kann, ist Gehorsam! Ein neuer Auftrag wartet auf dich. Du wirst Arthur Sitou ins Gefängnis schicken, Kailan Lawrush umbringen und mir diesen Cyras bringen! Hast du verstanden?"

„Ja, habe ich, aber das werde ich nicht."

„Dann bleibt mir keine andere Chance, als dir etwas anzutun, was du niemals vergessen wirst."

Ihre Stimme war wieder ruhig. Sie schaute auf ihre Uhr und um Punkt Vier hörte man einen Schrei aus dem oberen Stockwerk. Aus einer Glaskaraffe goss sie sich Wasser in ein Glas. „Willst du auch einen Schluck?", fragte sie beiläufig. Erst da merkte Yukio, wie trocken seine Kehle war. Sachte nickte er. Durchsetzungsvermögen hatte er nie besessen. Er nahm das Glas von Präsidentin Mirai entgegen und nahm erst zögerlich einen Schluck. Er trank das Glas leer und schaute wieder zu seiner Mutter. Sie hatte ein Lächeln aufgesetzt. Ein richtiges Lächeln. Man sah von zwei Meter Entfernung, wie rissig ihre

Lippen waren. Viktoria hatte nichts getrunken! Sie hatte nur Yukio etwas gegeben.

„Tollpatschig bist du nicht mehr. Ungeschickt ein wenig, aber dumm bist du! So dumm. In dem Wasser war ein leichtes Neurotoxin. Es wird deine Muskeln lähmen und verhindern, dass du weiter atmest. Es ist kein Problem dich wiederzubeleben, aber dir bleibt nichts außer mir zuzuhören. Ich bin nicht ohne Spaß gekommen. Ein wirklich dringender Fall beansprucht mich persönlich. Man soll ja nicht sagen, ich würde nur im Schatten an den Fäden ziehen. Da Arthur Sitou selbigen behandelt hatte, wirst du ihn vernichten und mir die Akten besorgen. Meine Pläne sind alle so durcheinandergeraten" –sie schüttelte den Kopf- „Aber was weißt du schon? Nachdem du wieder aufgewacht bist, wirst du mir helfen. Soviel ist sicher. Eine Belohnung wartet auch schon auf dich, mein Sohn"

Gerade als die letzten Worte verhallten, fiel Yukio vornüber zu Boden. Er spürte nichts mehr. Das einzige was er noch merkte, war, wie schwer sein Körper war. Nicht einmal seine Augen konnte er schließen. Bis die Ohnmacht ihn erlöste, musste er seiner Mutter zusehen, wie sie sich über ihn beugte und höhnisch lachte.

„Du kannst weitere fünf Meter nach oben. Da steht jemand und wartet", übermittelte mit Kai. „Gut, habe verstanden!"

Von Splitter zu Splitter sprang ich immer weiter nach oben. Unter mit erstreckte sich das winzige Meer, dessen Wasseroberfläche nur einen klein wenig dunkler war, als der Himmel. Wer die obere Arena erreichte, würde es am einfachsten haben, dort zu bleiben. Folglich würde dort auch die letzte Runde ausgetragen werden. Laut der Generalin würde es dieses Jahr nicht einmal eine Pause zum Übergang zur dritten Runde geben. Die letzten drei Spieler werden sich also in dieser kleinen Kampfarena gegenüberstehen und einen letzten finalen Kampf kämpfen.

„Zwei Meter, eins achtzig, eins fünfzig,…", zählte Kai herunter. Die letzten neunzig Zentimeter überwand ich in einem Sprung. Zwei der Wurfdolche hatte ich zur Hand genommen. Sofort, als ich auf dem Splitter aufkam, verkündete die Lautsprecherstimme das Duell. Mit einem Schwert kam der Gegner auf mich zu und schwang seine Waffe. Gerade so konnte ich ausweichen, musste aber immer weiter zur Seite tänzeln. Der andere gab mir nicht den Hauch einer Chance zum Gegenschlag auszuholen. Meine Dolche konnten nicht viel abwehren, hielten aber zwei der Schläge aus. Die Klinge schoss von oben auf mich zu, ich sprang, rollte mich ab und fiel ins Leere, dem Wasser entgegen. Mist!

27

Platsch! Der Aufprall auf dem Wasser war unangenehm. Es war, als würde man gegen etwas Hartes krachen, dass im selben Augenblick durchlässig wurde. Der See, oder was für ein Gewässer es jetzt sein sollte, war tief genug, damit man nicht auf dem Grund aufprallte. Ich schlug mit den Beinen und erreichte schnell wieder die Oberfläche. Ich hatte den Kampf verloren. Vorübergehend zumindest.

„Kai", fragte ich atemlos.

„Ja, ich kann dich hören. Es gibt Neuigkeiten: Erstens spielen nur noch 18 Spieler und zweitens wird Arthur vor ein Gericht gerufen. Wegen Salasia müssen er und sein Großvater aussagen. Er wird wohl tatsächlich verdächtigt seiner Cousine geholfen zu haben. Ist das zu glauben?"

„Man hätte es sich denken können. Wichtig ist, dass ich das hier schnell schaffe und die Altamen gewinne."

„Wüsste ich nicht weshalb, würde ich dich für egoistisch halten", scherzte Kai. Ich schwamm zum Ufer und rannte mit nassen Sachen wieder zur Splittertreppe. Dieses Mal war ich vorbereitet, hatte zur Sicherheit schon die nächsten beiden Wurfdolche zur Hand genommen, sprang und warf sie direkt. Mein Gegenspieler war so überrascht, dass er nicht schnell genug reagierte und vor Schmerz schrie. Ich hatte ihn wörtlich auf dem Boden festgenagelt. Zwar war seine Schulter nur gestreift worden, der Dolch steckte aber in seiner Kleidung und im Erdreich.

„Ich gebe auf", hatte ich nicht einmal mehr mitbekommen. Mein Lauf ging nämlich schon dann weiter, als ich geworfen hatte. Im vorbeirennen hatte ich die gebogenen Wurfdolche aus seiner Kleidung gezogen und war auf den nächsten Splitter gesprungen. So ging es weiter. Kai sagte mir immer rechtzeitig, wo der nächste Feind war und ich erledigte ihn mit meiner Geschwindigkeit. Auf der Hälfte des Weges bekam ich Seitenstiche und rastete. Meine Rast wurde länger und länger und schon war die Nacht hereingebrochen. An einen Baum gelehnt schlief ich, als eine Stimme durch die Kopfhörer, die man mir ausgehändigt hatte, schrie. „Wach auf, schnell! Es ist wichtig! Sie wollen mich tatsächlich festnehmen. Aber während dem Mord war ich noch bei dir und Kai. Du musst mir helfen, bitte!", flehte Arthur hastig. Schlaftrunken rappelte ich mich auf.

„Was ist denn passiert?", fragte ich.

„So ein junger Mann hat den Behörden erklärt, wie ich zu Salasia stehe und gesagt, dass es *möglich* wäre, dass ich ihr geholfen habe. Das ist doch nicht so, oder? Was soll ich tun, Cyras?"

„Das fragst du mich? Ich weiß doch selbst nicht weiter! Ich könnte zwar von hier aus aussagen, aber ich habe keine Ahnung, ob das gewertet wird. Hol einen der Beamten an dein Funkgerät!"

„Gut, warte kurz."

Arthur hatte aufgehört zu reden und ich hatte Zeit nachzudenken. Er hatte panisch geklungen. Wirklich und wahrhaftig panisch, überrascht und planlos. So kannte ich ihn gar nicht. Es machte Sinn, dass da jemand war, der Arthur wegschaffen wollte, aber wer? Es war immerhin sonst sinnlos einen Agenten zu verdächtigen. Dieser ominöse Jemand war wohl ganz darauf versessen ihm sein Leben zu vermasseln. Vielleicht hatte er ja privat irgendwelche Feinde, von denen wir nichts wussten. Knapp zehn Minuten spann ich meine Gedanken schon, als eine raue Männerstimme durch die Kopfhörer anfing zu sprechen: „Entschuldigen Sie die Störung, zumal es mitten in der Nacht ist. Arthur Leroy Sitou hat mich gebeten Sie nach seinem Alibi, bezüglich des Vormittags vor drei Tagen. Er wird verdächtigt Beihilfe zu einem Mord geleistet zu haben."

„Zu der Zeit war er mit Kailan Lawrush und mir hier in der Altamenarena. Das können diverse andere auch bezeugen."

„Gut, danke. Es war ein anonymer Tipp, dem wir prinzipiell nachgehen mussten. Nochmals Entschuldigung für diese Unterbrechung."

„Gute Nacht."

Den Rest der Nacht konnte ich nicht mehr schlafen, also unterhielt ich mich die nächsten Stunden über mit Arthur, der wahrscheinlich genauso schlaflos war. Es kam raus, dass er und seine Cousine jahrelang zusammengelebt hatten, bis Arthur seine Eltern verloren hatte. Kurz nach ihrem Tod, war dann Salasia verschwunden und hatte nicht einmal einen Abschiedsbrief hinterlassen. Das war dann auch der Grund, dass Arthur zu einem Agenten geworden war. Andreij war der einzige über den mein Freund nicht reden wollte. Anscheinend war er sauer auf seinen Opa. Soweit hatte er sich aber wieder gefasst und wollte mir helfen die Altamen binnen des nächsten Tages zu beenden. Laut den dortigen Behörden waren inzwischen neunzehn Menschen in Karthago verschwunden. Das spitzte die Lage erheblich zu. Die Sonne ging gerade auf, als ich meinen Feldzug fortsetzte.

„Bist du jetzt zufrieden, Mutter", spuckte Yukio verächtlich aus.

„Ja, aber es ist zu schade, dass es nicht funktioniert hat. Ich werde zurück zum Südpunkt reisen. Meine Recherchen sind beendet und meine Arbeit somit eingestellt. Wenn es so weiter geht werden wir nach vier Wochen den Angriff starten. Wir versammeln unlängst das Heer. Nach der Abschlussaktion kommst du umgehen heim. Mit den Informationen!"

In den letzten Tagen hatte sich Yukios Verhältnis zu seiner Mutter erheblich verbessert. Sie hatte ihn akzeptiert und ihm einen Auftrag gegeben. Trotzdem konnte er nicht behaupten sie leiden zu können, oder gar zu lieben. Sein anonymer Hinweis für die Behörden war misslungen und Arthur Sitou immer noch auf freiem Fuß. Anscheinend hatte er Zeugen für die Tatzeit. Laut Fernseher hatte dieser Cyras begonnen die Altamen strategielos für sich zu entscheiden. Sein Vormarsch hatte ihm weiter acht Punkte eingebracht und es ging noch weiter. Vielleicht hatte er seinen Auftrag erfüllt, bevor die Präsidentin am Südpunkt ankam... Yukio wusste nicht wirklich, was ihn motivierte, aber irgendwie wollte er seiner Mutter helfen. Verzeihen konnte er ihr nicht, immerhin hatte sie ihn Jahre lang ignoriert und letztens auch noch vergiftet. Er nickte seiner Mutter zum Abschied zu und machte sich auf den Weg zur Arena. Er hätte ihn blind gehen können, so gut kannte er ihn bereits. Innerlich hoffte er inzwischen aufzufliegen oder wenigstens, dass die Altamen vorbei waren. Dann konnte er aus diesem verfluchten Haus raus. Im Anwesen der Keyers lagen drei Leichen und Präsidentin Mirai hatte ihm und Magnus, der in den letzten Tagen den Butler übernehmen musste, verboten sie zu entsorgen. Yukio wollte dort nicht länger sein als nötig, sonst würde er noch verrückt. Oben auf den Zuschauerrängen der obersten Schicht hatten sich viele Sponsoren versammelt. Alle schauten dem Siegesmarsch von Cyras zu. Es wurde getuschelt, es hätte so etwas noch nie gegeben. Und es sei ein Wunder, dass der Junge noch niemanden umgebracht hatte. Man brauchte nicht lange, um zu begreifen, dass Cyras der Topfavorit war. Der bevorstehende Wendepunkt kündete sich allerdings in dem Augenblick an, da Generalin Hamilton die Ehrenloge betrat. Das Ende der Altamen stand wirklich bevor. Die letzten vier Teilnehmer waren alle oben in der Arena angelangt. Der Teilnehmer, der rausfliegen würde hatte einen verzweifelten Angriff auf den Sieger des letzten Jahres gestartet und scheiterte. Die letzten drei standen in der Mitte der Arena und hoben die Waffen. Neben dem letzten Sieger standen noch Cyras und ein Teilnehmer mit dem Namen Mirak da. Mirak gehörte eindeutig zu denen, die sich für stark hielten es aber nicht waren. Cyras sah nicht einmal konzentriert aus und war völlig ruhig und der rätselhafte Dritte, der Liebling dieses Dicken, war bewaffnet mit vielen, vielen

Schwertern. Er schien keine Probleme damit zu haben, sie alle zu transportieren. Seine Ausstrahlung beruhte vor allem auf seiner Selbstsicherheit und einem höhnischen Grinsen gegenüber Cyras, der mit seiner Größe, wenn man sie denn als solche bezeichnen konnte, sehr klein ausfiel. Sizillia erhob sich und trat nach vorne. „Alle Zuschauer, egal ob in den Zuschauerrängen oder zuhause vor ihren Fernsehern, ich möchte noch einmal öffentlich den Sponsoren danken, die dieses Jahr die Altamen finanziert haben. Dazu bitte ich um Applaus, dass die Balken der Arena zittern!"

Die Menge jubelte.

„Aufgrund der Befürchtung, es könne langweilig werden, habe ich mir für das anstehende Finale eine Besonderheit, eine gemeine Falle, ausgedacht. Es werden wilde Tiere in die Arena gelassen, die es den Spielern erschweren sollen einander zu bekämpfen. Es sind Greifen, Drachen und Mantikoren! Wir haben absichtlich die Fehlinformation, es seien Chimären, in die Welt gesetzt. Mantikoren besitzen ein starkes Nervengift, dass sogar dazu in der Lage wäre einen Drachen lahmzulegen. Wer weiß, vielleicht sehen wir dies mit eigenen Augen. Danken möchte ich auch den diesjährigen Teilnehmern, sowie den achtzig Freiwilligen, die es leider nicht unter die vierzig Besten geschafft haben. Für das übernächste Jahr sind natürlich alle Menschen eingeladen, die älter als sechzehn sind, sich zu bewerben. Wollen wir uns dann zurücklehnen und die Tiere hereinlassen?"

Im Publikum kam erneut Beifall auf und Sizillia Hamilton lächelte.

„Wir haben auch noch eine Überraschung zum Finale. Unser Herrscher, Nefarian Hirineyo, hat sich zu uns begeben, um die Endrunde live zu sehen. Ich bitte um Stille, da er selbst das Wort an seine Untertanen richten wollte."

Ein Mann trat vor. Seine Gesichtszüge wirkten aristokratisch und erhaben. Ein roter Umhang fiel von seinen Schultern, das Schwarze Haar sah leicht fettig aus. Seine sonstige Kleidung sah teuer aus und seine Stimme klang rau und dunkel. Seine Worte hörten sich an, wie die eines alten Lehrers, der es schon mit den schlimmsten Schülern aufgenommen und davon müde war. „Nach zwanzig Jahren der Festspiele, habe ich mich entschlossen dem Finale beizuwohnen. Ein Land zu regieren wäre ja noch einfach, aber ich kümmere mich um die Welt, als wäre sie mein eigen' Fleisch und Blut. Habt Verständnis dafür, wenn man mich nicht oft sieht. Generalin Hamilton hat unzählige Auszeichnungen verdient, die sie abgelehnt hatte, deshalb bitte ich auch für sie um Anerkennung. Man hat mir die Ehre zuteilwerden lassen, das Finale zu eröffnen. Somit tue ich dies auch. Kämpft, ihr tapferen Krieger und wisst, dass ihr besser seid, als manch anderer der Armee. Natürlich seid ihr eingeladen den Vereinigten Streitkräften beizutreten. Kämpft!"

Beinahe vom Leben müde, ließ er sich zurück in den hohen Lehnstuhl sinken. Seine Augen waren dunkel und glitzerten gefährlich dem Dreikampf entgegen. Das war sie die Endrunde. Sie war schneller gekommen, als erwartet.

28

Ein Grollen von tausend Donnern verhallte in der Arena. Deshalb nannte man einen Schwarm Drachen auch Drachendonner. Beeindruckender als dieser Anblick wäre lediglich eine Herde galoppierender Einhörner. Einhörner waren aber Großteils zahm und hatten Schwierigkeiten in freier Wildbahn zu überleben. Aus einer Höhle unter der Arena wirbelte Wind. Mächtige Flügelschläge waren körperlich spürbar. Anmutig, wie bei einem Tanz, kreisten die Drachen in den Himmel hinauf. Ihre glühenden Augen richteten sich auf die Menschen in der Arena, ich erwiderte ihren Blick und lächelte. Diese Drachen gehörten zu denen, die durch ihre riesigen Schwingen extrem schnell werden können. Ihre Flügelspannweite glich dem Abstand zwischen Kopf und Schwanzspitze. In vier verschiedenen Farben glänzten ihre Schuppen und die weißen Zähne blitzten im Sonnenlicht. Die Zuschauer rührten sich nicht. Entweder hatten sie Angst, oder schwiegen vor Ehrfurcht. Eine Klappe öffnete sich unterdessen im Boden. Aus ihr traten zwei Mantikoren, Löwen mit dem Hinterteil gigantischer Skorpione. Ihre

Mähne sah matt aus und glich der Farbe des Bodens. Zu den Drachen im Himmel gesellten sich dann noch mehrere Greifen. Circa ein Dutzend schlug dort oben mit den Flügeln, als ein Signal ertönte, welches die Finalrunde für eröffnet erklärte. Der Sieger des letzten Jahres griff mich an, wurde jäh unterbrochen als sich ein Mantikor, der ihm seine Aufmerksamkeit zuwandte, in den Weg stellte und ablenkte. Ich musste nicht einmal pfeifen, da hatten die Drachen meine Bitte verstanden. Ein tiefblaues Exemplar landete hinter mir und lies mich aufsteigen. Aus dem Publikum erklangen jetzt Oh- und Ah-Rufe. Mein Manöver war wohl gut angekommen und lenkte sämtliche Augen auf mich. Noch nie hatte jemand in der Arena auf Drachen geritten. Das hatte ich vorher nachgelesen. Wie andere Menschen ein Talent für den Umgang mit Tieren hatten, hatte ich nun mal eine besondere Bindung zu den Majestäten dieser neuen Welt. Den Gefühlen meines Helfers entnahm ich, dass er bereits seit knapp vier Tagen nichts mehr zu essen bekommen hatte.

„Keine Sorge, hier kannst du jagen. Greifen gehören doch zu euren Beutetieren, oder?"

Zustimmung seitens des Drachen klang in meinem Kopf nach mit der Frage, ob er jetzt jagen dürfte, oder ob er mich vorerst absetzen sollte.

„Nur zu, wie heißt du? Ich rede nicht gerne mit Freunden, deren Namen ich nicht kenne. Hast du einen?"

Verschiedene Bilder gingen von den Gedanken des Drachen in meine über.

„Donnerschwinge? Drückt das in unserer Sprache am besten aus, was du mir zeigen willst?"

Gebrüll zeigte, wie richtig ich lag. Der Drachendonner, den die AOG gefangen hatte gehörte also zu den Donnerdrachen. Sie waren bekannt für ihre Fähigkeit Blitze abzufangen und deren Energie zu nutzen.

„Donnerschwinge, kannst du beim Jagen auch die Mantikoren im Auge behalten?"

Ja, schien er zu antworten und sauste auf die Greifen los. Seine Gefährten taten es ihm gleich. Wenn man seine Gäste nicht versorgte, würde man eben auch mit den Konsequenzen rechnen müssen. Auf einem jagenden Drachen zu reiten, war etwas Besonderes. Sie sausten so schnell umher, griffen sich ihre Beute und fraßen sie. Da sie einen Greifen mit einem Happs verschlingen konnten blieben weder Federn noch Knochen. „Ich glaube, ihr schockiert die Zuschauer. Zurück zu den Festspielen in die ihr gesteckt wurdet: Verletzen dürft ihr die anderen Menschen, aber töten ist ein absolutes No-Go!"

Etwas wie entschuldigendes Grummeln drang aus den Drachenkehlen. Binnen weniger Sekunden waren keine Reste der Sauerei zurück, die die Mantikoren, die in einen Zweikampf übergegangen waren, angerichtet hatten und der ehemalige Sieger musste angesichts des letzten noch verbleibenden Mantikors kapitulieren.

„Ist denn das zu glauben? Cyras hat die Drachen gezähmt" –unstimmiges Drachengebrüll störte den Moderator- „Und steht jetzt seinem letzten Gegner gegenüber. Wird er die Drachen einfach auffordern ihn zu verbrutzeln, oder bekommen wir einen Eins-gegen-eins-Kampf zu sehen?"

„Setz mich bitte ab, Donnerschwinge. Ich muss meinen Sieg verdienen. Guckt mir zu, wenn ihr wollt", rief ich und nahm meine Wurfdolche zur Hand. In jeder Hand hatte ich zwei zwischen meine

Finger geklemmt und warf sie in dem Augenblick, da Donnerschwinge den Boden berührte. Mit einem der Schwerter, die überall verstreut lagen, schlug Mirak sie aus der Flugbahn und rannte auf mich los. Seine abfälligen Blicke waren mir nicht entgangen, wurden von mir allerdings ignoriert. So ein Gegner dürfte nicht sonderlich stark sein. Seine Ausstrahlung verriet, dass er auf Strategie setzte. Vermutlich hatte er vor den Altamen den Schwertkampf so vertieft, dass er eine Ideale Konterstrategie hatte. Aber wie wollte man auf keinerlei Strategie reagieren? Nur mit dem Dolch attackierte ich. Ein Schwert nach dem anderen fiel auf den Stein und langsam gingen ihm die Waffen aus. Kurz bevor er gefallen wäre hielt ich ihm meinen Dolch an die Kehle. Er hatte letztendlich also kapitulieren müssen, war als zweiter jedoch auch mit von der Partie als es zur Siegesfeier ging. Jetzt stand ich in einem großen Raum. Er war reich verziert und voller vornehmer Leute. Sämtliche Sponsoren gingen mit Champagnergläsern umher und tauschten sich über die Ereignisse und ihre Geschäfte aus. Zwanzig Minuten lang hatte ich mir schon eine Lobesrede nach der anderen antun müssen, die mir so gegen den Strich gingen, dass ich abgehauen wäre. Allerdings standen die ganze Zeit über Menschen um mich herum, die eine Flucht unmöglich machten. Die Siegesprämie war beachtlich, doch der Hauptgewinn nahte gegen dreiundzwanzig Uhr. Nefarian Hirineyo hatte soeben seine Rede beendet und die Menge applaudierte höflich. Ich erhob mich von meinem Platz und betrat ein Podium, dass extra für Redner errichtet worden war. Langsam griff ich zum Mikrofon, verbeugte mich in Richtung des Diktators und begann zu reden: „Wenn ich eine Rede halten dürfte, möchte ich von dem Grund meiner Teilnahme an den Altamen erzählen. Alles begann mit einem gewöhnlichen Tag an der Akademie. Ich war derzeitig Schüler dort und mit meinem besten Freund auf dem Weg zu den Umkleidekabinen der Sporthalle. Da stand jemand. Eine Persönlichkeit hier in Estarot. Arthur Leroy Sitou, Agent der Behörden, schlich sich als verdeckter Ermittler in unsere Kurse ein. Zwar weiß ich nicht, welchen Grund er anfänglich hatte, aber in der Nacht geschah eine Gewalttat in Karthago. Ein Schüler meines Kurses ist umgebracht worden. Nicht etwa aus banalen Gründen, wie Rache, nein, er wurde mit Magie zusätzlich an Ort und Stelle gehalten. Daraufhin wurde gegen mich ermittelt, da dieser Schüler als mein persönlicher Feind beschrieben werden könnte. Genau zu der Zeit bin ich krank geworden. Symptome verschiedener schwerer Krankheiten suchten mich heim und ich erlag ihnen. Zufällig bin ich dann dahintergekommen, wer Arthur Sitou ist. Er schien mich als Hauptverdächtigen zu sehen und wollte mich an einem Abend stellen. Ihm fehlte aber ein Mordmotiv. Wie ich ihnen verraten kann, gab es keines. Mit Hilfe eines Rebellen konnte ich fliehen, erlitt aber einen Unfall und musste mich erst komplett auskurieren. Die Widerstandbewegung ging zurzeit von meiner Loyalität ihr gegenüber aus. In der Bibliothek dieser Familie stieß ich auf einen alten Band über Schöpfungsgeschichten. Splitterwelt wurde von Gott geschaffen, da die Erde zerstört worden war. Durch die Energiequelle, die wir Gott nennen, sind dann auch Magie und magische Wesen aufgetaucht. Unter anderem die

Dämonen und Untergottheiten, die nach dem Glauben der Menschen entstanden sind. Sie wandten sich gegen uns, die Menschheit. Deswegen schuf die Quelle auch die Traumwelt. In dieser Geschichte bin ich auf den Grund für Leon Russ Tod gekommen. Eine Möglichkeit, die gänzlich vernachlässigt wurde, sollte der Menschheit zum Verhängnis werden."

„Nun, wir sind an dieser Geschichte sehr interessiert, aber kommen Sie zum Punkt, Cyras", sprach der Diktator mich direkt an. Seine Stimme war rau und klang bedächtig.

Langsam atmete ich ein und sagte es dann offen heraus: „Uns steht ein Krieg bevor. Nicht etwa mit den Rebellen, sondern mit etwas Schlimmeren. Einem Schatten, den die Menschen schon immer gefürchtet hatten. Die Dämonen! Wenn ein menschliches Opfer dargebracht wird, und weitere zwanzig Opfer in die Nähe des Bannkreises kommen, öffnet sich ein Portal zur Traumwelt, welches durch die bekannten Schichten reicht und die Dämonen hervorlockt. Vermutlich kann man es nicht mehr aufhalten, also rufe ich dazu auf, zu den Waffen zu greifen!"

Die Atmosphäre des Raumes änderte sich schlagartig. Angst kroch über den Boden, wie eine Horde Insekten und Kälte breitete sich aus. Wenn alles lief, wie wir geplant hatten, würde Nefarian seine Privatarmee und die Versammelten Streitkräfte gegen die Dämonen in den Krieg schicken. Die Rebellenarmee schloss sich hoffentlich auch noch an und die Menschen konnten weiterbestehen. Das innerste Ziel der Dämonen war es, die Menschen auszurotten. Ein uralter Hass beherrschte sie und stachelte sie dazu an. Vielleicht konnten wir siegen, aber das lag in den Händen des Diktators. Stille erdrückte die Gemüter der Anwesenden, die Erwartungen an unseren Herrscher steigerten sich. Niemand misstraute meinen Worten, alle waren bleich geworden. Arthur nickte mir zu und Kai schaute desinteressiert in die Runde. „Nun, wenn nicht einmal der Beste der Agenten dahinter gekommen ist, brauchen wir deine Hilfe, Sieger", sagte Diktator Hirineyo. Er war ins Du gewechselt und redete mit mir, nicht mit den anderen Teilnehmern der Abschlussveranstaltung.

„Ich möchte dir anbieten der Armee beizutreten. Deine Leistung entspräche der, eines Klingentänzers. Als General könntest du zwar nicht einsteigen, aber fünfhundert Mann könnte man dir umgehen unterstellen, Cyras", er sprach meinen Namen aus, als wäre etwas darin, was Nefarian Hirineyo die Galle hochkochen ließ.

Lauter begann er dann zu sagen: „Wir rüsten die Krieger. Freiwillige sollen sich melden und ausgebildet werden. Generalin Hamilton wird umgehen die Kontrolle übernehmen. Wir beginnen hier einen Kriegsrat, also verlassen Sie bitte die Räumlichkeiten, sofern Sie nicht der Armee angehören. Verkündet diese schockierenden Nachrichten im ganzen Reich und erstattet Bericht aus Karthago!"

Ich schaute mich in der Menge um und sah ein bekanntes Gesicht. Es blickte hasserfüllt und von Verrat gezeichnet. Magnus Kium drehte sich von mir weg und ging.

29

Die Lage war eskaliert. Chaos drohte auszubrechen und niemand konnte wirklich begreifen, was soeben aus dem Mund von Cyras gekommen war. Vermutlich hatte Hirineyo schon davon gewusst. Vermutlich hatte Yukios Mutter schon davon gewusst. Nur er war außen vor, er und der Rest der Menschen. Wie viele Menschen lebten in Karthago? Tausende, die nicht rechtzeitig evakuiert werden könnten. Das einzige was blieb war der Informant, den Yukio unter allen Umständen überwältigen musste, Magnus war ja gegangen. Mit seinen Informationen musste er dann zurück zu seiner Mutter und Bericht erstatten. Doch war das *richtig*? Die Widerstandsbewegung sollte sich umgehend mit den Vereinigten Streitkräften zusammentun, um diese Krise abzuwenden. Es bestand kein Zweifel daran, dass Cyras log. Er war die Sorte Mensch, die beim Lügen rot würde. Zumindest war es Yukios Eindruck. Sollte er, Sohn von Viktoria Mirai, seine Befehle befolgen und zurückkommen, oder sollte er auf eigene Faust zur Armee gehen und etwas Gutes tun? Da fiel es ihm, wie Schuppen von den Augen! Der Informant war keiner! Es war ein Spion, ein Kontaktmann des Südpunkts! Wenn dem so war, hätte Viktoria ihren Sohn mutwillig getäuscht, um zu testen, wie klug er war. Was sie damit bezweckte war unklar, aber es gab eine geringe Chance, dass er richtiglag. Wenn die gesuchte Person unter den geladenen Gästen war, die jetzt wie angewurzelt dastanden, dann könnte Yukio sie an einem Merkmal erkennen. Was zeichnete den Widerstand aus? Meistens eine helle Farbe, einen weißen Vogel, oder eine Lilie. Das waren die gängigen Symbole des Widerstands. Zwei Sponsoren trugen helle Kleidung, vier hatten sich Lilien auf ihren Jacketts drucken lassen und nur einer trug ein Bändchen mit einer Brieftaube. Sie war schneeweiß und altertümlich gezeichnet. Das war er vielleicht. Yukio näherte sich ihm von der Seite und tippte ihm auf die Schulter. Er zuckte zusammen, sah ihn und schüttelte den Kopf.

„Ich wusste, dass etwas passieren würde, aber dass jemand unsere Pläne so durcheinanderwerfen könnte wie Cyras, hätte ich im Traum nicht gedacht."

„Du bist also unser Kontaktmann."

„Ganz recht, aber du bist nicht Magnus Kium. Ich habe in den letzten acht Monaten Informationen über Diktator Hirineyo gesammelt und wollte sie heute übergeben. Die Präsidentin hat sie allerdings schon abgeholt und ist zurückgereist. Sie hat mir weitere Befehle für dich mitgegeben, Yukio Mirai. Unter anderem sollst du zur Armee gehen und die strategische Lage überprüfen und ausspionieren. Da jetzt aber ein anderer Krieg ansteht, den sie nicht geplant hat, wird es wohl etwas komplizierter werden. Dein Auftrag besteht also darin, dich als Botenjunge einzuschleichen und Kontakt zur feindlichen Führungsebene aufzubauen."

„Ist das der Befehl von Präsidentin Mirai?"

„Ganz recht. Sie persönlich hat auch den schriftlichen Befehl in diesem Brief verfasst. Es ist wichtig. Geglaubt, dass Dämonen einmal den Menschen gegenüberstehen, habe ich nicht, aber es sind stürmische Zeiten und die Welt ist im Wind der Veränderung gefangen. Ob es Alanea und die Menschheit noch geben wird, wenn diese Krise vorbei ist, ist unklar. Denk an deinen Auftrag. Die Präsidentin sagte, es sei vielleicht besser gewesen, wenn es dich nicht gäbe, aber da du ein fähiger Magier bist, seiest du der Beste für diesen Auftrag."

„Ich bin nicht wirklich ein Magier."

„Informationen diesbezüglich findest du in diesem Brief."

Yukio nahm ihn entgegen und öffnete das Collier.

„Ich gehe auf die Straße, um zu lesen."

„Pass auf dich auf, sonst wird die Rebellion vorbei sein, bevor die Dämonen überhaupt diese Welt betreten haben."

Yukio nickte und verschwand von der Bildfläche. Unbemerkt von den anderen Gästen, verschwanden auch zwei weitere Personen. Der Informant war gegangen, bevor ihn jemand richtig hatte sehen können und Nefarian Hirineyo hatte den Saal auch schon verlassen.

Die Terrasse lag im Halbschatten, ein Bächlein bahnte sich davor den Weg durch Estarot. Nefarians Silhouette zeichnete sich klar vor dem Himmel ab. Seine tiefe Stimme erklang, obwohl niemand anderes bei ihm zu sein schien: „Wer hätte es erwartet? Aus dem Nichts überrumpelt ein Sechzehnjähriger seinen Herrn. Lange Zeit ist es her

Lilith. Dein Kind könnte zum Problem werden. Einmal hat Gott uns vor ihm beschützt, ein zweites Mal wird er es nicht tun. Die Quelle überlässt seine Schöpfungen sich selbst. Die einzigen die uns helfen könnten sind die Engel, von denen einer, diesen Knaben gesegnet hat. Wie es wohl dem Ifrait ergehen wird, im Angesicht der Schatten? Diese alten Legenden sind wohl war. Ich weiß nicht, ob du sie gehört hast, aber da gibt es einen Mythos, den ich seit Jahren versuche zu bewahrheiten. Lilith, du bist erwacht und hier, ich spüre es."

„Gute Ohren hast du, alter Mann", erklang flüsternd eine undeutliche Frauenstimme. Die Gestalt zu der sie gehörte, war nur ein Schatten, nicht mehr als eine Illusion oder Holographie. „Vor Jahrhunderten wurde ich schlafen geschickt. Kurz bevor Gott die Ifrait ins Leben gerufen hat und mein eigenes Kind mich verriet."

„Oh, das missversteht ihr, Milady. Er hat sie nicht geschaffen. Er hat die Runen geschaffen, die sie entstehen lassen."

„Im kommenden Krieg, werde ich siegen, Nefarian, und du wirst mir helfen. Ich habe beinahe deine Familie getötet, als ich vor vierhundertdreiundsiebzig Jahren an der Macht war."

„Das tut nichts zur Sache, Göttin des Chaos und des Todes. Wir werden euch auslöschen."

„Ich werde kommen, erzähl du den deinen diese Legenden, die euch nicht helfen werden und sterbt im Glauben, etwas bewirken zu können. Darking wird es euch schwer genug machen."

Die Illusion verschwamm und löste sich auf.

„An meinen nichtsnutzigen Sohn,
zurzeit suchst du wahrscheinlich nach einem Sinn und Antworten. Du weißt nicht, was du bist, aber ein Mensch bist du nicht. Du existierst nur, weil ich es gestatte. Nun gut, das von vorhin war geflunkert. Du bist ein Mensch, einer der Runenmale aufgetragen bekommen hat, die dir erlauben sowohl Magie zu nutzen, als auch Elemente zu bändigen. Dein Auftrag besteht darin, die Dämonen zu bekämpfen. Schleich dich in die feindliche Armee ein, kämpfe und sterbe, wenn nötig. Falls du es schaffen solltest zu überleben, dann töte Nefarian. Mehr habe ich dir nicht zu sagen. Hiermit erkenne ich dich, als Mitglied des Widerstands an, Präsidentin Viktoria Mirai", hatte sie geschrieben. Yukio wusste, dass sie recht hatte. Die Runenmale waren in seinen Rücken gebrannt worden, als seine Mutter ihn an seinem sechsten Geburtstag besucht hatte. Damals hatte er gedacht, es sei die Strafe seiner Existenz, jetzt wusste er, dass er für diesen Auftrag gezüchtet worden war. Wie ein Haustier, hatte Viktoria ihn benutzt, nur um an ihr Ziel zu kommen. Traurig war Yukio deswegen nicht. Wut verspürte er auch nicht. Es war ein Auftrag, ein gewöhnlicher Auftrag für einen Diener. Als er den Saal wieder betrat, hatte sich der Diktator vor das Mikrofon gestellt und erklärte gerade, was getan werden sollte. Er schien perfekt vorbereitet zu sein und nicht psychisch zusammen zu brechen, wie man es von einem gewöhnlichen Mann erwartet hätte, der solch eine Last trug. Was war denn nun gewöhnlich, und was nicht? Was war *richtig* und was nicht? Erst als Nefarian anfing eine Geschichte zu erzählen, wurde es gänzlich still und Yukio aus seinen Gedanken gerissen.

„Es heißt, dass es Wesen gibt, die zu mächtig sind. Sie sollen die Kraft von Göttern besitzen und unsterblich sein. Trotzdem sollen sie noch menschlich sein und von Göttern getötet werden können. Sie sind in der Lage mit allem fertig zu werden, außer dem Schatten. Sie wurden Ifrit, oder auch Ifrait genannt. Sie leben seit Jahrhunderten unter den Menschen und sind die ewig Gejagten. Wenn wir ihre Macht nutzen könnten, dann wäre dieser Krieg ein Leichtes. Leider werden wir noch andere Probleme bekommen, denn in einer anderen Legende heißt es, die Götter, die den Menschen nicht verzeihen können, die Erde zerstört zu haben, warten nur auf die Gelegenheit sich rächen zu können. Wir brauchen unbedingt Nachrichten aus Karthago. An die anwesenden Agenten, insbesondere Agent Sitou, bringen sie die Fallunterlagen her. Schicken sie alle höchsten Generäle und Strategen, die unsere Armee zu bieten hat. Karthago liegt drei Wochen von hier entfernt. Bringt sofort die Armee in Stellung und marschiert los. Wie viel Zeit wird dafür benötigt?"

Generalin Hamilton stellte sich hin und rief: „Fünf Stunden mindestens, Sir!"

„Das ist schlecht! Schicken sie Boten zu sämtlichen Einrichtungen der Streitkräfte! Die Operation *Ifrait* hat begonnen!"

Nun brach totale Panik aus. Arthur Sitou hatte das Haus verlassen, Cyras saß seelenruhig auf dem Rand der Bühne und Yukio half dabei Tische in den Saal zu tragen. Bald war eine Tischplatte zusammengestellt, auf der eine gigantische Karte ausgerollt wurde. Wenn Yukio sich nicht täuschte war das nur möglich, weil Generalin Hamilton alles für einen Notfall vorbereitet hatte. Die

Rebellentruppen waren nie so gut ausgerüstet gewesen...

Allerdings war wirklich keine Zeit zu verlieren. Yukio musste am besten heute noch der Armee beitreten. Das würde wohl bei Sizillia Hamilton am schnellsten gehen. Er baute sich vor ihr auf und sagte klar und deutlich: „Yukio Keyer, ich möchte der Armee beitreten!"

„Sind Sie nicht einer der Sponsoren?"

„Ja!"

„Dann gehe ich davon aus, dass Sie bereits unterwiesen im Kampf sind, immerhin waren Sie an der Akademie. Gehen Sie zum Hauptquartier der Agenten und fragen nach Herrn James Kratt. Bringen Sie ihn her und unterrichten Sie ihn von der Situation!"

Unverzüglich machte sich Yukio auf den Weg.

30

Arthur war weg und ich saß da und schaute lediglich dem Treiben zu. Die Generalin hatte mir eine Anstecknadel gegeben, die mich als Truppenführer auswies. Ich war Mitglied der Armee und wusste nicht, was jetzt zu tun war. Ich hielt es für besser Nefarian Hirineyo im Auge zu behalten. Seine Aktivitäten waren beeindruckend. Als hätte er mit solch einem Zwischenfall gerechnet, hatte er Anweisungen gegeben und regierte das Land. Nicht nur das Land, nein, ganz Splitterwelt war in seinen Händen gut aufgehoben, musste ich einsehen. An einer großen Tischplatte versammelten sich ranghohe Generäle und besprachen was zu tun sei. Ihre Gefasstheit konnte einem Sorgen machen. Ganz anders als Arthurs Reaktion, waren diese Männer und Frauen vorbereitet und redeten schon über Strategien. Das Öffnen des Portals konnte nicht verhindert werden, ein Telefonanruf in Karthago war nicht möglich gewesen. Noch immer hatte niemand herausgefunden, welche Kraft die Ermittler davon abhalten konnte, die Leiche zu inspizieren. Dieser rätselhafte Bann konnte nicht von einem Magier stammen, kein Mana war in seiner Nähe spürbar gewesen. Berichten zufolge, die kurz vor meiner Flucht verfasst worden waren, hatte man sogar einen Magi rufen lassen, der auch keine Aktivitäten der Aurenmagie spüren konnte. Dieser Zauber war also wissenschaftlich gesehen unmöglich ein richtiger Zauber. Vor einem Tag war der Kontakt zu Karthago abgebrochen. Man hatte sich natürlich nichts dabei gedacht, aber diese Idioten hätten besser aufpassen müssen!

„Cyras", rief mich Diktator Hirineyo zu sich, „Du schienst nicht überrascht mit deinem Herrn höchst selbst zu reden und zeigst keinerlei Respekt. Hat das einen Grund?"

„Ja, Herr", betonte ich, „Meine Freunde und ich haben geplant die Auflösung des Mordes öffentlich bekannt zu geben und zwar, um alle Menschen, die die Liveübertragung der Feier sehen, zu informieren. Ich zeige Respekt, dass dürfen Sie nicht falsch verstehen, aber ich beziehe mich immer auf die gegenwärtige Situation, Sir."

Der Gesichtsausdruck des mächtigsten Mannes Alaneas schien sich zu entspannen.

„Glaubst du an die Götter und die Ifrait?"

„Ich habe gelesen, dass sie existieren, aber von den Ifrit hatte ich bis vorhin nichts gewusst."

„Dann eine andere Frage, warum hältst du dein Schwert in der Hand?"

„Es ist nicht meines. Ein Bekannter hat mir die Cyberklinge geliehen und ich muss sie ihm gleich zurückgeben. Er wollte um Mitternacht vor dem Gebäude stehen, also muss ich gleich auch gehen."

Jean hatte genau das gesagt, als er mich vor zwei Stunden angerufen hatte. Er hatte sich gefreut, dass seine Klinge einen so bedeutenden Sieg errungen hatte. Die Uhr tickte und der Lärm in dem großen

Saal schwoll an. Die Anwesenden waren also doch der Panik anheimgefallen. Überraschend Ruhig war aber dieser unhöfliche Yukio gewesen. Jetzt hatte man ihn losgeschickt, um den Obersten Agenten zu rufen. Diktator Hirineyo konnte sich erlauben hier zu bleiben. Ich dachte darüber nach, dann erkannte ich, dass er nur seinen Interessen nachging. Immerhin regierte, nach seiner Gesetzgebung, der Senat für ihn. Er war nur das Aushängeschild. Trotz seinen Vorzügen, kam er mir immer noch suspekt vor. Er war mir unsympathisch. Ich wollte daraus kein Geheimnis machen, aber er spielte mir in die Hände. Kailan war in der Ausbildung zum Agenten, Arthur war Agent und ich war jetzt auch in der richtigen Position. Dank meiner unschönen Begegnung mit den Ghulen wusste ich jetzt, das Feuer gegen sie half. Erinnern es benutzt zu haben konnte ich mich nicht, aber das Gefühl daran blieb. Ich erhob mich und trat an den Tisch.

„Opa, ich bin zuhause. Wir müssen zu einer Besprechung. Nefarian Hirineyo hat nach dir gefragt, kommst du mit?"

Arthur war in das Anwesen seines Großvaters gegangen, um ihn abzuholen. Das Haus war dunkel, das Feuer im Kamin war erloschen. Es war kalt. Kälter, als man es erwartet hätte. Andreij saß friedlich schlafend in seinem Sessel. Er strahlte Ruhe und Gelassenheit aus. Arthur trat zu ihm und rüttelte an seiner Schulter. Er war kalt. Genauso kalt, wie der Raum. Arthur lief ein Schaudern über den Rücken. Panik erfasste ihn.

„Opa!", schrie er. Es kam keine Reaktion. Ein Vorbote einer Ahnung lies Arthur erstarren.

„Du bist kalt, Opa. Soll ich das Feuer anzünden? Soll ich dir eine Decke holen?"

Tränen fielen von seinen Wangen. Schluchzend fragte er: „Warum antwortest du nicht?"

Seine Beine gaben nach und Arthur sank neben dem Sessel auf die Knie. Seine Sicht verschwamm und sein Schluchzen hallte von den Wänden wieder. Andrej Sitou war tot. Im Alter von dreiundneunzig Jahren war er friedlich eingeschlafen, wie man es sich wünschen konnte. Er hatte seinen Enkel zurückgelassen und war in die andere Welt gegangen, die kein Lebender je zu Gesicht bekommen würde.

„Danke, dass du gut damit umgegangen bist", sagte Jean und grinste, „Du hast es wirklich geschafft."

Seine weißen Haare flogen leicht im Wind. Ich stand im gegenüber und wollte gerade etwas sagen, da kam er mir zuvor.

„Wir werden uns wohl nicht wiedersehen. Ich glaube da kommt etwas auf uns alle zu. Etwas, aber ich weiß nicht, was. Es ist egal, leb wohl. Sweets to sweet, farewell."

Seine Worte klangen, als seien sie aus einem Stück von Shakespeare. Ich lag nicht falsch, anschließend erklärte er mir, dass sie aus Hamlet stammten. Die Königin hatte es an Ophelias Grab gesagt und sich so von der Geliebten ihres Sohnes verabschiedet. Für meine Situation klang es doch eher beunruhigend. Ich hoffte nicht am Ende zu sterben. Das war das Schicksal sämtlicher Figuren aus diesem Stück gewesen. Jean winkte noch und ging dann die dunkle Straße entlang. Das Weiß seines Haares wurde von Schritt zu Schritt dunkler, bis es so schwarz, wie die Nacht, wirkte. Als er ging war es, als würde eine Macht gehen, die für jeden spürbar und natürlich war. Es lag vielleicht dran, dass er immer so optimistisch wirkte. Ich hätte mich gerne noch bedankt und mit ihm geredet, aber das war nicht mehr möglich, schon hatte die Schwärze ihn verschluckt. Achselzuckend wandte ich mich ab und öffnete die Tür. Das Gebäude der AOG war hell erleuchtet und das Foyer war menschenleer. Der Weg zum großen Saal war ausgeschildert und kurz. Schon stand ich wieder vor dem Kartentisch und lauschte den Generälen, meinen neuen Vorgesetzten. Ihr Plan war es anscheinend, die Stadt zu umstellen und wenn es nicht anders ging, anzugreifen, dass kein Dämon die Stadt verließ. Drei Neuankömmlinge betraten den Raum. Yukio schleppte einen Mann, Mitte fünfzig, hinter sich her, der von allen höflich begrüßt wurde. Arthur kam herein, wie ein Schlafwandler. Seine Augen waren gerötet und feucht, die Wangen glitzerten im Licht und sein Gang war langsam und torkelnd, als wäre er betrunken. Er hauchte eine Begrüßung und sank auf den Boden. Mit vier Schritten war ich bei ihm und rüttelte ihn an der Schulter. Dieser Anblick war ungewöhnlich. Ich machte mir Sorgen. Immerhin war er mein Freund. Kailan, der auch wieder da war, bemerkte nichts. Nicht einmal das Erscheinen von James Kratt und Yukio hatte er mitbekommen.

„Was ist passiert?", fragte ich sachte. Arthur schüttelte nur den Kopf und Tränen perlten von seinen Wangen.

„Was ist los, Arthur?", fragte ich eindringlicher. Sein Blick hob sich, die Pupillen waren geweitet.

„Er ist tot! Opa...", seine Stimme versagte. Ich riss die Augen auf.

„Was? Andreij ist gestorben?"
Er nickte und begann zu zittern. Konnte es sein? Hatte Andreij geahnt, dass er bald sterben würde? Immerhin hatte er mich gebeten auf seinen Enkel Acht zugeben, was ich vorerst als Macke eines alten Mannes abgetan hatte. Wie konnte es sein, dass dieser Mensch gerade in solch einer Zeit, starb? Eine Wendung des Schicksals. Trauer erfüllte langsam den Raum. Wie ein Lauffeuer verbreitete sich die Botschaft, dass der angesehenste Agent unserer Epoche gestorben war. Hier und da kam ungläubiges Gemurmel auf, Schweigen trat ein und die Stille war bedrückend. Arthur war kraftlos, fassungslos, das konnte man ihm ansehen. Sachte zog ich ihn auf die Füße und verließ mit ihm wieder den Saal. Mit hängenden Schultern kam er mir nach, setzte sich auf einen Stuhl, den ich ihm hinschob und schaute mir ins Gesicht.

„Ich gehe wieder zu den anderen. Bleib hier. Später gehen wir dann in mein Zimmer."

Er nickte abwesend und schaute dann auf den Boden. Was geht ihm wohl durch den Kopf? Das konnte wahrscheinlich niemand sagen, nicht einmal er selbst. Als ich wieder auf dem Rand der Bühne saß stürmte jemand herein. Ein Bote mit dunklen Haaren. Seine Kleider waren zerrissen, Schmutz färbte sein helles Wams dunkel. In der Hand hielt er einen der Magieschlüssel. Er stand für Geschwindigkeit. In Anbetracht der Umstände hätte er in der letzten Stunde fünfhundert Meilen rennen können. Er war vollkommen außer Puste, sein Mana war augenscheinlich bis auf den letzten Rest aufgebraucht. Seine Beine wackelten. Wahrscheinlich hatte er jedes Bisschen überschüssiges Chi, also Lebenskraft, in seinen Lauf gesteckt. An seiner Wange klebte etwas Rotes. Blut! Alle sprangen auf. Umringten den Neuankömmling.

„Was ist passiert?", fragte einer. Ein anderer General fragte: „Wo kommst du her?"

Der Bote konnte kaum atmen. Er schnappte nach Luft, brauchte unbedingt Sauerstoff.

„Macht Platz! Lasst ihn doch wenigstens zur Ruhe kommen!", rief ich. Zustimmendes Gemurmel erklang und die Anwesenden traten zurück. Totenstille, gespenstiger als nach der Nachricht von Andreijs Tod, herrschte. Diese Atmsphäre war nämlich nicht von Trauer, sondern von Angst, nackter Panik und Furcht geprägt. Nur Nefarian Hirineyo regte sich. Langsam stand er auf und schritt auf den Boten zu. Mit einer Handbewegung gebot er den Anderen ihm den Weg frei zu machen. Mit Magie half er dem Mann, wieder zu Atem zu kommen und fragte dann: „Was hast du zu sagen?"

Er hustete ein Wenig, dann begann der Bote zu sprechen: „Karthago existiert nicht mehr. Alle Bewohner sind tot. Nur noch Ruinen stehen und in ihr gehen Kreaturen umher, wie ich sie noch nie gesehen habe. Das ist das Ende! Karthago ist nicht..."

Epilog

Eine Ruine bot dem Zuschauer einen Blick auf Leichen über Leichen. Blut bildete Lachen auf der Erde und der ehemals weiße Stein der Wände war nur noch schmutziges Gestein. In ihrer Mitte schwebte eine Leiche. Über ihr schwebte ein Loch, eine Öffnung in der dünnen Haut dieser Dimension. Der Körper kreiste unentwegt in mitten einer Schwärze, die kein Lebender je gesehen hatte. Einst mochte er einem Schüler, oder so, gehört haben, aber jetzt wurde sie glasig. Bald war nur noch der Umriss zu erkennen. Die weitgeöffneten Augen begannen bedrohlich zu leuchten. Dunkler Nebel waberte in ihm auf und veränderte sich stets in seinem gläsernen Gefäß. Sie richtete sich auf, die Gestalt. Der Tod, wie sich dieser Dämon nannte, schritt durch das Blutbad, das sich vor ihm auftat. Eine keuchende Stimme erklang vom Fernen. Hier lebte noch jemand. Ein Bänkelsänger, schwer verwundet. Der Tod schritt auf ihn zu und lauschte seinen Worten. Es war ein Gedicht, eine Ballade:

Er ist verheiratet mit dem Leben,
Er wird niemandem etwas geben,
Er nimmt alles ganz und gar,
Alles hiervon ist wahr.

Er steht am Ende aller Tage,
Er ist jedermanns größte Frage,
Er holt jeden in seine Welt,
Nach jeder Zeit, die ihm gefällt.

Er macht alle Menschen gleich,
Er kennt weder arm, noch reich,
Er ist Herr eines jeden Menschen,
Doch wird er für keinen kämpfen.

Er lässt Menschen Qualen leiden,
Er sieht sie aus dem Leben scheiden,
Er rettet Menschen aus größter Not,
Das ist er: Der...

Die Stimme des fahrenden Spielmanns erstickte. Der Dämon hob den Barden an der Kehle in die Luft und der Barde tat seinen letzten Atemzug. Die Bühne war frei für seinen Auftritt. Der Tod trat mit dem Fuß auf die Leiche, die er hatte fallen lassen. Es war Zeit für die Rache seines Herrn, Darking. Kalt erklang seine Stimme, wie ein Flüstern aus einer fremden Welt beendete er das Gedicht des Bänkelsängers:
„Der Tod."

ENDE DES ERSTEN TEILS

Zensierte Szene:

Folgende Szene spielte sich kurz vor der Abreise Yukios vom Südpunkt aus zu.

Magnus war alleine zurückgeblieben, in dem Saal der Versammlung. Die Vorstandsmitglieder der Rebellion waren gegangen. Knarrend öffnete sich die Tür des Raumes. Akito trat ein. Die Kohle war aus seinem Haar gewaschen, sodass es nun gänzlich saphirblau leuchtete.

„Hättest du gesagt, dass du auch Burg Krähenberg verlassen wolltest, hätte ich auf dich gewartet", sprach er.

Verächtlich verzog Magnus die Mundwinkel: „Wo denn? In unserer Speisekammer?"

„Vielleicht, vielleicht hätte ich auch lieber bei Ju übernachtet..."

„Denkst du ernsthaft, dass ich jetzt sauer werde? Seien wir ehrlich: Du hättest es keine Stunde bei ihr ausgehalten!"

„Du hast recht, sie ist soo gruselig!"

Leider wusste ich nicht, wie ich dieses Bild, dass ich in diesem Augenblick im Kopf hatte, hätte beschreiben können. Akito hatte in meiner Vorstellung verzweifelt die Hände über den Kopf geschlagen, während er an Ju denkt. Na ja, sei's drum. Ich glaube zwar nicht, dass irgendwer hier weiterliest, aber auch ich möchte mich kurz vorstellen: Mein Name (Synonym) ist Phoenix, ich bin zurzeit ungefähr in Cyras' Alter und bin der Autor dieses Buches. Da du es gelesen hast, bleibt mir nur noch ein Anliegen, bevor ich an Teil 2 weiterschreibe: dir Danke zu sagen. Ich möchte dir danken, dass du dich so tapfer durch mein Erstlingswerk gekämpft hast. Miharu (das Synonym einer Freundin) hat dieses Buch für mich Korrektur gelesen, dafür möchte ich selbstverständlich auch ihr danken. Ich bin natürlich dankbar, falls du Anregungen oder Ideen hast, die ich in meine Bücher einbauen könnte. Deine Vorstellungen kannst du ganz einfach an meine E-Mail schicken, die wie folgt lautet:

P.J.Phoenix.pr@googlemail.com

Vielleicht erkennst du ja deine Charaktere oder Szenen in einem meiner folgenden Romane. Bis dahin,

Phoenix